WALTER LANDIN

Die achte Sure

Walter Landin, 52-er Jahrgang, Pfälzer, Dirmsteiner, Mannheimer (seit 1974), Realschullehrer, seit September 2013 im Vorruhestand, Schreiber, Mitglied im Verband Deutscher Schriftsteller, im Syndikat und im Literarischen Verein der Pfalz. »Die achte Sure« ist Kommissar Lauers fünfter Fall.

www.landin.de
www.facebook.com/Kommissar.Lauer

WALTER LANDIN

Die achte Sure

Ein Baden-Württemberg-Krimi

Silberburg-Verlag

1. Auflage 2017

Umschlaggestaltung:
Christoph Wöhler, Tübingen.
Coverfoto: © belterz – iStockphoto.
Druck: CPI books, Leck.
Printed in Germany.

ISBN 978-3-8425-2027-1

Personen im Buch

Mannheimer Kripo

Roman Clement ist Lauers Vorgesetzter und will nicht an seine Eheprobleme erinnert werden.

Faulhaber, Polizeipräsident, hat eine Schwäche für ungelöste Altfälle.

Christian Gernhardt merkt, dass seine Aufgaben als Kommissar und seine Pflichten als junger Vater nicht immer in Einklang zu bringen sind.

Susanne Gernhardt, Kommissarin, ist stolze Mutter im Mutterschutz.

Leo Lauer, Hauptkommissar, weiß nicht, was er der Enkeltochter zum ersten Geburtstag schenken soll.

Julian Meißner, Hauptkommissar und Lauers Kollege und Freund, wird aus dem Verhalten seiner Frau nicht schlau.

Irene Meyers, Oberkommissarin, ist nicht glücklich, dass sie sich ihrer Tochter zuliebe nach Frankfurt hat versetzen lassen.

Onur Tanaoğlu, Kriminaltechniker, ist häufig unterwegs zwischen Heidelberg und Mannheim.

Annemarie Werner, Schreibkraft im Polizeipräsidium, hört immer noch ihren Fritz Wunderlich, dieses Mal mit Kopfhörern.

Befragte und Verdächtige im Fall Leonardo-Hotel

Elke Abelt hofft vergeblich auf Kommissar Lauers Beachtung.

Michael Bruhn ist zum Islam konvertiert und lässt sich Abu Yahia al-Almany nennen.

Hildegard Fahrenbach hält ihren Vorgarten und ihr Wohnzimmer penibel sauber.

Katharina Feidel, Jugendleiterin auf dem Lindenhof, hat auffallend gefärbte Haare.

Fatima Güney, Moscheeführerin, hält nichts von Hinterhofmoscheen.

Onur Güyünc, Azubi im Leonardo, raucht verbotenerweise auf der Dachterrasse.

Oliver Mehmet Hayreddin kehrt nach Mannheim zurück und wird nicht glücklich dabei.

Frau Hayreddin-Weber verliert viel.

Cem Korkmaz muss erfahren, dass es nicht so einfach ist auszusteigen.

Emrah Osmanoglu steht zu seinem Wort.

Winfried Schoeneck hat sich seine Arbeit als Richter in Mannheim ruhiger vorgestellt.

Erich Steinfeld ist Co-Trainer einer Jugendfußballmannschaft.

Aaron Sternberg will als Pflichtverteidiger alles geben bei seinem ersten großen Fall.

Karlotta Tessier, Rechtsanwältin, möchte ihr Mandat niederlegen und tut es doch nicht.

Martin Weber hat eine Vorliebe für Schinken-Käse-Baguette.

Der ungelöste Fall von 1987

Urs Burgy betreibt einen Flohmarktstand auf dem Petersplatz in Basel.

Stefan Lubzinski stöbert gerne in alten Büchern.

Frau Pfeiffer ist fünffache Mutter und stolz darauf, wo sie herkommt.

Sandra Pfeiffer ist erst fünfzehn Jahre alt, als sie 1987 ihren Mörder trifft.

Evelyn Ruch ist eine Pflichtverteidigerin, die ihrem Mandanten nicht nach dem Mund redet.

Anton Schindler hat es nie verwunden, dass er den Mord an Sandra Pfeiffer nicht aufgeklärt hat.

Beat Scherzinger, Wachtmeister aus Muttenz, hilft Leo Lauer.

Margit Zutter-Bertschy, Staatsanwältin, ist die Teamarbeit mit Leo Lauer sehr wichtig.

Look up here, I'm in heaven
I've got scars that can't be seen
David Bowie

Freitag, 12. September

Eins

»Erst wegpennen. Dann sich klammheimlich aus dem Staub machen.«
Er erstarrte in der Bewegung, die Türklinke in der Hand. Zuvor hatte er seine Sachen zusammengesucht, war auf Zehenspitzen zur Tür geschlichen.

Er dachte nach. Schüttelte den Kopf. Ein Ruck ging durch ihn, er öffnete die Tür und verließ das Zimmer. Er gab sich keine Mühe, die Tür geräuschlos zu schließen. Im Flur zog er seine Hosen und sein Hemd an, verzichtete darauf, die Schnürsenkel zu binden, griff nach seiner Jacke an der Garderobe, fühlte sein Handy in der Jackentasche.

Dann ließ er die Wohnungstür zufallen. Im ersten Stock fielen ihm die neuen Schuhe ein. Hatte er den Karton noch dabeigehabt, als er nachts, es musste lange nach Mitternacht gewesen sein, das Haus betreten hatte? Das Haus in den Quadraten. Er dachte angestrengt nach. Aber er förderte nicht den Hauch einer Erinnerung zutage, wie er in das Bett der fremden Frau gekommen war.

Frau Werner hatte sich gestern Abend wie immer Punkt halb sechs verabschiedet. »Machen Sie nicht so lange, Herr Lauer«, hatte sie, in der Tür stehend, zu ihm gesagt.

Unten auf der Straße atmete er durch. Wie war er in diese Wohnung geraten? Es regnete und er schlug den Kragen seiner Jacke hoch. Er hasste es, nasse Haare zu bekommen. Wer war die Frau, neben der er aufgewacht war?

Lauer schaute nach links und nach rechts. Die S-Quadrate.

Der gestrige Abend. Es war nach 19 Uhr gewesen, als er das Polizeipräsidium verlassen hatte. Sein spontaner Entschluss. Neue Schuhe. Ein Paar Veloursleder-Boots. Sündhaft teuer. Für Lauer zumindest. 199 Euro. Noch nie hatte er sich so teure Schuhe geleistet. Und wo waren die jetzt? Wo war der Karton geblieben? In der Wohnung der Frau? Er versuchte, sich zu erinnern. Es gelang ihm nicht. War ihm der Karton früher abhandengekommen? Auf seinem eher ziel- und planlosen Weg durch die Quadrate?

Nach dem Schuhkauf in den Planken der Milchkaffee im *Café Prag*, seinem Lieblingscafé. Einige Worte mit Adonis, dem Wirt, gewechselt. Noch einen Weißburgunder im Stehen. Im *Istanbul* am Marktplatz hatte er einen Adana Kebap gegessen, einen Ayran getrunken. Lauer war ziellos durch die Quadrate geschlendert. Schließlich die Frau in den U-Quadraten, die ihn angesprochen hatte. Sie musste in seinem Alter sein, Mitte fünfzig. Aber Lauer tat sich schwer, das Alter von Menschen zu schätzen. Wie hatte sie ausgesehen? Er hatte keine Erinnerung. Sie hatte vor der Kneipe gestanden, an deren Namen sich Lauer nicht erinnern konnte. Sie hatte geraucht.

»Neue Schuhe?«, hatte sie zu ihm gesagt und eine Handbewegung in Richtung der Schuhschachtel gemacht.

Lauer hatte genickt.

»Das müssen wir begießen«, hatte sie gesagt.

Lauer hatte genickt. Er konnte nicht sagen, warum er der Frau in die Kneipe gefolgt war. Der Rotwein war ungenießbar gewesen, das hatte er nach dem ersten Schluck gemerkt. Also Export und Korn im Wechsel. Wie die Frau. Irgendwann hatte Lauer aufgehört zu zählen. Den Karton, den hatte er unter dem Arm gehabt, als er die Kneipe betreten hatte. Das war sicher. Zumindest glaubte er es.

Er überquerte die Planken in Höhe des Kornmarkts. Lief über die Kapuzinerplanken. Vorbei an *engelhorn sports*. Vor dem *Binokel* waren die Sonnenschirme zu, klar, der Regen. An der Ampel vor Galeria Kaufhof musste er warten, bis er über die Straße gehen konnte. Die Autos rollten an ihm vorbei. Ein endloser Strom.

Sein Handy klingelte.

»Herr Lauer, wo bleiben Sie?«

Frau Werner, die gute Seele in L 6. Ihr »Backoffice«, wie sein Kollege Meißner sie nannte, Schreibkraft, wie sie sich bezeichnete.

»Susanne kommt in einer Viertelstunde. Mit dem Baby. Das können Sie ihr nicht antun. Gerade heute nicht da zu sein. Herr Lauer! Sie sind viel zu spät.«

Lauer schaute auf die Uhr. Viertel vor zehn. In der Tat, er war zu spät. Die morgendliche Besprechung hatte er versäumt.

»Sie können froh sein, dass Clement heute bei der Besprechung nicht da war. Da ist Ihr Fehlen nicht weiter aufgefallen. Und ich habe Ihren Kollegen gesagt, Sie hätten noch einen Termin außer Haus.«

Seit Anfang des Jahres die Polizeireform in Kraft getreten war und Mannheim und Heidelberg jetzt eine Einheit unter dem Namen Polizeipräsidium Mannheim bildeten, war Clement nicht mehr jeden Tag bei der Dienstbesprechung um 8.30 Uhr im Polizeipräsidium anwesend. Ein Großteil der Kripo einschließlich der Kriminaltechnik mit der Spurensicherung war in Heidelberg angesiedelt worden. Ebenso der Kriminaldauerdienst, obwohl 75 Prozent der Einsätze in Mannheim stattfanden. Mehr Polizisten auf die Straße bringen, das war das Ziel der Polizeireform gewesen.

Ziel erreicht, dachte Lauer. Die Kollegen verbringen mehr Zeit auf der Straße, wenn sie ständig zwischen Mannheim und Heidelberg pendeln müssen.

Mannheim blieb als Kriminalkommissariat erhalten, sodass sich für Lauer wenig geändert hatte. Außer der positiven Folge, dass er Roman Clement, seinem direkten Vorgesetzten, nicht mehr tagtäglich über den Weg lief. Negativ schlug zu Buche, dass manche Sitzungen in Heidelberg oder in Weinheim stattfanden.

»Danke, Frau Werner«, sagte Lauer, »in fünf Minuten bin ich da.«

Susanne Gernhardt, geborene Dobler, die junge Kommissarin. Während der Ermittlungen zum Dreifachmord im Rheinauer Wald im Frühling 2013 hatte sie sich in den Kollegen Gernhardt verliebt, nach einem Vierteljahr waren sie zusammengezogen. Im Dezember letzten Jahres die Hochzeit. Susanne Gernhardt war schwanger geworden, im August war ihr Kind, ein Junge, wie Lauer wusste, auf die Welt gekommen, der Name fiel ihm nicht ein. Jetzt war die junge Frau im Mutterschutz und wollte danach die Elternzeit in Anspruch nehmen. Ein knappes Jahr vorher war Lauer Großvater geworden. Sophia hieß die Tochter seines Sohnes Fabian. Kommenden Montag feierte sein Enkelkind seinen ersten Geburtstag und Lauer hatte seinem Sohn versprochen, zum Geburtstag zu erscheinen. Morgen Nachmittag wollte er in Richtung Basel aufbrechen, nicht ohne am Vormittag noch ein

Geschenk für das Mädchen zu besorgen. Er hatte keinerlei Vorstellung, was man einem Mädchen zum ersten Geburtstag schenkte. Er würde sich im Laden beraten lassen.

Die Ampel sprang um, Lauer steckte sein Handy in die Jackentasche zurück und konnte endlich die Straße überqueren.

Hoch oben an dem Gebäude aus rotem Backstein auf der anderen Seite nahm er aus den Augenwinkeln eine Bewegung wahr. Er schaute nach oben. Und schaute wieder weg. Zu unwirklich erschien es ihm, was er da gesehen hatte. Ein Mann stand oben, ganz oben auf der Brüstung des Flachdachs, über ihm eine gelbe Markise. Der Mann ruderte mit den Armen, stand mit dem Rücken zum Gehweg. Gleich stürzt er, dachte Lauer. Aber der Mann fing sich, konnte den Oberkörper nach vorne bringen, weg von der Kante, weg vom Nichts.

Für einen Moment sah Lauer den Oberkörper nicht mehr, sah nur die Beine, die Füße, die scheinbar sicher auf der Kante standen. Und darüber spannte sich die Markise wie das Himmelszelt. Waren da nicht Stimmen?, fragte sich Lauer. Aber die konnten von sonst woher kommen.

Dann tauchten die Arme wieder auf, weit ausgebreitet, der Oberkörper neigte sich nach hinten.

»Lassen Sie das, um Himmels willen!«, wollte er rufen.

Er kam nicht dazu. Der Mann verlor das Gleichgewicht und stürzte in die Tiefe. Warum stürzt sich einer rückwärts vom Dach?, fragte sich Lauer, ohne den Gedanken weiter zu verfolgen. Fünf Meter unterhalb der Dachbrüstung war ein Balkon im Weg. Der Körper des Mannes schlug mit einem dumpfen Geräusch mit der Schulter auf und drehte sich halb um die eigene Achse. Für den Bruchteil einer Sekunde hatte Lauer das Gefühl, dem Mann in die Augen zu sehen. Dann schlug der Unglückliche keine zehn Meter von Lauer entfernt auf dem Gehweg auf. Neben sich hörte er eine Frau aufschreien.

Sofort bildete sich eine Blutlache um den Kopf. Blut auf dem Gehweg, von dem das Regenwasser in Bächen in den Rinnstein floss.

Lauer warf einen Blick auf den Mann. Der lag auf dem Bauch, das Gesicht war zur Seite gedreht. Das Auge, das Lauer sehen konnte, war aufgerissen, der Mund stand offen. Jung ist er, dachte Lauer. Nichts mehr zu machen.

Instinktiv warf Lauer einen Blick auf seine Uhr, zwei Minuten vor zehn, damit erübrigte sich die Frage nach dem Todeszeitpunkt. Er schaute nach oben, an der Brüstung war nichts zu sehen, schaute nach links und nach rechts, versuchte sich zu orientieren.

Das riesige, rote Backsteingebäude. Wo war der Eingang zum Hotel? In der Tiefgarage des Leonardo hatte er hin und wieder geparkt. Im Erdgeschoss zu den Kapuzinerplanken hin waren diverse Boutiquen untergebracht. Dann fiel es ihm ein. Der Eingang des Leonardo befand sich auf der gegenüberliegenden Seite. Also nach links. Lauer quetschte sich an der weiß-roten Schranke vorbei, rannte an der überdachten Zufahrt der Tiefgarage vorbei, direkt auf den Scipiogarten zu. Vorne am Gehweg konnte er gerade noch einer Frau mit Kinderwagen ausweichen.

»Basse Se doch uff«, rief die Frau ihm nach.

Lauer hob den Arm zur Entschuldigung und stand vor zwei langen Rolltreppen, die ihn an die Rolltreppen der U-Bahn in Rom erinnerten. An einem Pfeiler war eine Hinweistafel mit der Aufschrift »Leonardo Hotel – Reception«, darunter eine kleine Zeichnung. Links neben den

Rolltreppen, *engelhorn sports* gegenüber, entdeckte Lauer eine Glastür, auf der auch der Name des Hotels stand. Dorthin wollte er sich in Bewegung setzen, als sich ihm die Zeichnung auf der Hinweistafel erschloss. Ein weißer Pfeil auf blauem Hintergrund vor einem eckigen Gebilde, das eine Rolltreppe darstellen sollte. Ohne die Rolltreppe in Natur vor sich zu sehen, wäre Lauer nie auf diese Interpretation gekommen. Er stürmte die Rolltreppe hoch, die kein Ende zu nehmen schien. Oben angekommen entdeckte er die Rezeption, an der eine junge Frau in grauen Hosen, weißer Bluse und grauem Schal über einen Laptop gebeugt war.

»Rufen Sie einen Notarzt. Und die Polizei!«

Die Frau schaute ihn verwundert an, sodass er hinzufügte: »Von Ihrem Hotel ist ein Mann gestürzt.« Lauer blickte sich um. »Wo geht's zur Dachterrasse?«

Die Empfangsdame griff nach dem Telefonhörer und deutete mit dem Kopf in Richtung Fahrstuhl. Sie schien unbeteiligt.

Lauer ging zum Fahrstuhl, drückte auf alle Knöpfe, nichts tat sich. Er schaute sich um, entdeckte eine Treppe und rannte los. Als er im zweiten Stock war, kamen ihm Zweifel, ob er sich richtig verhalten hatte. Was, wenn der Täter sich mit dem Fahrstuhl aus dem Staub machte? Wieso Täter? Vielleicht war es ja ein Selbstmord. Oder ein Unfall.

Lauer rannte weiter, erreichte im fünften Stock die Dachterrasse, war außer Atem, riss die Glastür auf. Die Terrasse war leer. Kein Wunder, das Wetter war ungemütlich. Kein goldener September. Da hielt sich niemand nach dem Frühstück auf der Dachterrasse auf. Ein Stuhl in der Nähe der Brüstung war umgefallen.

Ein junger Mann in grauen Hosen, grauer, ärmelloser Weste, grauer Krawatte stand an der Eingangstür der Terrasse. Gab es das noch, Pagen?, fragte sich Lauer. Er ging dem Mann entgegen. Der hatte einen Dreitagebart, trug die Haare zu einem Zopf zusammengebunden und war Anfang zwanzig.

»Haben Sie jemanden gesehen?«

Der junge Mann schüttelte den Kopf.

»Was machen Sie hier?«

Der junge Mann zuckte mit den Schultern.

»Wie heißen Sie?«

»Onur Göyünc.«

Der kann reden, dachte Lauer.

»Türke?«

Der junge Mann schüttelte den Kopf. »Mannemer, in de Neggastadt gebore.«

Lauer war irritiert. »Sie arbeiten hier?« Dämliche Frage. Was sonst, dachte Lauer.

Der junge Mann nickte. »Azubi zum Hotelfachmann.«

»Haben Sie in den letzten Minuten jemanden bemerkt, der die Dachterrasse verlassen hat?«

Onur Göyünc schüttelte den Kopf. »Da ist heute Morgen niemand gewesen. Bei dem Regen.«

Logisch, dachte Lauer und war ein zweites Mal irritiert, dieses Mal über den Wechsel vom Mannheimer Dialekt ins Hochdeutsche. Trotzdem hatte sich mindestens eine Person auf der Dachterrasse aufgehalten: der Mann, der von der Brüstung aus in die Tiefe gestürzt war.

»Gut. Sie bleiben hier. Sie lassen niemanden durch diese Tür auf die Dachterrasse. Niemanden. Bis die Kriminaltechnik kommt. Haben Sie verstanden?«

Der junge Mann nickte.
»Ist es der Soner?«
»Wer? Was?«
»Der da unten liegt.«
»Wieso Soner?«
»Mit dem hab ich gestern Abend hier oben eine Zigarette geraucht. Awwer net verroote, des middem Raache.«
»Denken Sie dran, Sie sind verantwortlich, dass niemand die Terrasse betritt!«, rief Lauer dem Auszubildenden zu und rannte die Treppe wieder hinunter.
»Wenn ich es Ihnen sage! In den letzten zehn Minuten ist kein Mensch mit dem Aufzug hier unten angekommen.« Der Mann, der sich anstelle der Empfangsdame hinter der Rezeption aufgebaut hatte, machte einen genervten Eindruck.
»Müller – Geschäftsführer« las Lauer auf dem Schild an der Anzugjacke, grau, versteht sich. Er trommelte mit den Fingerspitzen auf den Empfangstresen.
»Und über die Treppe?«
»Fehlanzeige.«
Draußen waren Sirenen zu hören.
»Sie verlassen den Raum nicht!«, rief Lauer Herrn Müller zu und machte sich auf den Weg nach draußen.
»Das habe ich nicht vor«, antwortete der Geschäftsführer am Empfangstresen. »Hören Sie, alle Sicherheitsmaßnahmen wurden befolgt. Der Mann kann unmöglich aufgrund mangelnder Sicherheit gestürzt sein!«, rief er hinter Lauer her.
Aber das hörte der nicht mehr.
Schon von der Absperrschranke aus sah Lauer, dass sich eine Menschentraube um den auf dem Pflaster liegenden Körper gebildet hatte.

Zwei

»Vom Himmel hoch.«
Nur Meißner lachte.

»Du hast Glück gehabt, Leo. Wärst du ein wenig schneller unterwegs gewesen …«

Lauer saß mit unbewegter Miene im Sessel in der Eingangshalle des Hotels Leonardo im ersten Stock.

»Gut, Leo, ich habe verstanden. Keine flapsigen Sprüche mehr. Im Moment bist du unser wichtigster Zeuge. Ein Augenzeuge.«

Lauer nippte am Milchkaffee, der ihm bitter schmeckte.

»Ich fasse zusammen.« Meißner blätterte in seinem Notizbuch. »Soner Kurtbek. So lautet der Name des Toten. Zumindest steht das im Anmeldeformular, das die Frau am Empfang uns gezeigt hat. Den Pass hat sie sich vorlegen lassen. In seinem Koffer im Zimmer haben wir besagten Pass gefunden. Danach ist Kurtbek Türke. Er hat gestern kurz nach 18 Uhr eingecheckt. Reserviert hat er das Zimmer zwei Tage vorher telefonisch. Die Dame an der Rezeption war so freundlich, mir die Nummer, von der Kurtbek angerufen hat, herauszusuchen. Ich habe die Nummer Onur durchgegeben. Beim Einchecken hat Kurtbek gleich bezahlt. Bis Sonntag einschließlich. Und in bar. Er soll gestern Abend im Restaurant zu Abend gegessen und dann das Hotel verlassen haben. Kurz vor Mitternacht soll er eine Cola in der Hotelbar getrunken haben und auf sein Zimmer verschwunden sein. Heute Morgen ist er um halb neun zum Frühstück erschienen und danach auf sein Zimmer gegangen. Angeblich soll er keinen Besuch und keine Telefongespräche empfangen haben. Zumindest über den Festnetzanschluss des Hotels nicht.«

Lauer nippte ein weiteres Mal am Kaffee, verzog den Mund und schob die Tasse zur Mitte des Tisches.

»Ein Handy haben wir nicht gefunden. Weder bei dem Toten noch auf der Terrasse, auch nicht in seinem Zimmer. Dort haben wir einen Laptop entdeckt, auf dem Bett. Ein Fall für Onur Tanaoğlu. So, Leo, jetzt bist du dran. Was hast du gesehen?«

Lauer schaute in die Luft. Meißner war sich nicht sicher, ob seine Aufforderung bei seinem Kollegen angekommen war.

»War Susanne da?«, fragte Lauer.

»Ja, sie war da und sie hat nach dir gefragt.«

»Und ihr Sohn?«

»Der hat die ganze Zeit geschlafen. Frau Werner war verrückt nach dem Baby. Ich soll dich von Susanne grüßen.«

»Ich würde mich nicht so in die Tiefe fallen lassen, wenn ich Selbstmord begehen würde«, sagte Lauer nach einer weiteren Pause.

»Wie meinst du das?«

»Wenn du vom Dach springen würdest, wie würdest du das anstellen, Julian?«

»Du weißt, dass das bei mir unvorstellbar ist.«

»Rein hypothetisch.«

»Gut, Leo. Ich würde mich auf die Brüstung stellen, nach unten schauen, die Augen schließen und springen.«

»Du würdest vorwärts springen?«

»Was sonst?«

»Siehst du, das ist es, was ich nicht verstehe. Der Türke ist rückwärts gefallen.«

»Bist du dir da sicher, Leo? Schließlich haben wir den Mann auf dem Bauch liegend gefunden.«

»Es sah aus, als ob er das Gleichgewicht verloren hat. Er ruderte mit den Armen. Dann verlor er das Gleichgewicht. Er kam mit der Schulter auf dem Rand des Balkons auf, dabei drehte sich der Körper. Du wirst es nicht glauben, ich konnte ihm kurz in die Augen blicken. Ich sah Angst, Entsetzen.«

»Wundert mich nicht«, sagte Meißner. »Wenn die Entscheidung gefallen ist, wenn es nicht mehr rückgängig zu machen ist, wenn du weißt, dass gleich … Aber ich verstehe, was dir durch den Kopf geht. Rückwärts springt man nicht in den Tod.« Er schrieb in sein Notizbuch. »Hast du jemanden gesehen, der Kurtbek gestoßen hat?«

Lauer schüttelte den Kopf.

»Einen Schatten, einen Arm oder eine Hand?«

»Da war nichts. Also, ich konnte nichts ausmachen.«

Meißners Handy klingelte, kein normaler Klingelton, der Anfang eines Songs. Lauer hatte ihn beim allerersten Hören gleich erkannt. Bob Dylan. *Duquesne Whistle*. Das Eingangslied von Dylans Platte »Tempest«. Lauer hatte sich die Langspielplatte gleich nach Erscheinen gekauft.

»Und du bist absolut sicher, Onur?«, hörte Lauer Meißner fragen. »Das ist wirklich … Du meldest dich sofort, wenn du was über die Identität erfährst. Und die Nummer?«

Meißner steckte sein Handy in die Jackentasche zurück. »Der Pass ist eindeutig gefälscht.«

»Und jetzt?«, fragte Lauer.

»Jetzt heißt es abwarten. Wir haben seine Fingerabdrücke, die DNA. Vielleicht ist er in der Kartei. Und die Nummer, unter der sich Kurtbek, oder wie er hieß, im Hotel angemeldet hat, gehört zu einem Prepaidhandy, nicht registriert. Onur versucht, einen richterlichen Beschluss zur Ortung zu erwirken.«

»Wir sollten uns mit dem Pagen unterhalten«, sagte Lauer, »der mir auf der Dachterrasse über den Weg gelaufen ist.«

»Du meinst Onur Göyünc, den Auszubildenden?«

»Genau den«, antwortete Lauer und schüttelte den Kopf über Meißners Korrektheit.

Und ihm ging durch den Kopf, dass dieser Fall verdammt türkenlastig war. Onur Tanaoğlu, ihr Kollege von der Kriminaltechnik, hatte türkische Wurzeln und den gleichen Vornamen wie der Hotelpage. Lauer beschloss für sich, bei der Berufsbezeichnung zu bleiben.

»Kenne mer nooch drauße gehe?«, fragte Onur Göyünc. »Ich muss dringend an die frisch Luft«, schob er nach, als er die Reaktion der beiden Kommissare sah.

Lauer hatte sich daran gewöhnt, dass der Azubi sprachlich hin- und hersprang.

»Von mir aus«, sagte Meißner.

»Aber der Regen«, warf Lauer ein.

»Kää Problem.« Der Azubi strahlte. »Am Hinnerausgang vum Engelhorn sinn große Sunnescherm.«

So standen sie jetzt vom Regen geschützt, blickten auf den Scipiogarten und Lauer wunderte sich nicht zum ersten Mal, wie viele grüne Ecken es in Mannheims Innenstadt gab.

»Er hat sich als Soner vorgestellt«, sagte Onur Göyünc und zog an seiner Zigarette.

Von wegen frische Luft, dachte Lauer.

»Ich verdrück mich manchmal auf das Dach.« Göyünc deutete auf seine Zigarette. »Awwer net verroote.«

»Erzählen Sie weiter«, drängte Lauer. »Wie haben Sie«, er zögerte, »den Mann kennengelernt?«

»Auf dem Dach. Beim Beten.«

So erfuhren Julian Meißner und Leo Lauer, dass der Türke religiös gewesen sei, dass der Azubi ihn auf seinem Gebetsteppich auf der Dachterrasse zuerst gesehen habe, dass sie eine Zigarette zusammen geraucht hätten, dass Soner Kurtbek ihn mehrmals aufgefordert habe, den Koran zu lesen, Alkohol zu meiden, Allah zu lieben.

»Der ist krass gewesen. Aber in Ordnung.«

»Was wollte er in Mannheim?«

»Er hat gesagt, dass er lange im Ausland gewesen ist und dass er seine Mutter besuchen will.«

»Wissen Sie, wie seine Mutter heißt?«

»Was wääß ich.«

»Und weiter?«

»Nichts weiter. Wir haben eine zweite Zigarette geraucht, nebeneinandergestanden und nichts mehr gesagt. Dann ist er …«

»Göyünc«, rief es vom Eingang des Hotels.

Herr Müller, der Geschäftsführer.

»Alla donn. Ich muss«, sagte der Auszubildende und schnipste seine Zigarette in die Büsche.

»Was ist er dann …?«, rief ihm Meißner nach.

»Donn isser verschwunne.«

Onur Göyünc hatte die Straße überquert.

Die Stelle, an der der unglückliche Türke aufgekommen war, war noch nach allen Seiten abgesperrt, zu den Kapuzinerplanken, den Lauerschen Gärten und zu Galeria Kaufhof hin. Die Schaulustigen hatten sich verzogen, spätestens, als die Leiche abtransportiert worden war. Kriminaltechniker in ihren weißen Schutzanzügen waren noch bei der Arbeit. Und auch auf der Dachterrasse und im Zimmer des Opfers waren Kollegen zugange. Das Blut auf dem Pflaster hatte sich mit dem Regen vermischt und war in den Rinnstein geflossen. Nur ein dunklerer Fleck erinnerte noch daran, was hier passiert war.

Drei

Es war kurz nach 18 Uhr. Lauer und Meißner standen vor dem hellgrauen Wohnblock in der Torwiesenstraße auf dem Lindenhof und suchten den passenden Klingelknopf. Angehörigen die Todesbotschaft zu überbringen: ein schlimmer Job.

Auf dem Weg vom Leonardo zum Polizeipräsidium hatten sich Lauer und Meißner im *Koeripike* in den M-Quadraten eine Currywurst besorgt, Lauer wählte bei der Soße den Schärfegrad zwei. Er hatte seine Erfahrungen gemacht und war lernfähig. In ihrem Büro hatte sie Frau Werner empfangen mit einer Lobeshymne auf den kleinen Felix, Susannes Sohn.

»Susanne war enttäuscht, dass Sie nicht da waren«, schloss sie und verschwand an ihren Schreibtisch im Nebenzimmer. Keine fünf Sekunden später streckte sie den Kopf noch einmal zur Tür herein. »Bevor ich es vergesse, Herr Tanaoğlu hat angerufen. Sie sind beide nicht an Ihr Handy gegangen. Er bittet um Ihren Rückruf. Es sei dringend.«

Von ihrem Kollegen von der Kriminaltechnik erfuhren Lauer und Meißner die wahre Identität des Toten vom Leonardo.

»Oliver Mehmet Hayreddin«, sagte Tanaoğlu.

»Oliver Mehmet?«, fragte Meißner.

»Ja, Oliver Mehmet. Die Mutter ist Deutsche, der Vater Türke, ist vor einigen Jahren gestorben. Hayreddin hat die deutsche Staatsangehörigkeit, nur die deutsche. Und er war im Visier der Behörden. Im Oktober 2013 hat er Deutschland in Richtung Türkei verlassen. Nach einem Aufenthalt in Istanbul ist er nach Kayseri weitergereist. Von hier stammt sein Vater. Hier kam er bei seinem Onkel unter und hier verliert sich seine Spur. Hayreddin war radikaler Islamist und wollte weiter nach Syrien. Zum Islamischen Staat.«

»Dem sogenannten«, beeilte sich Meißner zu betonen.

Lauer notierte sich die Adresse der Mutter von Oliver Mehmet Hayreddin. Meißner steckte sich die letzten Pommes in den Mund, Lauer trank seinen Kaffee aus. Dann winkten sie Frau Werner zu, die vor ihrem Computer saß und nichts wahrzunehmen schien von dem, was um sie herum passierte. Sie trug dicke Kopfhörer.

»Sie hört wieder ihren Fritz Wunderlich«, sagte Lauer, als sie die Tür zuzogen. »Ich fass das nicht.«

Vor einigen Wochen hatte sich Lauer über das Gedudel, wie er sich ausdrückte, beschwert. Frau Werner hatte den Mund aufgerissen, aber keinen Ton gesagt. Am nächsten Tag war sie mit dem Kopfhörer zur Arbeit erschienen.

»Sie brauchen nicht zu glauben, dass ich es nicht höre, wenn Sie über mich lästern«, rief Frau Werner den Kommissaren nach.

»Hier: Hayreddin-Weber.« Lauer deutete auf den Klingelknopf.

Beide starrten auf das Namensschild.

»Und?«, fragte Meißner nach einer Weile.

Lauer drückte auf den Knopf. Nichts geschah. Er drückte ein zweites Mal. Nach zehn Sekunden, die Lauer viel länger vorkamen, knackte und knisterte es.

Dann sagte eine verzerrte Stimme: »Ja?«

»Lauer und Meißner, Frau Hayreddin-Weber, wir sind von der Kriminalpolizei.«

»Es geht um meinen Sohn.«

Lauer fiel auf, dass die Frau keine Frage gestellt hatte.

»Ja, es geht um Ihren Sohn.«

»Zweiter Stock, links.«

»Es musste so kommen.«

Frau Hayreddin-Weber saß auf dem Sofa im Wohnzimmer und hatte ihre Hände auf dem Schoß gefaltet. Dafür, dass sie erfahren hatte, dass ihr Sohn Oliver Mehmet ums Leben gekommen war, wirkte sie ruhig und gefasst.

»Ich habe meinen Sohn nicht heute verloren.«

»Erklären Sie es uns«, bat Meißner.

»Ich habe Oliver verloren, als er sich radikal dem Islam zuwandte.«

Das Zimmer war einfach eingerichtet. Ein Sideboard mit einem Flachbildschirm. Eine Glasvitrine mit Geschirr und Gläsern. Ein helles Dreiersofa, mit Kunstleder bezogen, zwei passende Sessel dazu. Ein Wohnzimmertisch aus Rauchglas. In der Ecke ein Esszimmertisch mit vier Stühlen. An den Wänden Fotos, die einen kleinen Jungen zeigten, vier, fünf Jahre alt. Auf einem Foto waren Frau Hayreddin-Weber, der Junge und ein Mann mit Glatze zu sehen.

»Wussten Sie, dass Ihr Sohn in der Stadt war?«, fragte Meißner.

Frau Hayreddin-Weber nickte. »Er hat mir am Donnerstagabend eine SMS geschickt.«

»Die würden wir uns gerne anschauen.«

»Einen Moment.«

Die Frau stand auf und verließ das Wohnzimmer. Nach einer Minute kam sie zurück und reichte Meißner ein Smartphone.

»Darf ich Ihnen etwas anbieten? Kaffee? Tee?«

Die Kommissare schüttelten den Kopf.

»Es macht keine Umstände.«

»Danke, Frau Hayreddin-Weber«, sagte Lauer.

»Mutti, komme Freitagmittag vorbei. Musst Wahrheit erfahren. Oliver«, las Meißner vor.

»Welche Wahrheit?«, fragte Lauer.

»Ich weiß es nicht. Ich brauche jetzt einen Kaffee.« Frau Hayreddin-Weber verschwand in der Küche.

Meißner notierte sich die Nummer, von der die SMS geschickt worden war. Er blätterte in seinem Notizbuch vor und zurück.

»Es ist die gleiche Nummer, unter der Hayreddin sich im Hotel angemeldet hat.«

Kurz darauf kam die Frau mit einer Tasse zurück und setzte sich auf ihren Platz auf dem Sofa.

»Sie haben keine Vermutung, was Ihr Sohn gemeint haben könnte?«, fragte Meißner nach.

»Ich kann es Ihnen beim besten Willen nicht sagen. Vielleicht ging es um den Islam.«

»Wie meinen Sie das?«

»Dass der Islam die einzig richtige Religion ist, die Wahrheit, was weiß ich.« Frau Hayreddin-Weber verzog das Gesicht und schüttelte sich, als wolle sie jeden Gedanken an dieses Thema verscheuchen. Dann griff sie nach ihrer Tasse, trank einen Schluck, stellte die Tasse zurück und starrte auf den ausgeschalteten Fernseher.

»Erzählen Sie uns von Ihrem Sohn«, forderte Lauer die Frau auf. »Von Ihrem Mann, von Ihrer Familie.«

»Ich lernte meinen Mann 1992 kennen. Ich war damals an der Kasse beim Edeka in der Seckenheimer Straße. Ismail war 40, fünfzehn Jahre älter als ich. Es war Liebe auf den ersten Blick. Ein Jahr später heirateten wir. Ihm zuliebe trat ich zum Islam über, das war eher formal. Ismail war kein strenggläubiger Muslim. Ab und zu ein Bier, das schlug er nicht aus. 1994 wurde Oliver Mehmet geboren. Wir waren eine glückliche Familie. Mein Mann liebte Oliver über alles. Und für Oliver war sein Vater der wichtigste Mensch. Aber diese glückliche Zeit ging bald zu Ende. 1999 wurde bei meinem Mann Krebs festgestellt. Lungenkrebs. Obwohl er in seinem ganzen Leben keine einzige Zigarette geraucht hatte. Mein Mann arbeitete bei Mercedes-Benz in der Gießerei. Feinstaub. Die Berufsgenossenschaft lehnte es ab, die Erkrankung als Berufskrankheit anzuerkennen. 2000 starb mein Mann, 48 Jahre alt. Oliver veränderte sich. Aus dem lebenslustigen Jungen wurde ein verschlossener Junge, der kaum noch mit mir redete und sich in seinem Zimmer verkroch.

2003 lernte ich meinen jetzigen Mann kennen. Oliver lehnte ihn ab, aber Martin hat sich um den Jungen bemüht, unternahm viel mit ihm. Fußball. Schwimmbad. Zoobesuche. Oliver taute auf, konnte sich freuen, lachte, tobte. Wir waren wieder eine glückliche Familie. Die Veränderungen kamen schleichend. Anfangs bemerkte ich es nicht. Oliver fing an, sich abzusondern. Das muss in der Zeit um seinen 13. oder 14. Geburtstag gewesen sein. Ich solle mir keine Gedanken machen, meinte mein Mann. Pubertät und so. Aber je älter Oliver wurde, desto schlimmer wurde es. Er sprach jeden Tag von seinem Vater, von Ismail. Er besuchte die Koranschule, fing an, Türkisch zu lernen, später Arabisch. Es wurde eine richtige Manie von ihm. Er wollte den ganzen Koran auswendig lernen. Er betete fünfmal am Tag. Er stritt sich mit mir, warf mir vor, keine richtige Muslimin zu sein. Und meinen Mann, seinen Stiefvater, nannte er nur den Ungläubigen.

An seinem 18. Geburtstag zog er bei uns aus. Der Kontakt riss ab. Von seinem besten Freund habe ich erfahren, dass er in die Türkei gegangen ist, dass er sich diesem Islamischen Staat anschließen wollte. Ismails Bruder, der in Kayseri wohnt, hat mich angerufen, im November 2013 muss das gewesen sein. Er hat mir erzählt, dass Oliver in Richtung Syrien aufgebrochen ist, dass er ihn nicht aufhalten konnte. All die Monate habe ich nichts von meinem Jungen gehört. Weder ich noch mein Mann. Die SMS vom Donnerstagabend war sein erstes Lebenszeichen nach langer Zeit. Und sein letztes.« Frau Hayreddin-Weber schlug die Hände vor das Gesicht.

Lauer wollte eine Frage stellen, Meißner hob den Arm und schüttelte den Kopf. Eine Minute saßen sie sich schweigend gegenüber.

»Es tut uns leid, was mit Ihrem Sohn passiert ist«, sagte Meißner schließlich.

»Was ist genau passiert?«

»Oliver Mehmet stürzte von der Dachterrasse des Leonardo Hotels in den Quadraten. Es ist im Moment noch offen, ob er freiwillig sprang oder in irgendeiner Form dazu gezwungen wurde.«

»Oliver? Selbstmord? Niemals.«

»Was macht Sie so sicher?«, fragte Lauer.

»Mein Gefühl. Und weil es seine Religion ihm verbietet.«

»Seine Religion?«

»Und all die Selbstmordattentäter?«, warf Lauer ein.

»Leo, es reicht. Frau Hayreddin-Weber, habe ich Sie richtig verstanden, Sie hatten keinerlei Kontakt zu Ihrem Sohn ab dem Zeitpunkt, als er nach Syrien reiste, bis zu dieser SMS?«

»Es war schrecklich. Diese Ungewissheit. Die Bilder ständig in den Nachrichten. Abgeschlagene Köpfe. Vermummte, fanatische Gestalten, die Fahnen schwenken und mit Gewehren herumfuchteln.«

»Mit wem hatte Oliver Kontakt? Mit wem war er befreundet, bevor er sich absetzte?«, fragte Lauer.

»Über das letzte Jahr, als er ausgezogen war, da kann ich Ihnen nichts sagen. Wir haben uns kaum gesehen. Und Oliver war verschlossen. Aber vorher, als er 16, 17 Jahre alt war, war er mit Emrah befreundet.«

»Emrah und weiter?«

»Den Nachnamen kenne ich nicht. Aber ich kann Ihnen seine Telefonnummer geben.« Sie griff nach dem Handy, das vor ihr auf dem Wohnzimmertisch lag, drückte einige Tasten und sagte: »Hier ist die Nummer, schreiben Sie mit.«

»Sie wirkt erstaunlich gefasst«, sagte Lauer, als sie das Haus verließen und zu ihrem Auto unterwegs waren.

»Ich glaube, es stimmt, was sie sagt. Sie hat ihren Sohn nicht erst heute verloren.«

Lauers Handy klingelte. Er schaute auf das Display. Kollege Tanaoğlu von der Kriminaltechnik.

»Onur, was gibt es?«

»Vier Nachrichten, Leo, zwei gute, zwei schlechte.«

»Wie immer die guten zuerst.«

»Erstens ist der Beschluss zur Ortung durch.«

»Wie hast du das angestellt?«

»Frau Brandes, deine Lieblingsstaatsanwältin, hat sich ins Zeug gelegt. Zweitens konnte das Handy geortet werden.«

»Und wo?«

»Kapuzinerplanken. Der Standort hat sich im Verlauf der Ortung nicht verändert.«

»In der Nähe des Tatortes. Und jetzt die schlechten Nachrichten, Onur.«

»Um 17.24 Uhr genau, also vor 15 Minuten, ist die Ortung abgerissen.«

»Verflixt.«

»In der Tat, Leo. Die zweite schlechte Nachricht betrifft Theresa Brandes. Du hast ihr so vorgeschwärmt von einem Rotwein aus … Moment, ich hab es mir aufgeschrieben. Der würde wie ein guter Bordeaux schmecken.«

Lauer hörte ein Rascheln in der Leitung.

»Hier, aus Dirmstein, den wünscht sich die Frau Staatsanwältin.«

»Soll sie bekommen«, sagte Lauer und dachte an den Preis. »Danke, Onur, gute Arbeit.«

»Es hätte einfach sein können«, sagte Meißner, als sie auf den Kapuzinerplanken standen. »Wir schlendern über den Platz, wählen die Nummer und warten auf das Klingeln.«

»Das wäre zu billig«, sagte Lauer.

»Fassen wir zusammen«, sagte Meißner. »Der Täter hat das Handy seines Opfers mitgehen lassen. Geortet wird es Stunden später auf den Kapuzinerplanken. Was heißt das?«

»Es gibt zwei Möglichkeiten. Der Täter trug das Handy bei sich und saß in einem der Straßencafés, zum Beispiel im *Binokel* da vorne. Oder er hat das Handy auf den Kapuzinerplanken zurückgelassen.«

»Zurückgelassen?«

»Entsorgt in einem Mülleimer, zum Beispiel.«

Meißner hielt Lauer ein Paar Einweghandschuhe hin. »Los geht's. Durchsuchen wir die Mülleimer. Die Gäste des *Binokel* können wir schlecht fragen, ob sie ein Prepaidhandy geklaut haben.«

Die Kommissare streiften sich die Handschuhe über. Beim dritten Mülleimer hatte Lauer Erfolg. Triumphierend gab er Meißner das Handy.

»Ein Billighandy von Nokia, telefonieren und SMS schreiben und fertig.«

Meißner schaltete das Handy ein und tippte los. »Keine Pin-Sperre«, sagte er. »Keine Kontakte, die gespeichert sind, keine SMS, keine Einträge im Telefonbuch. Platt gemacht. Auf den Werkszustand zurückgesetzt.« Er ließ das Handy in einem Plastikbeutel verschwinden.

»Die Indizien für ein Verbrechen verdichten sich«, sagte Lauer. »Rückwärts vom Dach gefallen. Das verschwundene Handy.«

»Du hast recht, Oliver Mehmet Hayreddin wurde vom Dach gestoßen. Man verlässt nicht sein Hotel, entsorgt sein Handy, geht ins Hotel zurück und springt vom Dach.« Meißner schaute auf die Uhr. »Kurz nach halb sieben. Sollen wir noch diesen Emrah …«

Lauer winkte ab. »Es reicht für heute, Julian.«

Meißners Handy klingelte. Er nahm ab. »Ja?« Dann legte er die Hand auf den Hörer und flüsterte Lauer zu: »Clement.«

»Was will unser Chef?«, fragte Lauer, als Meißner das Gespräch beendet hatte.

»Morgen früh. Außerordentliche Besprechung. 8.30 Uhr in seinem Büro. Einziger Tagesordnungspunkt: der Tote vom Leonardo.«

»Einen kleinen Abstecher ins *Binokel* noch?«, fragte Lauer seinen Kollegen.

»Nur für ein Bier.«

»Oder zwei«, fügte Lauer so leise hinzu, dass Meißner es nicht mitbekam.

Samstag, 13. September

Vier

Roman Clement, Erster Hauptkommissar und Leiter der Kriminalinspektion 11 der Mannheimer Kripo, schaute in die Runde. Die fiel an diesem Samstagmorgen klein aus, sodass Clement beschlossen hatte, in seinem Büro im ersten Stock des Polizeipräsidiums zu tagen. Leo Lauer und Julian Meißner saßen am Besprechungstisch. Außerdem hatte Clement den Oberkommissar Christian Gernhardt und den Kriminaltechniker Onur Tanaoğlu einbestellt.

Lauer sah, wie Clement die Augenbrauen nach oben zog. Er wusste, dass eine, wie Clement es stets ausdrückte, »bedeutsame Mitteilung« folgen würde.

»Ich habe Ihnen eine bedeutsame Mitteilung zu machen. Unser Polizeipräsident, Herr Faulhaber, hat mich heute schon in aller Frühe angerufen. Er ist eng befreundet mit dem Geschäftsführer des Leonardo. Und er möchte nicht, dass das Hotel negative Schlagzeilen bekommt.«

»Wir ermitteln in einem Todesfall, der sich in dem Hotel zugetragen hat«, sagte Lauer. »Ist diese Tatsache an sich nicht negativ?«

»Sie wissen, was uns unser Polizeipräsident sagen möchte. Dem habe ich nichts hinzuzufügen.«

»Wir werden«, sagte Meißner, »mit der nötigen Diskretion ermitteln, aber«, er deutete auf den Rhein-Neckar-Anzeiger, der vor Clement auf dem Tisch lag, »die Presse war schneller.«

»Ich bin über diese Art der Berichterstattung nicht glücklich«, sagte Clement. »Was erst einmal gedruckt ist, brennt sich ein ins Bewusstsein.«

Lauer versuchte, die auf dem Kopf stehende Schlagzeile zu entziffern.

»Wer hat diese Information an die Presse gegeben?«, fragte Gernhardt.

»Ich!« sagte Clement und blickte sich um.

»War das nötig?«, fragte Tanaoğlu.

»Sie wissen alle, dass Transparenz mein wichtigster Grundsatz ist und deshalb …«

Nicht schon wieder dieser Sermon, dachte Lauer und konnte endlich die Überschrift entziffern: *Tödlicher Sturz vom Leonardo. Mischt der IS in Mannheim mit?*

»Diese Information hätten wir noch zurückhalten können«, sagte Lauer. »Zumal bisher keine Hintergründe geklärt sind.«

»Es ist bekannt, Lauer, dass Sie jede meiner Entscheidungen anzweifeln. Schluss jetzt mit der Diskussion.«

»Auf jeden Fall ist das Schwachsinn, was da steht.« Meißner ließ sich nicht das Wort verbieten. »Zum gegenwärtigen Zeitpunkt wissen wir nichts über das Motiv, schon gar nichts über mögliche Täter. Es war unnötig, den sogenannten Islamischen Staat ins Gespräch zu bringen.«

Das Telefon auf Clements Schreibtisch klingelte. Clement stand vom Besprechungstisch auf und hob ab. »Wir sind in einer Besprechung.« Er hörte kurz zu, nickte mehrmals und hielt den Hörer in die Luft. »Für Sie, Lauer, die Pforte.«

»Was will die Frau?«, hörten die anderen Lauer sagen. »Was will sie mir übergeben? Eine Schachtel? Frag sie mal,

Heinz, ob Schuhe in der Schachtel sind.« Lauer legte die Hand auf den Telefonhörer. »Ich bin gleich fertig«, sagte er in Richtung seiner Kollegen. »Eine Schuhschachtel also. Sie soll sie bei dir lassen. Und sei so gut und bedank dich in meinem Namen. Sag, ich sei unabkömmlich, Besprechung beim Chef, du machst das.« Er legte auf und setzte sich auf seinen Platz.

»Am liebsten wäre mir«, griff Clement den Faden auf, »wenn sich das Ganze als Selbstmord oder tragischer Unfall herausstellen würde.«

»Damit können wir Ihnen nicht dienen.«

Wieder klingelte das Telefon.

»Bestimmt für Sie, Lauer.«

Lauer hob ab und legte mit den Worten »Das gibt es nicht!« gleich wieder auf. »Die Frau besteht darauf, mir die Schachtel persönlich zu übergeben. Sie lässt sich nicht abwimmeln.«

»Fünf Minuten«, billigte Clement zu.

Als er die letzten Stufen nahm, kam Lauer die Frau, die vor der Pforte wartete, unbekannt vor. Als er die Glastür aufdrückte, dämmerte es ihm. Seine Kneipenbekanntschaft vom Donnerstagabend, die Frau, in deren Bett er aufgewacht war. Erika …

»Erinnerst du dich an mich?«

Lauer warf dem Kollegen hinter der Scheibe der Pforte einen Blick zu, der zuckte mit den Schultern und grinste in sich hinein. Zumindest kam es Lauer so vor.

»Was wollen Sie von mir?«

»Nicht so förmlich. Da waren wir schon weiter.«

Die Frau hielt Lauer die Schachtel mit den wertvollen Veloursleder-Boots hin.

»Danke«, sagte Lauer und griff danach.

Die Frau zog die Schachtel zurück. »Gell, du weißt nicht mehr, wie ich heiße?«

»Erika …«

»Fast, Leo. Elke heiße ich. Elke Abelt.« Sie drückte ihm die Schuhschachtel in die Hand. »Jetzt könntest du mich auf einen Kaffee oder ein Glas Sekt einladen. Als Finderlohn.«

»Ich bin in einer wichtigen Dienstbesprechung, Frau Abelt.«

»Dann ein anderes Mal.« Elke Abelt hielt Lauer eine Visitenkarte hin. »Hier, damit du mich nicht mehr vergisst. An eine Frau, mit der man zusammen die Nacht verbracht hat, sollte man sich erinnern.«

Lauer war so perplex, dass er die Karte nahm und sie anstarrte, ohne mitzubekommen, was darauf stand. Als er aufschaute, war die Frau verschwunden.

»Tja, Leo, im Leben passieren seltsame Sachen.« Der Kollege hinter der Pforte zwinkerte ihm zu.

Lauer drückte den Karton an sich und ging die Treppe hoch.

»Unser geschätzter Kollege Lauer hat wieder Zeit für uns. Können wir weitermachen? Oder möchten Sie uns vorher noch Ihre neuen Schuhe vorführen?«

Lauer kommentierte Clements Bemerkungen nicht.

»Wo waren wir?« Clement runzelte die Stirn.

Jetzt tut er, als würde er nachdenken, dachte Lauer.

»Suizid«, sagte Meißner. »Wir gehen davon aus, dass das auszuschließen ist.«

»Was macht Sie so sicher?«

»Erstens fiel das Opfer rückwärts vom Dach.«

»In Ihrem Bericht habe ich gelesen, dass der Mann mit dem Bauch und dem Gesicht aufkam.«

»Er stürzte auf die Ecke eines Balkons und drehte sich im Flug.«

»Liegt der Obduktionsbericht vor?«

»Noch nicht«, sagte Gernhardt. »Julia hat versprochen, dass er bis Montag da sein soll.«

»Julia?«, fragte Clement.

»Frau Dr. Langner«, verbesserte sich Gernhardt.

»Ich habe mit eigenen Augen gesehen, dass er mit dem Rücken zur Straße stand«, schaltete sich Lauer ein.

»Sind Sie da sicher? Vielleicht drehte er sich kurz vor dem Sprung um und Ihnen ist das entgangen.«

Lauer ging nicht auf Clements Anmerkung ein.

»Und zweitens«, fuhr Meißner fort, »haben wir das Handy in einem Papierkorb auf den Kapuzinerplanken gefunden. Ein billiges Nokia-Handy zum Telefonieren und Simsen. Unregistrierte Prepaid-Sim-Karte. Das Handy war sorgfältig abgewischt und in den Werkszustand zurückgesetzt. Warum sollte ein Selbstmörder vor seinem Selbstmord sein Handy auf diese Art und Weise entsorgen?«

»Ich kann mir das Handy gerne vornehmen«, sagte Tanaoğlu. »Mit dem Laptop konnte ich mich noch nicht beschäftigen.«

Meißner gab ihm den Plastikbeutel. »Kannst du, obwohl das Ding platt gemacht wurde, noch was finden?«

Tanaoğlu bewegte den Kopf hin und her. »Im Prinzip ja, wenn es ein gebräuchliches Handy ist und auf unsere Tools anspricht. Auf jeden Fall versuche ich mein Bestes.«

Wieder klingelte das Telefon auf Clements Schreibtisch.

Clement stand auf. »Wichtige Dienstbesprechung. Ich möchte nicht gestört werden«, bellte er in den Hörer, legte auf und stampfte wie zur Bestätigung seiner Worte mit dem Fuß auf.

Keine zehn Sekunden später ertönte Dylans knarzige Stimme im Raum. Meißner hob beschwichtigend die Hände, zog sein Handy aus der Tasche und ging vor die Tür.

Nach zwei Minuten kam er zurück. »Ein Anruf von einer Frau aus der Yavuz-Sultan-Selim-Moschee am Luisenring. Sie hat den Artikel über Hayreddin heute im Rhein-Neckar-Anzeiger gelesen. Hayreddin hatte gestern Nachmittag um 15 Uhr einen Termin in der Moschee. Aber er ist nicht erschienen.«

»Konnte er ja nicht, da war er tot«, sagte Tanaoğlu.

»Haben Sie alles notiert?«, fragte Clement.

Meißner wedelte mit seinem Moleskine-Notizbuch.

»Gut, fassen wir zusammen. Was wissen wir?«

»Den Namen«, sagte Meißner.

»Ich kenne den Bericht«, unterbrach ihn Clement.

»Dass Hayreddin sich in der Türkei und in Syrien …«

»Steht alles im Bericht. Hat die Befragung der Mutter zu ermittlungsrelevanten Fakten geführt?«

»Sie hat uns den Namen eines Freundes genannt«, sagte Lauer.

»Gut, da setzen wir an. Und die Frau in dieser Moschee. Mir ist nicht recht, dass die Religion … Tanaoğlu, bei den Sachen dieses Türken …«

»Er war deutscher Staatsbürger, in Mannheim geboren«, sagte Tanaoğlu.

»Ja, stimmt. Haben Sie was von Bedeutung bei seinen Sachen gefunden?«

»Klamotten, nicht viele, das Übliche. Toilettenartikel, die üblichen. Einen Koran in arabischer Sprache. Die Reisetasche lag umgedreht und ausgeräumt auf dem Bett. Der Inhalt der Reisetasche war auf dem Bett verstreut. Natürlich kann Hayreddin selbst in seiner Tasche gewühlt und was gesucht haben. Und vor dem Bett haben wir auf dem Vorleger ein Haar gefunden. Das wird analysiert, logisch. Es könnte von Hayreddin stammen, es könnte von einem früheren Gast stammen, von einem Zimmermädchen, aber es könnte auch vom Täter sein. Dann haben wir den Laptop, wie gesagt. Und das hier.« Tanaoğlu hielt einen kleinen Schlüssel hoch.

»Ein Fahrradschlüssel wird das nicht sein«, sagte Clement und lachte.

Niemand lachte mit.

Gernhardt griff nach dem Schlüssel und drehte ihn hin und her. »Könnte der Schlüssel zu einem Schließfach sein, vielleicht am Hauptbahnhof.«

Clement schaute auf die Uhr. »Ich muss gleich los. Wichtiger Termin.«

Lauer schob den Stuhl zurück und erhob sich.

»Langsam, Lauer. Erst noch die Aufgabenverteilung. Tanaoğlu, neben Handy und Laptop kümmern Sie sich um den Schlüssel. Gernhardt, Sie gehen ins Leonardo. Ich möchte lückenlos wissen, was dieser …«, Clement zögerte, »dieser Mann vor seiner Ankunft im Hotel bis zu seinem Ableben gemacht hat. Aber gehen Sie diskret vor, Gernhardt.«

»Wird gemacht, Chef!«

Chef! Lauer war sich nicht sicher, ob der junge Kommissar, seit einigen Wochen stolzer Vater, es ernst meinte oder Clement auf den Arm nahm.

»Und Sie beide, Lauer, Meißner, Sie kümmern sich um die Moschee und diesen Freund. Frisch an die Arbeit, Männer!«

Alle standen auf.

»Ach, dass ich es nicht vergesse. Mir wäre es recht, wenn das mit dem Islam nicht so hochgekocht würde.«

»Wie meinen Sie das?«, fragte Lauer und wunderte sich ein weiteres Mal über seinen Vorgesetzten. Schließlich hatte Clement die IS-Information an die Presse gegeben.

»Sie wissen genau, was ich meine.«

Lauer war an der Treppe, als Clement hinter ihm herrief: »Lauer, Ihr Überstundenausgleich am Montag und am Dienstagvormittag ist gestrichen.«

»Das war zu erwarten«, murmelte Lauer vor sich hin und schaute auf die Uhr.

Kurz nach neun. Um die Zeit hatte er losfahren wollen. In die Schweiz. Nach Magden. Zu seinem Sohn Fabian und dessen Frau Theresa. Zu Sophia, seiner Enkeltochter. Die am Montag ihren ersten Geburtstag ohne ihn feiern würde.

Fünf

Die neuen Schuhe in hellgrauem Veloursleder sahen schick aus, aber sie drückten. Lauer war froh, als er im Vorraum der Yavuz-Sultan-Selim-Moschee am Luisenring, direkt gegenüber der katholischen Liebfrauenkirche, die Schuhe ausziehen und in die grauen Filzpantoffeln schlüpfen konnte.

Eine junge Frau hatte sie empfangen.

»Ich hätte Sie gerne unter anderen Umständen in unserer Moschee begrüßt.«

Die Frau trug graue Leggings, darüber ein gemustertes Kleid, das bis zu den Waden reichte, und ein schlichtes, weißes Kopftuch.

»Mein Name ist Fatima Güney. Ich unterrichte die Kinder und Jugendlichen im Koran und zeige Schulklassen unsere Moschee. Wir vertreten einen aufgeklärten Islam. Folgen Sie mir bitte.«

Aufklärung und Islam, zwei Begriffe, die für Lauer nicht unbedingt eine Symbiose bildeten. Doch er sagte nichts. Die Frau führte sie die Treppe hoch.

»Der Gebetsraum ist den Männern vorbehalten.«

Lauer sah, dass Meißner sich auf die Zunge biss. Für Lauer war die Geschlechtertrennung in Sachen Religion nicht ungewöhnlich. In der katholischen Kirche seines pfälzischen Heimatdorfes hatten früher die Frauen auf den Bänken links im Kirchenschiff gekniet, die Männer rechts.

»2500 Gläubige finden Platz, davon 500 Frauen dort oben auf der Frauengalerie.« Fatima Güney zeigte auf eine in den Raum ragende Empore.

Auf der Empore seiner Dorfkirche hatte sich Lauer mit 16, 17 Jahren mit seinem Freund getroffen und während der Sonntagsmesse den neuesten Dorftratsch durchgehechelt. Eines Sonntags hatte ihm sein Freund von einem Landserroman erzählt, in dem Soldaten, um nicht in Gefangenschaft zu geraten, ihr Gewehr in den Mund geschoben und abgedrückt hatten. Wenige Tage später hatte sich sein Freund auf diese Art und Weise das Leben genommen.

Lauer und Meißner waren überrascht von der Helligkeit, die ihnen entgegenschlug. Von den mit Kalligrafie bemalten Wänden. Von der Höhe der Kuppel, die sich über den Gebetsraum wölbte.

»Das Minarett ist 35 Meter hoch.«

Alles schien blau zu strahlen.

»Wir sind beeindruckt«, sagte Meißner.

»Unsere Moschee steht nicht nur den Muslimen offen. Alle sind willkommen.«

Lauer wurde es zu viel. »Wir sind wegen Hayreddin …«

»Selbstverständlich. Ich bringe Sie in den Sitzungsraum, da kann ich mich in Ruhe um Ihr Anliegen kümmern.«

Nicht zum ersten Mal während ihres Gesprächs war Lauer von dem geschliffenen Deutsch der Frau überrascht.

An der Wand des Sitzungsraums hing ein riesiges Foto von der Kuppel der Moschee, eingerahmt links vom Minarett und rechts vom Kirchturm der Liebfrauenkirche. Über dem Sitzungstisch, um den, Lauer zählte zwei Mal nach, 24 weinrote Polsterstühle standen, hing eine Fahne mit der Aufschrift »DITIB Mannheim«, links davon die deutsche, rechts die türkische Fahne.

»Der Trägerverein der Yavuz-Sultan-Selim-Moschee in Mannheim ist die Türkisch-Islamische Gemeinde zu Mannheim unter dem Dachverband der Türkisch-Islamischen Union DITIB«, sagte die Frau, als sie um den Tisch saßen.

»Oliver Hayreddin«, sagte Lauer.

»Ja, Oliver Mehmet. Ich mochte ihn.«

»Er hat Sie angerufen?«, fragte Lauer.

»Am Donnerstag, gegen Abend.«

»Sie haben persönlich mit ihm gesprochen?«

»Nein, ich war nicht da. Neben der Arbeit hier bin ich noch berufstätig und habe mich um zwei kleine Kinder zu kümmern. Der Imam war am Apparat.«

»Ihr Imam spricht deutsch?«, fragte Lauer.

»Nein, aber Hayreddin konnte sich gut auf Türkisch verständigen.«

»Was wollte Hayreddin?«, fragte Meißner.

»Mich sprechen. Als der Imam ihm sagte, ich sei nicht da, hat er gefragt, wann ich freitags hier bin. Als der Imam es ihm sagte, hat Oliver Mehmet mir ausrichten lassen, dass er gegen 15 Uhr hier sein würde.«

»Das war alles?«, hakte Meißner nach.

»Ja, nein, Oliver Mehmet schloss das Gespräch mit den Worten, es sei wichtig. Er hat das wiederholt. ›Sagen Sie ihr, es ist wichtig.‹ Das waren seine Worte.«

»Können Sie sich vorstellen, was er damit meinte?«

Fatima Güney überlegte. »Ich weiß es nicht. Ich war von dem Anruf, das muss ich zugeben, überrascht.«

»Wieso?«

»Wir sind im Streit auseinandergegangen. Oliver Mehmet war fünfzehn, als er hier in der Moschee auftauchte. Er hatte viel Halbwissen über den Islam, überall etwas aufgeschnappt, viel Unverdautes, Unfertiges, aber er war wissbegierig. Ich gab ihm privat Türkisch-Unterricht, sein Türkisch war, vorsichtig ausgedrückt, gewöhnungsbedürftig. Kein Wunder, die Mutter ist Deutsche und Oliver Mehmets Vater ist gestorben, als der Junge sechs Jahre alt war. Er lernte schnell. Und er wollte den Koran auf Arabisch studieren. Also habe ich ihm auch Arabisch beigebracht. Er war ehrgeizig. Er hat jede Information, die er bekommen konnte, aufgesaugt. Er war mein Musterschüler. Ich mochte ihn.«

»Das sagten Sie bereits. Was passierte dann?«, fragte Lauer.

»Nach einem Jahr veränderte sich Oliver Mehmet, es war ein langsamer Prozess. Es waren Sätze wie: ›Mein Vater hat nicht richtig gebetet‹, die mich aufhorchen ließen. Oder: ›Meine Mutter hat ein falsches Verständnis vom Islam.‹ Ich habe ihn gefragt, was er damit meinte. ›Sie versucht, die Wörter im Koran umzudrehen, umzudeuten‹, sagte er. Er mache genau das, was im Koran stehe, nur das sei richtig. Dann hat er sich einen Bart wachsen lassen und ist in einem langen, weißen Gewand herumgelaufen. ›Schneid den Bart ab, kürze ihn wenigstens‹, habe ich ihm gesagt. Der Bart sei Pflicht, so stehe es im Koran. So fing das Ganze an. Wir haben diskutiert und diskutiert, stundenlang. Ich bin nicht mehr an ihn herangekommen. Er wurde radikaler. Unversöhnlicher. Nun warf er uns vor, falsch zu beten, den Islam nicht richtig zu praktizieren. Er warf uns vor, dass wir die Demokratie nicht ablehnen. ›Demokratie und Islam, das ist wie Feuer und Wasser‹, sagte er.«

»Wie lange ging das?«, fragte Meißner.

»Einige Monate. Selbst mit seinem besten Freund überwarf er sich. Ich musste handeln, so sehr mir der Junge ans Herz gewachsen war.« Fatima Güney stützte ihren Kopf auf die Hände. Sie sah nachdenklich aus.

»Handeln?« Lauer versuchte, das Gespräch wieder in Gang zu bringen.

»Ich habe ihn rausgeworfen. Habe ihm Hausverbot gegeben. Ich konnte nicht wissen, dass er …«

»Wissen Sie, was er danach gemacht hat?«

»Der Kontakt ist komplett abgerissen. Wahrscheinlich ist er in einer Hinterhofmoschee gelandet. Was da gepredigt wird, möchte ich nicht wissen.«

»In Mannheim gibt es solche Moscheen?«

Fatima Güney nickte. »Nicht nur eine! Gehen Sie mal in die Neckarstadt …«

»Könnten Sie uns da weiterhelfen?«

»Tut mir leid, damit gebe ich mich nicht ab. Schauen Sie im Internet nach. Oder fragen Sie seinen Freund.«

»Können Sie uns erklären, was in Hayreddins Kopf vorgegangen ist, dass er sich dem Islamischen Staat in Syrien angeschlossen hat?«, fragte Meißner.

Fatima Güney setzte sich aufrecht hin. Sie legte die Arme zurück auf die Tischplatte und warf ihren Kopf zurück. »Viele, die aus Deutschland nach Syrien reisen, sind Leute mit einem Bruch in der Vergangenheit. Zerrüttete Familien, wenig Bildung, keine Lebensperspektive, auf der Suche nach Sinn. Bei solchen Menschen zieht es, wenn sich da einer hinstellt und sagt: ›Wenn du für Allah stirbst, kommst du ohne Sünden ins Paradies und 72 Jungfrauen warten auf dich.‹«

»72 Jungfrauen im Paradies«, sagte Lauer, »ist das nicht naiv? Das kann doch niemand ernst nehmen.«

»Was glauben Sie, das ist eine reale Vorstellung. Im Paradies gibt es Sex mit Jungfrauen, in der Hölle wirst du mit Eiter und Blut vollgestopft und ein Engel schlägt dir ständig mit einem Stein auf den Kopf.«

»Viele in diesem Land sagen, Fundamentalismus und Terror hätten nichts mit dem Islam zu tun«, sagte Meißner. »Was meinen Sie?«

»Es wird Sie überraschen, ich finde, das kann man so nicht sagen. *Den* Islam gibt es nicht. Es gibt viele verschiedene Auslegungen. Der IS beruft sich auf den Koran und die Sunna. In ihren Videos werden Suren zitiert, die in vielen Moscheen freitags gebetet werden. Im Koran gibt es Verse der Gewalt und der Nächstenliebe. Das ist in jeder Religion so. Schauen Sie sich Ihre Bibel an.«

Ich bin ungläubig, lag es Lauer auf der Zunge.

»Viele denken, den IS würde es nicht geben, wenn es den Islam nicht geben würde. Natürlich gibt es im Koran Stellen, in denen steht, dass Ungläubige schlimmer als Vieh seien. Die Frage ist, was man mit so einer Aussage macht. Die IS-Kämpfer legitimieren damit ihre Verbrechen, schneiden Menschen die Kehle durch wie Vieh«, sagte Fatima Güney.

»Ohne Koran kein IS, interessanter Gedanke«, sagte Meißner.

»Nageln Sie mich nicht fest. Ich wollte nur sagen, dass es eine große Bandbreite von Meinungen gibt. Manche sagen, dass die Terroristen, wenn es keinen Islam gäbe, eine andere Ideologie finden würden, um ihre Anschläge und Morde zu rechtfertigen.«

»Sie haben von einem Freund Hayreddins gesprochen, mit dem er sich überworfen hat. Können Sie uns den Namen nennen?«, fragte Lauer.

»Emrah, Emrah Osmanoglu«, sagte die Frau nach kurzem Zögern.

»Haben Sie seine Anschrift zur Hand?«

»Leider nicht, aber ich kann Ihnen seine Telefonnummer geben.« Sie griff nach ihrem Handy, das sie vor sich auf den Tisch gelegt hatte. »Hier«, sagte sie nach einer Weile.

Meißner verglich die Nummer mit der Nummer in seinem Notizbuch. »Danke, das ist die Nummer, die wir auch haben«, sagte er.

Sie standen im Vorraum, hatten ihre Schuhe angezogen, als Lauer Fatima Güney noch zurief: »Können Sie sich vorstellen, dass Hayreddin möglicherweise Selbstmord begangen hat?«

»Ausgeschlossen«, kam die Antwort.

Meißner fand ihren Dienstwagen in der Tiefgarage der Yavuz-Sultan-Selim-Moschee auf Anhieb.

»Alle Achtung«, sagte Lauer. »Ich habe schon andere Vorstellungen von dir erlebt.«

Meißner deutete auf das Schild an der weißen Tür, in deren Nähe er den schwarzen Golf abgestellt hatte.

»Gasilhane«, las Lauer. »Und was heißt das?«

»Leichenwäscherei.«

Lauer schnallte sich an, Meißner legte den Rückwärtsgang ein und setzte vorsichtig zurück.

»Eine bemerkenswerte Person, diese Frau Güney«, sagte Meißner.

»Richtig«, sagte Lauer. »Um eine klare Aussage hat sie sich allerdings wortreich herumgedrückt. Und was die Hinterhofmoscheen angeht, war sie plötzlich ganz einsilbig. Diese DITIB …«

»Der verlängerte Arm Erdoğans!«

»Was ist das für ein Verein?«

»Ist der türkischen Religionsbehörde unterstellt und die untersteht direkt dem Präsidenten.«

»Der verlängerte Arm …«

»Der türkische Staat finanziert Moscheen, bezahlt Imame. Die werden alle drei, vier Jahre ausgetauscht, sprechen meist kein Wort Deutsch. Und es wird gemunkelt, dass manche Freitagspredigten direkt aus Ankara kommen.«

»Hört sich nicht vertrauenerweckend an. Oder was meinst du, Julian?«

Sechs

»Nirgendwo eine Hausnummer«, sagte Meißner.

»Hier muss aber doch dieser Emrah wohnen«, sagte Lauer.

Nur mit Mühe hatten sie einen Parkplatz gefunden, auf dem MVV-Parkplatz am Luisenring. Ein Stück entfernt vom T-Quadrat, in dem Emrah Osmanoglu wohnen sollte.

»Da hätten wir ja gleich von der Moschee aus zu Fuß gehen können«, hatte Lauer sich beschwert.

Das Haus, um 1900 erbaut, schätzte Lauer, musste früher schön gewesen sein. Die Stuckverzierungen an den kleinen Balkonen und an den runden Fensterbögen im ersten Stock waren abgebröckelt. Die Fassade hatte Risse. Die Apotheke im Erdgeschoss, die mit ihrer gediegenen Holzeinrichtung im schroffen Gegensatz zum verwitterten, verwahrlosten Zustand des Hauses stand, kündete von vergangenen, besseren Zeiten. Lauer und Meißner waren überrascht, als sie die vielen Klingelknöpfe sahen, dabei war das Haus eher schmal. Aydogan, Üstun, Agathos, Nikolaos, Donat, Bayram. Diese sechs Namen konnten sie lesen. Die anderen Namensschilder waren zerkratzt oder fehlten. Emrah Osmanoglus Namen fanden sie nicht.

Die Haustür war angelehnt. Meißner stieß die Tür auf und schreckte zurück, ein endlos langer Flur. Und düster war es. An vielen Stellen war der Verputz abgefallen. Früher musste der Hausflur weiß angestrichen gewesen sein. Jetzt war er grau und speckig. An einigen Stellen war die Wand mit hellblauer Farbe übermalt.

Meißner drückte auf den Lichtschalter, es klickte und blieb düster. Er schaute an die Decke und erkannte die Umrisse einer nackten Glühbirne.

»Vielleicht steht sein Name an einem der Briefkästen«, sagte Lauer.

Hinter den Briefkästen waren Stromkabel über Putz verlegt. Ein Teil der Kabel führte in den Keller, der andere Teil zweigte nach oben ab. Auch an den Briefkästen war kaum ein Name zu entziffern. Die meisten Briefkästen hatten keine Tür, bei anderen war das Schloss aufgebrochen oder die untere Ecke der Tür hochgebogen. Auf dem Boden lagen Briefe, Zeitungen und Werbeprospekte. Auf einem Brief entdeckte Lauer Osmanoglus Adresse.

»Kein Zweifel, wir sind hier richtig«, sagte er. »Hier wohnt dieser Emrah.«

Weit hinter ihnen fiel durch die spaltbreit geöffnete Haustür ein Streifen Sonnenlicht. Sie gingen die Treppe hoch. Die Steinstufen waren ausgetreten. An der Wand grinste ein Strichmännchen, das in weitem Bogen auf die Stromkabel pinkelte.

Meißner klingelte im ersten Stock, hinter der Tür waren Stimmen zu hören, niemand machte auf.

»Weiter«, sagte Meißner nach einer Weile.

Im zweiten Stock standen nur griechische Namen an den Türen. Im dritten Stock machte ein vielleicht 13-jähriger Junge auf.

»Wir suchen Emrah Osmanoglu«, sagte Meißner.

»Kenn ich nicht.«

Es duftete nach gebratenem Fleisch.

»Wir sind von der Polizei«, sagte Meißner und hielt dem Jungen seinen Dienstausweis hin. »Wir müssen mit ihm sprechen, es ist wichtig.«

Bestimmt Hammelfleisch.

»Wir wollen Emrah helfen.«

Lauer lief das Wasser im Mund zusammen.

»Tut mir leid«, sagte der Junge an der Tür. »Ich kenn keinen Emrah.«

Und die Tür war zu.

Meißner klingelte nebenan. Eine dicke Frau mit einem bunt gemusterten Kopftuch öffnete. Aus der Wohnung kam türkische Musik. Von weiter unten eine laute Männerstimme.

»Nickis verstehen«, war die erste Antwort und dann: »Nickis Emrah kennen.« Sie schloss die Tür.

Lauer stieg die nächste Treppe hoch.

»Das ist doch sinnlos, Leo«, sagte Meißner, »entweder kennt hier niemand diesen Emrah. Oder er wohnt hier nicht.« Er blieb stehen.

»Julian, machen wir es uns nicht zu einfach?«, rief Lauer ihm vom nächsten Treppenabsatz aus zu.

»Verdammt, das bringt doch nichts«, sagte Meißner.

Ein großer Mann kam ihnen von unten entgegen, Hut, schwarzer Schnurrbart, die Hände in den Manteltaschen vergraben. Der düstere Flur. Der Mann, der sich näherte, der auf Meißner zukam. Jetzt war er bei ihm und ging vorbei, die Treppe hoch.

Meißner atmete durch, setzte sich wieder in Bewegung, nahm immer zwei Stufen auf einmal, rannte vorbei am verdutzten Lauer, vorbei an dem Mann, der zur Seite trat und ihm freundlich zunickte. Atemlos klingelte er im vierten Stock.

Als Lauer neben ihn trat, öffnete sich die Tür. Eine Frau mit einem kleinen Mädchen auf dem Arm stand den beiden Kommissaren gegenüber. Da, wo früher eine Glasscheibe gewesen war, steckte jetzt ein Stück Pappe in der Wohnungstür.

Überhaupt die Türen in diesem Haus, ging es Meißner durch den Kopf. Keine glich der anderen. Alte, wuchtige, neuere, verbeulte, weiße, beige, braune, eine rote, alle mit abgeblätterter Farbe, Türen mit und ohne Scheiben, mit und ohne Guckloch, Türen mit Türgriffen, mit Türknopf, Türen ohne etwas.

»Kennen Sie einen Emrah Osmanoglu, der hier wohnt?«, fragte Meißner.

Die Frau lachte Lauer und Meißner an und dachte nach. »Emrah?«

Lauer stützte sich mit der Hand an der Flurwand ab, ertappte sich dabei, wie er sie wieder wegzog, als könne er sich schmutzig machen.

»Unten. Ja, unten, da wohnt ein Junge. Zwölf Jahre.«

Meißner schüttelt den Kopf. »Älter. Wir suchen einen jungen Mann, keinen Jungen, 20, 21 Jahre.«

Die Frau zuckte mit den Schultern, lachte, rief: »Halil!«

Ein kleiner Junge kam angeflitzt. Die Frau sagte einige Worte auf Türkisch, Halil nickte und deutete nach oben. Er schaute Meißner an, winkte mit der Hand, ihm zu folgen, und rannte die Treppe hoch, seine kleine Schwester hinterher.

Die Holzstiege, die zum Speicher führte, knarrte. An der Speichertür musste Lauer sich bücken. Hier roch es nach muffiger, abgestandener Luft. Der Speicher war mit Spanplatten abgeteilt. Viele Türen, auch hier jede anders. Spärliches Licht fiel durch zwei winzige Dachluken. Meißner sah nirgends einen Lichtschalter.

Der Junge deutete auf eine Tür am Ende des Ganges. Außen hing ein Vorhängeschloss.

»Da ist niemand zu Hause«, sagte Meißner und klopfte an die Tür.

Nichts tat sich.

»Emrah nicht zu Hause«, sagte Halil.

»Fehlanzeige«, sagte Lauer. »Gehen wir zurück.«

»Benim adım Julian, und du?«, sagte Meißner zu dem Mädchen, als sie in den vierten Stock zurückkamen.

Lauer war überrascht über Meißners Sprachkenntnisse, trotzdem kam ihm das Verhalten seines Kollegen unbeholfen vor.

»Das ist Gülsen, und ich bin Halil.«

»Wie alt bist du, Gülsen?«

»Ich bin sechs!«, schrie Halil.

»Und du, Gülsen?«

Das Mädchen streckte Meißner vier Finger entgegen. Lauer hörte Meißner »dört« sagen. Das Mädchen schaute ihn entgeistert an.

Ist sie überrascht, weil Meißner ein paar türkische Brocken draufhat?, fragte sich Lauer. Oder versteht sie ihre Muttersprache nicht?

Die lachende Frau stand noch immer vor der Tür.

Lauer sah ein Stockwerk tiefer einen jungen Mann hochkommen.

»Da kommt Emrah!«, sagte Halil und rief dem jungen Mann einige Worte auf Türkisch zu.

Der Mann blickte zu ihnen hoch, drehte sich um und rannte die Treppe hinunter.

»Stehen bleiben!«, schrie Meißner hinter ihm her. »Polizei! Bleiben Sie stehen! Wir wollen mit Ihnen über Oliver Mehmet Hayreddin reden!«

»Ich hab Angst gekriegt, als Halil da was von Polizei gerufen hat.«

Der junge Mann saß zwischen Lauer und Meißner auf einer Bank unten am Neckar in der Nähe des Museumsschiffs.

»Gibt es einen Grund für die Angst?«, fragte Meißner.

»Nein, keinen Grund, ehrlich. Hab ›Polizei‹ gehört, da hab ich die Nerven verloren.«

Erst am Museumsschiff hatte Meißner den jungen Mann eingeholt. Der hatte, als er gemerkt hatte, dass er den Kommissar nicht abschütteln konnte, die Arme gehoben und sich umgedreht. Als Lauer endlich am Neckar auftauchte, hatte er Meißner und Emrah Osmanoglu friedlich nebeneinander auf der Bank sitzend vorgefunden. Meißner hatte den Ausweis des jungen Mannes bereits unter die Lupe genommen.

»Sie wissen, was mit Ihrem Freund passiert ist?«, fragte Lauer.

»Hab es in der Zeitung gelesen und gleich an Oliver Mehmet gedacht. Dann hab ich bei seiner Mutter angerufen.«

»Was wollten Sie?«

»Gewissheit. Und ich hab ihr gesagt, dass es mir leidtut.«

Emrah zog eine Schachtel Zigaretten aus der Tasche und sah Lauer an, der nickte.

»Sie hatten noch Kontakt mit seiner Mutter?«, fragte Meißner.

Emrah, die Zigarette im Mund, nickte.

»Und mit Hayreddin? Hatten Sie mit dem noch Kontakt?«

Emrah Osmanoglu zog den Rauch ein und hielt ihn in seiner Lunge. »Wir haben uns zerstritten.«

»Weswegen?«, fragte Meißner.

»Verschiedene Vorstellungen vom Islam. Am Donnerstagabend hat er sich plötzlich gemeldet. Hat mich angerufen, hat gesagt, er ist in Mannheim und er will mich treffen zum Reden.«

»Und Sie?«

»Ich hab ihm gesagt, dass alles gesagt ist. Und hab aufgelegt. Das war dumm.« Osmanoglu trat die Zigarette aus.

»Sonst haben Sie nichts mit Ihrem Freund geredet?«, fragte Meißner nach. »Ich kann mir das nicht vorstellen. Er war monatelang weg, Sie hatten sich vieles zu erzählen.«

»Ich hab nach wenigen Sekunden aufgelegt. Unsere Freundschaft hatte einen Knacks. Es war alles gesagt.«

»Wie lange kannten Sie Oliver?«

»Seit der fünften Klasse. Mit elf. Erst Realschule, dann Hauptschule. In der achten Klasse sind wir beide von der Realschule geflogen.«

»Warum?«

»Schlechte Leistungen. Provokationen, Beleidigungen gegen Lehrerinnen. So was halt. Danach sind wir zusammen in die Yavuz-Sultan-Selim-Moschee gegangen. Am Anfang war dort alles gut. Dann wurde Oliver radikaler und bekam Hausverbot. Aber wir haben uns weiter getroffen und sind Freunde geblieben. Obwohl er genervt hat.«

»Genervt? Was meinen Sie damit?«, fragte Lauer.

»Es ging ihm nur noch um den Koran. Man konnte über nichts anderes mehr mit ihm reden. ›Es gibt nichts Besseres‹, hat Oliver gesagt, ›als wenn der allmächtige Allah dich liebt.‹ Lauter so Sprüche. ›Du musst demütig sein gegenüber den Gläubigen, du musst ihnen helfen, du musst Gutes tun für die Gläubigen‹, hat er gesagt. ›Aber‹, dabei hat er den Zeigefinger hochgestreckt, ›du musst mächtig auftreten gegenüber den Ungläubigen.‹ Er hat seinen Stiefvater als Ungläubigen beschimpft, den hat er gehasst. ›Du musst dich auf den Weg Allahs begeben‹, hat er gesagt. ›Du darfst den Tadel der Tadelnden nicht fürchten.‹«

»Was meinte er damit?«, fragte Meißner.

»Hab ich ihn auch gefragt. ›Islamist, Salafist, Terrorist, es interessiert uns nicht, was die Ungläubigen sagen‹, hat er geantwortet.«

»Wie kam es zum endgültigen Bruch zwischen Ihnen und Oliver?«

Emrah steckte sich eine weitere Zigarette an. »Kann mich genau an den Tag erinnern. Ich sehe alles noch genau vor mir. Es war der 23. März voriges Jahr.«

»Die Kundgebung auf dem Marktplatz?«, fragte Meißner.

»Sie wissen das?«

Meißner lachte auf. »Tagelang wurde bei uns im Polizeipräsidium über nichts anderes geredet. Von der Berichterstattung in der Zeitung, im Radio und im Fernsehen ganz zu schweigen.«

»Das Internet nicht zu vergessen. Youtube. Es gibt viele Videos vom Auftritt des Predigers.«

Auch Lauer erinnerte sich an die Veranstaltung, die aus dem Ruder gelaufen war. 300 Salafisten hatten sich auf dem Marktplatz versammelt, eine genehmigte Kundgebung. Sie hatten gegen die Verhaftung eines Gesinnungsbruders protestiert. Sven Lau alias Abu Adam war in der JVA Mannheim inhaftiert worden. Pierre Vogel, der konvertierte Prediger, war der Hauptredner auf dem Marktplatz. 200 Hooligans aus Mannheim, Kaiserslautern und Stuttgart störten die Veranstaltung. Provokationen. Beleidigungen. Flaschenwürfe. Pyrotechnik. Angriffe mit Pfefferspray. Fünf verletzte Polizisten. Sechzehn in Gewahrsam genommene Hooligans. Jagdszenen rund um den Marktplatz, um den Paradeplatz. Die Straßenschlachten zwischen Polizei und Hooligans dehnten sich bis zum

Hauptbahnhof aus. Selbst die Reiterstaffel der Polizei war zum Einsatz gekommen.

»Ab diesem Tag«, sagte Emrah Osmanoglu und zog an seiner Zigarette, »war Oliver noch mehr verändert. Man konnte nicht mehr mit ihm reden. Der Prediger hat ihm den Kopf verdreht. Er hat nur noch von ihm geredet. ›Abu Hamza hat gesagt, wir müssen ein Zeichen geben. Abu Hamza hat gesagt, viele Muslime sind nicht bereit, für den Islam zu leben. Abu Hamza hat gesagt, wir sind bereit, für unsere Religion zu leben. Und Abu Hamza hat gesagt, wir sind bereit, für unsere Religion zu sterben.‹ Abu Hamza vorne, Abu Hamza hinten. Dann hat Oliver mir den Zeigefinger auf die Brust gedrückt, mir in die Augen geschaut und mich gefragt: ›Emrah, bist du bereit, für unsere Religion zu sterben?‹ Ich hab aber nicht geantwortet. Oliver hat nicht lockergelassen, mir immer und immer wieder diese Frage gestellt. Dann ist er gegangen. Das war das letzte Mal, dass ich ihn gesehen habe.«

»Das war Ihr letzter Kontakt mit Hayreddin?«

»Persönlich ja. Später hab ich einen Zettel im Briefkasten gefunden.« Emrah zog seinen Geldbeutel aus der Hosentasche und reichte Lauer einen zusammengefalteten Zettel.

Meißner faltete das mehrmals eingerissene Stück Papier auseinander, drehte es hin und her, stellte es auf den Kopf und gab es Emrah zurück. »Ich kann das nicht entziffern.«

»Das ist in Arabisch.«

»Und was bedeutet es?«

»›Wenn ihr euch von der Religion abwendet, was passiert dann? Allah wird mit einem Volk kommen, das er liebt und das ihn liebt.‹«

Meißner griff nach dem Zettel. »Sie bekommen den Zettel zurück«, sagte er, strich das Blatt glatt und legte es in sein Notizbuch.

»Aber wirklich! Der Zettel ist für mich wichtig. Er ist von Oliver, er war mein Freund, und das war eine persönliche Botschaft von ihm. Danach habe ich Oliver nicht mehr gesehen. Ich hab mir alle Videos von der Kundgebung angesehen. Der Spruch stammt vom Prediger.«

»Das ist alles?«

»Nein. Einige Wochen nach seiner Abreise habe ich einen Brief bekommen. Aus Syrien.«

»Den brauchen wir«, sagte Meißner.

»Der ist auch in Arabisch.«

»Egal, wir haben Dolmetscher.«

»Ich hab den Brief zu Hause.«

»Gut, Sie bringen ihn uns dann«, sagte Lauer. »Nach dem Hausverbot in der Sultan-Moschee, wohin ist Hayreddin gegangen?«

»In die Abdallah-Yusuf-Azzam-Moschee am Neuen Meßplatz.« Emrah Osmanoglu sah Lauers fragenden Blick und fügte hinzu: »Das war der Lehrer von Osama bin Laden.«

»Danke, Herr Osmanoglu«, sagte Lauer.

Die Kommissare standen auf, verabschiedeten sich und gingen ein paar Schritte.

»Einen Moment noch«, sagte Lauer zu seinem Kollegen und ging zu dem jungen Mann zurück, der noch auf der Bank sitzen geblieben war.

»Glauben Sie, dass Oliver sich hätte umbringen können?«

»Als Selbstmordattentäter, um viele Unschuldige mit in den Tod zu reißen, das schon. Aber von einem Dach springen, nein, niemals.«

»Danke, Herr Osmanoglu«, sagte Lauer. »Und es wäre gut, wenn Sie den Brief von Oliver Hayreddin schnellstmöglich zu uns bringen.«

Er verabschiedete sich nochmals und ging die Treppe hinauf zum Verwaltungsgebäude der MVV, wo Meißner auf ihn wartete.

Da kam Osmanoglu die Treppe heraufgestürmt.

»Der Brief, ich hole ihn gleich. Kommen Sie mit!«

Wortlos gingen sie vom Neckar zum Luisenring, überquerten an der Ampel bei der Kurpfalzbrücke die Straße und sahen vom Neckartor aus die Breite Straße vor sich liegen.

Vor dem Haus in den T-Quadraten blieben Lauer und Meißner stehen und warteten auf Emrah Osmanoglu.

»Der wollte nicht, dass wir zu ihm in seine Wohnung kommen«, sagte Lauer.

»Er schämt sich. Bestimmt ist es unaufgeräumt.«

»Kann sein«, sagte Lauer. »Ich habe ein komisches Gefühl. Ich traue diesem Emrah nicht. Der hat uns nicht alles gesagt, was er weiß.«

Sieben

Der Mann, der ihnen gegenübersaß, sah genauso aus, wie Lauer sich als Junge den Kapitän Ahab aus Melvilles »Moby Dick« vorgestellt hatte.

Den Eingang zur Abdallah-Yusuf-Azzam-Moschee hatten sie zuerst nicht gefunden. Der Unterschied zur prächtigen Moschee im Jungbusch war gewaltig. Lauer und Meißner standen vor einem heruntergekommenen Flachbau, mit Graffiti besprüht. Auf die Wand neben dem einzigen Fenster war ein Außerirdischer gesprayt, mit schräg stehenden Augen und spitzem Kinn. Ein Zeigefinger, der Lauer an einen Gecko denken ließ, war genau auf ihn gerichtet. Eine Sprechblase aus dem dünnlippigen Mund verkündete: »Auch du!« Oberhalb des Fensters waren die Worte »life's too short to die« gesprüht. Erst als sie zweimal an dem unscheinbaren Flachbau vorbeigekommen waren, hatte Meißner den kleinen Zettel an der Tür, mit einem Streifen Tesa festgeklebt, entdeckt. Darauf in Handschrift: »Abdallah-Yusuf-Azzam-Moschee«.

»Hinterhofmoschee«, sagte Lauer.

»Wo ist da ein Hinterhof?«, fragte Meißner zurück. »Eher Schmuddelmoschee.«

Auf jeden Fall passte das Ambiente perfekt zum Wetter. Der Himmel wolkenverhangen. Trist.

»As-Salamu alaikum«, begrüßte sie der Mann in dem knielangen, braunen Seidenkittel. Er trug einen Kinnbart, bei dem jedes einzelne Haar korrekt und fest saß. Haarfestiger, vermutete Lauer. Das Gesicht des Mannes war von tiefen Furchen durchzogen, obwohl Lauer ihn nicht älter als 45 schätzte. Die Oberlippe und die Backen waren ausrasiert.

»Mein Name ist Michael Bruhn. Alle hier nennen mich Abu Yahia al-Almany. Und, da Ihnen die Frage auf der Zunge liegt, ja, ich bin Deutscher, hier in Mannheim geboren, ein waschechter Neckarauer. Und, ja, ich bin zum Islam konvertiert und ich bin glücklich darüber. Womit kann ich Ihnen helfen?«

Sie saßen in einem kleinen Raum ohne Fenster, Bruhn hinter einem Schreibtisch aus weißem Plastikfurnier, Lauer und Meißner auf zwei ungemütlichen Klappstühlen ihm gegenüber.

»Ihr religiöser Werdegang mag interessant sein«, sagte Meißner, »wir sind aus einem anderen Grund hier.«

»Sie kommen wegen unseres Glaubensbruders Oliver Mehmet Hayreddin.«

»Bingo«, sagte Lauer. »Sie haben ihn hier für den Islamischen Staat rekrutiert.«

»Da sind Sie nicht richtig informiert, Herr Polizist.«

»Lauer, Hauptkommissar. Helfen Sie uns auf die Sprünge, Herr Abu Yahia al-Was?«

»Almany. Wir rekrutieren hier niemanden. Unser Ziel ist, unseren Brüdern und Schwestern die Möglichkeit zu geben, ihre Religion zu praktizieren. Und wir wollen einen Beitrag zur Integration leisten. Unser Haus steht nicht nur Muslimen, sondern allen offen. Auch Sie haben den Weg in unsere Moschee gefunden.«

»Wir sind nicht zu unserem Vergnügen hier«, sagte Lauer. »Wir ermitteln in einem Mordfall.«

»Ja, ich habe heute Morgen die Zeitung gelesen. Auch Muslime, Sie werden es nicht glauben, lesen deutsche Zeitungen. Aber bei Ihrem Fall kann ich Ihnen zu meinem Bedauern nicht behilflich sein.«

»Hayreddin verkehrte in dieser Moschee«, stellte Meißner fest.

»Das ist zeitlich richtig.«

»Was heißt das?«

»Verkehrte. Vergangenheit. Das ist wichtig. Oliver Mehmet Hayreddin war am 3. Oktober 2013 das letzte Mal in diesen Räumen. Um 10.30 Uhr ist er gekommen, drei Stunden später ist er gegangen.«

»Das wissen Sie auf die Minute genau?«

»Wir führen Buch, Anwesenheitslisten, sorgfältig ausgefüllt.«

»Und Sie erinnern sich daran?«

»Ich wusste, dass Sie kommen würden, ich habe vorhin nachgeschaut.«

»Was wollte er an diesem 3. Oktober?«, fragte Meißner.

»Er verabschiedete sich von seinen Glaubensbrüdern.«

»Er wollte in den Krieg ziehen, in den Dschihad«, entfuhr es Lauer.

»Er wollte zuerst seinen Onkel in Kayseri besuchen und dann weiter nach Syrien, um unseren Glaubensbrüdern und Glaubensschwestern zu helfen. Es ging um humanitäre Hilfe, ausschließlich.«

»Der Namensgeber Ihrer Moschee«, sagte Meißner, »der hat doch bin Laden unterstützt, oder?«

»Osama bin Laden, Al Qaida, Taliban, Dschihad. Ich weiß, womit Abdallah Yusuf Azzam alles in Verbindung gebracht wird. Der Scheich war ein großer islamischer Gelehrter, ein Vordenker, ein Vorbild. Was wissen Sie über Sultan Selim?«

»Den Namensgeber der Moschee am Luisenring?«, fragte Lauer zurück.

»Genau den. Er trägt den Beinamen Yavuz, der Gestrenge, der Grausame. Also kommen Sie mir nicht mit solchen Anspielungen!«

»Sie haben nicht versucht, Hayreddin von seinem Vorhaben abzubringen?«

»Es steht uns nicht zu, über andere Menschen zu urteilen. Das Recht gebührt einzig und allein Allah.«

»Und vor dem 3. Oktober, was machte Hayreddin in Ihrer friedlichen Moschee?«, fragte Lauer.

»Er betete, er studierte den Koran, er lernte Arabisch.«

»Und hier wird nicht über den Islamischen Staat gesprochen? Über den heiligen Krieg gegen Ungläubige?«

»Wir lehnen jede Form von Gewalt ab. Selbstmordattentate sind kein Mittel, um den Islam und den Koran zu verbreiten. Der Islam ist eine durch und durch friedliche Religion.«

»Das sei dahingestellt«, wandte Lauer sarkastisch ein.

»Allahu akbar«, sagte Bruhn, senkte den Kopf und schloss die Augen.

Meißner legte seine Hand auf Lauers Oberschenkel.

»Warum, Herr Bruhn, werden Ihre Moschee und Ihr Verein vom Verfassungsschutz beobachtet?«, fragte Meißner mit leiser Stimme und es klang eher beiläufig.

Understatement, das Wort kam Lauer in den Sinn.

»Eine Unverschämtheit. Es gibt keinen Grund …«

Mit seinen nächsten Worten hatte sich Bruhn wieder unter Kontrolle. »Warum wir im Visier des Verfassungsschutzes stehen, Herr Polizist? Das müssen Sie den Verfassungsschutz fragen.«

»Mit wem hatte Hayreddin hier in der Moschee Kontakt?«, fragte Meißner.

»Mit mir.«

»Ich denke da eher an andere Glaubens…«, Meißner zögerte, »Glaubensbrüder. Mit wem war er befreundet?«

»Da sind mir die Hände gebunden. Sie als Vertreter der Staatsmacht muss ich nicht auf den Datenschutz hinweisen.«

Lauer erhob sich von seinem Stuhl und richtete sich auf. »Jetzt will ich Ihnen mal was sagen, Sie …« Er baute sich vor Bruhn auf, als wolle er ihn vom Sessel hochziehen.

Meißner fiel ihm in den Arm. »Leo, lass das!«

Lauer ließ von Bruhn ab, blieb aufrecht vor dem Schreibtisch stehen.

»Entweder Sie rücken jetzt mit Namen raus, oder ich stehe ruckzuck mit einem Sondereinsatzkommando und einem Beschluss zur Hausdurchsuchung hier auf der Matte.«

»Auch für Sie, Herr Polizist, gelten die Gesetze.«

Meißner sah, wie Lauer rot anlief. Er stellte sich neben seinen Kollegen.

»Sie wissen genau, dass keine Gefahr im Verzug ist. Und da gibt es Beschränkungen für Hausdurchsuchungen.«

»Sie sind gut informiert, Herr Bruhn«, sagte Meißner. »Ihr Glaubensbruder wurde ermordet. Und wir möchten seinen Mörder finden. Möchten Sie nicht, dass Hayreddins Mörder bestraft wird? Wir brauchen Ihre Hilfe.«

»Das ist in meinem Sinn. Und ich bin bereit, Ihnen zu helfen. Aber ich betone, dass ich es auf freiwilliger Basis tue.«

»Das haben mein Kollege und ich verstanden«, sagte Meißner und nickte Lauer zu.

Beide setzten sich wieder auf ihren Klappstuhl.

Bruhn zog eine Schublade aus dem Schreibtisch, beförderte einen Karteikasten zutage, blätterte Karteikarten durch, sagte »Ah, hier«, riss ein Blatt Papier von einem Block ab, suchte nach einem Stift und schrieb etwas auf das Blatt, das er Meißner reichte.

»Vielen Dank für Ihre Kooperation«, sagte der.

Auf dem Zettel stand der Name Cem Korkmaz, Bürgermeister-Fuchs-Straße.

»Finden Sie den Mörder unseres Glaubensbruders!«, rief Michael Bruhn, der von manchen Abu Yahia al-Almany genannt wurde.

»Noch eine Frage, Herr Bruhn«, sagte Meißner, als sie in der Tür standen. »Hatten Sie in der letzten Zeit Kontakt mit Hayreddin?«

»Nein.«

»Er hat nicht gestern oder vorgestern bei Ihnen angerufen? Oder hier vorbeigeschaut?«

»Nein.«

»Allahu akbar. Allah ist größer. Das rufen die Selbstmordattentäter«, sagte Lauer, als sie zum Auto unterwegs waren. »Was hat es mit dem Abu Soundso auf sich?«

»Soviel ich weiß, heißt Abu Vater«, antwortete Meißner. »Yahia ist kein deutscher Name. Ich werde mich schlau machen, Leo.«

»Ich habe ja nicht schlecht gestaunt, Julian. Woher weißt du das mit dem Verfassungsschutz?«

»Ein Schuss ins Blaue.«

»Du hast geblufft?«

»Der Typ hat uns von hinten bis vorne angelogen.«

»Stimmt, Julian. Von wegen, er lehnt jede Form von Gewalt ab. Dass ich nicht lache.«

»Es kommt auf den Blickwinkel an«, sagte Meißner.

»Verstehe ich nicht.«

»Letzte Woche ist unser Großer aus der Schule nach Hause gekommen«, sagte Meißner. »›Papa, Enver‹, das ist sein Freund, ›hat gesagt, dass er lügen darf.‹ Ich habe ihm widersprochen, mein Großer ließ sich nicht umstimmen. Enver hatte beim Kicken im Pausenhof eine Rose im Schulgarten abgeschossen. Als die Lehrerin ihn fragte, hat er gesagt: ›Nein, habe ich nicht abgekickt.‹ ›Du hast Frau Frey angelogen‹, hat mein Großer gesagt. ›Ich hab nicht gelogen‹, hat Enver ihm entgegnet. ›Mein Opa hat gesagt, gegenüber Ungläubigen muss man nicht die Wahrheit sagen.‹«

»So viel zum Thema Integration«, sagte Lauer.

Acht

In wenigen Minuten würde die Sportschau anfangen. Und sie saßen hier im dritten Stock des Polizeipräsidiums in Lauers und Meißners Büro, das für vier Personen zu eng war.

Lauer und Meißner berichteten über ihre Ausflüge in die Welt des Islams. Der Zettel und der Brief, die Osmanoglu ihnen übergeben hatten, mussten aus dem Arabischen übersetzt werden. Gernhardt wollte sich um einen Dolmetscher kümmern. Tanaoğlu legte eine Plastiktüte vor sich auf den Schreibtisch. Der Schlüssel hatte tatsächlich zu einem Schließfach gepasst und das hatte sich am Hauptbahnhof im Untergeschoss befunden. Tanaoğlu zog ein in Leder eingebundenes Buch und einen Packen Briefe aus der Tüte. Das Buch hatte Din-A5-Format, der Rücken war dunkelbraun, Vorder- und Rückseite waren in Hellbraun gehalten, mit reich verzierten Rändern. Ein rotes Lesebändchen war zu sehen und das Buch war mit einem schwarzen Lederriemen verschlossen, der auf der Vorderseite von einem Magneten fixiert wurde.

»Eine Art Koranbuch«, sagte Tanaoğlu. »Alles handgeschrieben und alles auf Arabisch. So viel habe ich verstanden, dass es um den Koran und Allah geht. Den Namen konnte ich öfter entziffern.«

»Und was steht genau drin?«, fragte Lauer.

»Koransuren? Hayreddin hat vielleicht Suren aus dem Koran abgeschrieben, was genau es bedeutet, kann ich nicht sagen. Und ob er eigene Gedanken notiert hat, das weiß ich nicht. Mit meinem Arabisch ist es nicht weit her.«

»Und die Briefe?«, fragte Meißner.

»Briefe, die Hayreddin bekommen hat, die meisten sind an die Adresse seines Onkels in Kayseri in der Türkei adressiert, wo er zunächst gewohnt hatte. Andere wurden an eine Postfachanschrift in Syrien geschickt. Briefe in Türkisch und in Arabisch.«

»Wer hat die Briefe geschrieben?«, fragte Gernhardt.

»Drei Briefe stammen von diesem Osmanoglu, mit dem ihr auf der Parkbank am Neckar geplaudert habt. Zwei Briefe hat der komische Prediger aus der Moschee am Neuen Messplatz geschrieben, dieser Abu Yahia al-Almany.«

»Was heißt Yahia?«, fragte Meißner.

»Eine arabische Form von Johannes.«

»Also heißt Bruhns Sohn Johannes.«, stellte Lauer fest.

»Falsch«, sagte Tanaoğlu. »Vater des Johannes. Sven Lau nennt sich Abu Adam. Ich glaube nicht, dass sein Vater Adam mit Vornamen heißt. Lau dürfte sich auf den Adam der Eva berufen. Und euren Johannes, den jüdischen Prediger und Wegbereiter von Jesus, gibt es auch im Islam. Unser Johannes ist der drittletzte Prophet vor Jesus und Muhammed«

»Mohammed oder Muhammed?«, fragte Gernhardt.

»Muhammed sagen wir in der Türkei. Aber zurück zu den Briefen. Zwei der Briefe hat Hayreddin geschrieben, aber nicht abgeschickt.«

»Alles auf Arabisch, auf Türkisch, viel Arbeit für einen Dolmetscher oder eine Dolmetscherin«, konstatierte Meißner.

»Wenn einer ausreicht«, sagte Tanaoğlu und zog einen Laptop aus der Tüte. »Damit bin ich noch nicht weiter. Das Ding ist mit einem Passwort geschützt. Das habe ich mangels Zeit noch nicht geknackt.«

»Du wirst es schon schaffen«, sagte Gernhardt.

»Wetten, Christian?«

»Ich habe hier einen Knaller«, sagte Gernhardt und ihm war anzusehen, dass er es nicht mehr erwarten konnte, seine Ermittlungsergebnisse mitzuteilen.

Er hielt einen braunen Briefumschlag in der Hand, der in der Mitte gefaltet war und von einem Gummi gehalten wurde.

»Das wurde mir an der Rezeption des Leonardo übergeben. Hayreddin hatte es spät am Donnerstagabend dort abgegeben mit der Bitte, es aufzubewahren.«

»Von wem hast du das?«, fragte Lauer.

»Von höchster Stelle, vom Geschäftsführer, Faulhabers Spezi.«

»Und warum hat er es uns nicht gestern gegeben?«, fragte Meißner.

»Die Hektik, die Aufregung, der Schock.«

»Du nimmst ihm das ab?«

»Was sollen wir machen? Wir können ihm nicht das Gegenteil beweisen.«

»Wussten die im Leonardo, was in dem Umschlag war?«, fragte Tanaoğlu.

»O-Ton Geschäftsführer: ›Unsere Gäste wissen die Diskretion des Leonardo zu schätzen.‹«

»So ein arroganter Typ«, sagte Lauer. »Was ist in dem Umschlag?«

»9800 Euro«, sagte Gernhardt. »Fragt sich, woher das Geld stammt. Und ob es was mit dem Tod von Hayreddin zu tun hat.«

»9800 Euro haben und nicht haben, würde mein Vater sagen, das macht …«

»Die Meinung deines Vaters, Leo, interessiert uns im Moment nicht«, unterbrach Meißner. »Was hast du noch herausbekommen, Christian?«

»Ich habe zwar eine lückenlose Aufstellung, wo sich Hayreddin von Donnerstagabend bis zu seinem Ableben aufgehalten hat«, sagte Gernhardt. »Aber das bringt uns wenig weiter.« Er schaute auf seine Uhr.

»Schieß los«, forderte ihn Lauer auf.

»Felix wird gleich zu Bett gebracht.«

»Es wird noch öfter vorkommen«, sagte Meißner, »dass dein Kleiner ohne dich einschlafen muss.«

Gernhardt seufzte. »Um kurz nach 18 Uhr am Donnerstag hat Hayreddin eingecheckt, um 18.12 Uhr, um genau zu sein. Um halb sieben ist er in sein Zimmer. Gegen halb acht ist er im Speisesaal aufgetaucht, hat einen gemischten Salat, eine Gemüse-Lasagne und ein Mineralwasser bestellt. Um 20.34, das ist die Uhrzeit auf der Rechnung, hat er bar bezahlt, an der Rezeption seinen Schlüssel abgegeben, ohne vorher noch in sein Zimmer gegangen zu sein, und das Hotel verlassen. Eine halbe Stunde vor Mitternacht kam er zurück, hat den Umschlag an der Rezeption abgegeben.«

»Wir müssen herausfinden«, sagte Lauer, »wo Hayreddin sich in der fraglichen Zeit aufgehalten hat. Hat er Bekannte getroffen? Er wird ja nicht nur ziellos durch die Quadrate gegangen sein. Und was hat er vor dem Einchecken gemacht? Ist er vom Bahnhof gleich nach seiner Ankunft ins Leonardo gegangen? Oder hat er sich mit jemandem getroffen?«

»Am Freitagmorgen ist Hayreddin genau um halb neun im Frühstücksraum erschienen und um neun in seinem Zimmer verschwunden. Er saß allein an einem Tisch und hatte mit niemandem Kontakt, außer den obligatorischen Begegnungen am Frühstücksbüfett. Wie Hayreddin von seinem Zimmer auf die

Dachterrasse gekommen ist, hat niemand im Hotel beobachtet.«

»Nichts Neues also«, sagte Lauer, »das wussten wir.«

»Nicht meine Schuld.«

»Das sollte kein Vorwurf gegen dich sein, Christian.«

»Ich habe mir eine Liste aller Hotelgäste ausdrucken lassen. Die Dame an der Rezeption war zuvorkommend.«

Bestimmt hat er seinen Charme spielen lassen, dachte Lauer.

»Die Gäste, die vor Hayreddins Tod ausgecheckt haben, sind grün markiert, die, die nach seinem Tod weg sind, sind rot angestrichen. Dann habe ich noch notiert, wer sonst ein- und ausgegangen ist in der fraglichen Zeit. Der Lieferwagen einer Bäckerei war da, ein Mitarbeiter der Wäscherei, die für das Leonardo arbeitet, hat die schmutzige Wäsche abgeholt und saubere gebracht. Ein Vertreter für Seifenspender hatte um Viertel vor zehn einen Termin. Er wollte mit dem Leonardo ins Geschäft kommen. Ein Mitarbeiter von Alnatura sollte gegen zehn frische Kräuter liefern. Auf dem Fahrrad. Und zwei Punks sind um halb zehn an der Rezeption aufgetaucht und wollten abgelaufene Lebensmittel schnorren. Die sind hochkant abgeblitzt, so hat es die Dame an der Rezeption zumindest gesagt. Von dem Pärchen, es waren ein Mann und eine Frau, liegt eine Beschreibung vor, von allen anderen Personen, die mit dem Leonardo am Freitagmorgen Kontakt hatten, konnte ich die genauen Daten ermitteln.«

»Gute Arbeit, Christian«, sagte Meißner und wollte Lauers Kritik abschwächen. »Da haben wir eine Menge Arbeit. Mit jeder dieser Personen müssen wir reden.«

»Könnte ich …«, setzte Gernhardt an.

»Ab nach Hause zu dem Kleinen«, sagte Lauer, »und grüß mir Susanne.«

»Ich hab ein komisches Gefühl«, sagte Tanaoğlu und nippte am Kaffee, den Meißner aus dem Automaten im ersten Stock geholt hatte. »Der schmeckt echt scheußlich.«

»Wieso komisch?«, fragte Lauer.

»Wir haben in der kurzen Zeit viel herausgefunden, aber alles scheint uns durch die Finger zu gleiten. Wie wenn ein Nebelschleier über allem liegt. Ich weiß nicht, wo wir ansetzen sollen.«

Lauers Handy klingelte. Er schaute auf das Display. Die Nummer kannte er nicht.

»Ja, Lauer.«

»Elke hier, du weißt. Ich habe Sehnsucht nach dir.«

»Sie! Lassen Sie mich bitte in Ruhe!«

»Können wir uns nicht heute Abend …«

»Belästigen Sie mich nicht mehr«, sagte Lauer und legte auf.

»Oder anders gesagt«, führte Meißner das Gespräch weiter, als hätte es den Anruf nicht gegeben, »es gibt so viele Ansatzpunkte, dass ich nicht weiß, wo wir anfangen sollen.«

»Wir haben den Namen und die Adresse von Hayreddins Bekanntem aus der Moschee am Neuen Meßplatz, Cem Korkmaz. Ein Ansatzpunkt. Dann die Zeit, in der Hayreddin am Donnerstag nicht im Hotel war. Das müssen wir in Erfahrung bringen.«

»Aber wie sollen wir rausfinden, wo er sich aufgehalten hat?«, fragte Tanaoğlu.

Lauer ignorierte Tanaoğlus Einwurf.

»Wir haben heute vieles über den Islam erfahren, über Hayreddins Zeit in zwei Moscheen. Das meiste hat uns nicht weitergebracht. Was für ein Mensch war Oliver Mehmet Hayreddin? Woran glaubte er? Was waren seine Träume? Warum ist er nach Syrien gegangen?«

»Das ist einfach zu beantworten«, meinte Tanaoğlu. »Einfacher als die Frage, warum er zurückgekehrt ist. Hat er sich vom IS distanziert? War er ein Abtrünniger? Drohte ihm Gefahr von seinen eigenen Glaubensbrüdern?«

»Ihr habt recht«, sagte Meißner. »Wir müssen Hayreddin kennenlernen. Wir müssen den Nebelschleier lüften, sozusagen.«

»Genau. Doch für heute erst einmal Feierabend«, bestimmte Lauer. »Erholt euch. Wir sehen uns am Montagmorgen.«

Kurz vor acht kam Lauer in seiner Wohnung in der Mutterstadter Straße auf der Rheinau an. Dass er die Sportschau versäumt hatte, daran verschwendete er keinen Gedanken. Der 1. FC Kaiserslautern, für den sein Herz als Pfälzer schlug, hatte sein Zweitliga-Heimspiel gegen FSV Frankfurt am Freitagabend gewonnen. Die Pfälzer standen auf dem vierten Platz, punktgleich mit dem Spitzenreiter. Die neue Saison fing gut an. Die Geschäfte waren geschlossen und Lauer hatte kein Geburtstagsgeschenk für sein Enkelkind. Er sollte längst in der Schweiz sein, er wäre am Nachmittag mit Fabian, seinem Sohn, mit Theresa und der kleinen Sophia in den Basler Zoo gefahren. Sophia an der Hand hätten sie die Pinguine und die Löwen angeschaut. Bei jedem Telefongespräch schwärmte Fabian vom Zoo: »Da müssen wir zusammen hin. Sophia liebt den Zoo!«

Auch dieses Wochenende würde es nichts mit dem Zoobesuch werden. Und ihren ersten Geburtstag würde

Sophia am Montag ohne ihren Großvater feiern müssen. Als Lauer seinem Sohn gestern Abend mitgeteilt hatte, dass er am Samstag nicht kommen könne, hatte Fabian gesagt: »Sophia wächst ohne Großvater auf!« Und aufgelegt. Jetzt, bei einem Sankt Laurent aus Dirmstein, entschied Lauer, am nächsten Morgen in aller Herrgottsfrühe loszufahren und sich am späten Nachmittag auf den Rückweg zu machen. So würde er Sophia in die Arme schließen können und sein schlechtes Gewissen wäre nicht ganz so schlecht.

Er trank das Glas aus, stopfte den Korken auf die Flasche und stellte sie auf die Anrichte. Im Schlafzimmer, es war noch keine 21 Uhr, stellte er den Radiowecker auf 4.30 Uhr und machte das Licht aus. Zu seinen Füßen hatte sich nicht der Kater zusammengerollt. Nie mehr würde er das tun. Lauer hatte ihn einschläfern lassen müssen. Anfang Juli. Leukose. Lauer hatte es hinausgezögert, es war schlimmer geworden. Immer mehr hatte der Kater gejapst und nach Luft gerungen. Jetzt vermisste Lauer das Tier. Er fühlte sich einsam. Und Irene Meyers fehlte ihm auch, gestand er sich verwundert ein.

Sonntag, 14. September

Neun

Lauer schenkte sich Wein nach. Er war todmüde, aber zu aufgekratzt, um ins Bett zu gehen. Der Plattenspieler drehte und drehte sich. Es war kein Ton zu hören. Keine automatische Abschaltung. Er trank einen Schluck des Sauvignon blanc von seinem Dirmsteiner Winzer, ein fruchtiger, leichter Sommerwein, der nach Zitrone und Grapefruit schmeckte. Dann raffte er sich auf, legte den Tonarm auf die Halterung zurück, hob die Platte vom Teller, drehte sie um, entfernte mit der Kohlebürste die winzigen Staubpartikel und legte sie auf den Plattenteller zurück. Dann brachte er den Tonarm in Position und legte den Hebel des Tonarmliftes um. Es knackte. Nach einigen Sekunden setzte die Leadgitarre ein, eine filigrane Melodie. Dann Sven Regeners Stimme. Zurückgenommen.

Auf einem Spielplatz ruft ein Kind nach seiner Mutter, damit die sieht, wie hoch das Kind schon schaukeln kann.

Der Tag in der Schweiz war überraschend gut verlaufen, trotzdem spürte Lauer eine Melancholie, der er sich gerne hingab. Und mit jedem Schluck, den er trank, mit jedem Lied, das »Element of Crime« vortrug, wurde diese Stimmung wohliger. Auch Sophia hatte heute geschaukelt. Auf dem Spielplatz in der Nähe, wo Fabian mit seiner Frau, der kleinen Sophia und Theresas Mutter wohnte.

... und es wirft die Beine vor und hoch zum Himmel, bis ein Schuh davonfliegt.

Auf der Schaukel Sophia, die sich an den Seilen festhielt und ernsthaft und konzentriert zu ihm schaute. Sie wird morgen ein Jahr, dachte Lauer und wunderte sich, wie Sophia sich in den letzten Wochen verändert hatte. Die Haare länger, nicht mehr schwarz wie bei der Geburt, sondern braun, genau der Farbton von Fabians Haaren. Das Gesicht, anfangs rund mit dicken Backen, hatte sich gestreckt. Sie hatte sich an ihre Mutter geklammert, als Lauer angekommen war. Aber nach wenigen Minuten packte sie ihn an der Hand und stapfte mit ihm in ihr Zimmer. Vor zwei Wochen hatte Fabian angerufen und verkündet: »Sophia hat heute ihre ersten Schritte gemacht. Ganz alleine.«

Im Kinderzimmer musste Lauer sich auf den Kinderstuhl an den kleinen Tisch setzen. Sophia hatte ihm einen Stift in die Hand gedrückt. Lauer konnte nur einen Kater zeichnen, aber Sophia hatte vor Begeisterung gequietscht und in die Hände geklatscht. Und so war ein Kater nach dem anderen zu Papier gebracht worden.

Ganz egal, woran ich grade denke, am Ende denk ich immer nur an dich.

Lauer war pünktlich aufgestanden, schon eine halbe Stunde bevor ihn sein Radiowecker mit einer Variation aus dem »Wohltemperierten Klavier« geweckt hatte, hatte er wach im Bett gelegen. Abfahrt Punkt fünf Uhr. Das Thermometer am Küchenfenster hatte 12 Grad gezeigt, der Himmel war bedeckt gewesen. Nach Baden-Baden kam die Sonne heraus. Und als er kurz vor acht in Magden ankam, alle schliefen noch, war sein Autothermometer auf 20 Grad geklettert.

Entgegen seiner Befürchtung machte ihm sein Sohn keine Vorwürfe, sondern freute sich über sein Kommen.

Auch dass er kein Geschenk für sein Enkelkind hatte, war kein Thema. Am Samstagabend hatte er noch spät bei Meißner angerufen. Sein Jüngster war drei und Lauer wollte sich einen Rat holen für ein Geschenk für Sophia. Sein Kollege hatte ihn dann auf die Idee mit dem Laufrad gebracht. Auf Lauers Einwand, ob Sophia nicht zu klein wäre, hatte ihm sein Freund erklärt, dass es auch Laufräder mit vier Rädern gebe. Also eine Draisine, hatte sich Lauer gesagt und Fabian versprochen, ein Geschenk für Sophia mit der Post zu schicken, gleich am Montag. Nach dem Besuch auf dem Spielplatz lud Fabian ihn zu seinem Stammitaliener ein, dem Ristorante *I Fratelli*. Sie saßen draußen auf der Terrasse und genossen den Blick auf den Rhein. Das Essen war hervorragend, aber zu teuer, wie Lauer fand. Da sein Sohn bezahlte, entspannte er sich, nicht schwer bei dem Ambiente, und ließ sich in seinen Stuhl zurückfallen.

Den ganzen Tag über hatte er nicht an seinen aktuellen Fall gedacht. Jetzt, als er das Weinglas auf den Tisch zurückstellte, sah er den jungen Mann vor sich auf dem Pflaster liegen, die Blutlache, das aufgerissene Auge, das ins Nichts starrte. Lauer wollte die Gedanken aus seinem Kopf verscheuchen, ging zum Verstärker und drehte am Lautstärkeknopf.

Der Spaziergang am Rhein, Sophia hatte ihm die linke Hand gegeben und Fabian und ihrer Mutter abwechselnd die rechte. Nach fünfzig Metern hatte sie sich von Fabian tragen lassen.

Dann der Kaffee bei Regina, Theresas Mutter, die extra eine »Öpfelweie« gebacken hatte. Lauer hatte keine Vorstellung gehabt, was das sein sollte. Als er den Kuchen vor sich hatte stehen sehen, war ihm das Wasser im Mund zusammengelaufen. Apfelkuchen! Sein Lieblingskuchen! Er hatte drei Stück verdrückt, obwohl er vom Italiener noch mehr als satt gewesen war.

Kurz nach sechs der Abschied. Sophia hatte ihm einen Kuss gegeben und ihre Arme um seinen Hals gelegt.

»Ich hoffe, wir sehen uns alle bald wieder!«, hatte Fabian ihm nachgerufen.

Um halb zehn stand Lauer in seinem Keller und überlegte, welchen Wein er trinken sollte. Die Rückfahrt war wie die Hinfahrt unproblematisch verlaufen. Sonntag. Keine LKWs. Obwohl er fast sechs Stunden hinter dem Steuer verbracht hatte, fühlte sich Lauer entspannt und erholt.

Immer da, wo du bist, bin ich nie.

Gleich morgen würde er in der Mittagspause in den Spielzeugladen in der Nähe des Polizeipräsidiums gehen und das Laufrad besorgen. Er würde Meißner noch nach der Marke fragen. Und am gleichen Tag würde er das Paket bei der Post aufgeben. Dass die Portokosten in die Schweiz ein Schweinegeld kosteten, war ihm egal. Er hatte was gutzumachen. Bei Sophia. Bei seinem Sohn.

Sophia. Fabian. Theresa. Warum waren sie so weit weg? Warum konnte sein Sohn nicht in Heidelberg wohnen? Oder in Speyer? Alles wäre einfacher. Und er würde sein Enkelkind öfter sehen. Sophia auf der Schaukel. Der junge Mann auf dem Gehwegpflaster. So real vor ihm. Und doch weit weg. Wenig greifbar. Ein Schemen. Lauer schenkte sich den letzten Schluck Wein ein.

Warum war Hayreddin zurückgekehrt? Hatte er mit dem IS gebrochen? Lag da ein Motiv für die Tat? War ein Abtrünniger von seinen früheren Gesinnungsgenossen bestraft worden? Lauer fielen die Augen zu. Die Mutter, die keine Tränen vergossen hatte. Der Azubi aus dem Leonardo, dem Hayreddins Tod nicht nahezugehen schien. Fatima Güney, die selbstbewusste Frau aus der Yavuz-Sultan-Selim-Moschee.

Lauer schluckte den letzten Tropfen Wein hinunter.

Michael Bruhn alias Abu Yahia al-Almany. Emrah Osmanoğlu auf der Parkbank am Neckar, der so grimmig vor sich hin gestarrt hatte.

Der Sauvignon blanc war jetzt eindeutig zu warm.

Der Kater, der nach Luft japste. Das weiße Zahnfleisch, das vor der Krankheit rosa geschimmert hatte, fast durchsichtig.

Die Platte war zu Ende.

Irene Meyers, seine Kollegin, die ihm fehlte, die alles andere als glücklich war mit ihren neuen Kollegen bei der Frankfurter Kripo, aber sie war bei ihrer Tochter, konnte sie unterstützen. Irene Meyers hatte ihn heute besuchen wollen. Er hatte schon auf dem Weg in die Schweiz angerufen und ihr abgesagt. Ihr »Kein Problem, ein anderes Mal«, überzeugend hatte es nicht geklungen.

Der Plattenteller drehte und drehte sich.

Sophia auf der Schaukel. Sie hatte gar nicht genug kriegen können.

Der Plattenteller würde sich weiterdrehen. Bis in alle Ewigkeit. Lauer schaltete den Plattenspieler und seine Anlage aus.

Für Oliver Hayreddin hatte die Ewigkeit angefangen. Für den Kater auch.

Lauer stellte sein Weinglas auf die Spüle und die Flasche zu den anderen leeren neben dem Küchenschrank. Er machte in der Küche das Licht aus und ging ins Schlafzimmer. Ins leere Schlafzimmer.

Montag, 15. September

Zehn

»Wir haben nichts.« Roman Clement war unzufrieden. »Nach tagelangen Ermittlungen nichts, kein Motiv in Sicht. Von Verdächtigen ganz zu schweigen.« Er trommelte mit den Fingerspitzen auf die Tischplatte.

»Wir haben die fast 10 000 Euro«, warf Tanaoğlu ein.

»Von denen wir keinen blassen Schimmer haben, wo sie herkommen.«

»Wir haben die Briefe aus Hayreddins Schließfach und das Koranbüchlein«, zählte Tanaoğlu weiter auf.

»Auf Arabisch! Soll ich mich vor die Presse stellen und denen sagen, dass es mir leidtut, dass unsere Dolmetscher noch ein wenig Zeit brauchen? Dass wir die Ermittlungen ruhen lassen?«

»Erste Rückmeldung eines Dolmetschers: ja, Koranverse. Aber es genügt nicht, querzulesen. Da ist eine genaue Übersetzung nötig. Es geht um Feinheiten. Das braucht Zeit. Und wir haben einen Laptop und ein Prepaid-Handy«, fügte Tanaoğlu hinzu.

Lauer fand seinen Vorgesetzten ungerecht. Mehr noch. Eine Spur hysterisch.

»Wir haben einiges über das Opfer in Erfahrung gebracht«, sagte Meißner.

»Wir wissen nicht, warum dieser Mann, dieser IS-Kämpfer, nach Mannheim zurückgekehrt ist. Das kann doch nicht so schwer sein, das herauszubekommen.«

»Chef, wir stehen am Anfang der Ermittlungen.« Tanaoğlu war der einzige Kollege, der Clement mit »Chef« anredete.

»Der IS-Kämpfer will aussteigen«, spekulierte Clement. »Seine Glaubensbrüder haben was dagegen, verfolgen ihn. Oder informieren ihre Gesinnungsgenossen hier, die stürzen ihn vom Dach des Leonardo. Glasklares Motiv. Täter aus der Islamistenszene. Die durchforsten, checken, wer aus der Türkei am Donnerstag eingereist ist, Flughafen Frankfurt, Flughafen Hahn.« Clement redete sich in einen Rausch.

»Wenn es so einfach wäre«, murmelte Lauer vor sich hin.

»Was meinen Sie?«

»Das sind Spekulationen«, sprang Meißner in die Bresche. »Wir müssen uns an Fakten halten, das sind Ihre Worte.«

»Liefern Sie Fakten.«

»Hier sind welche«, sagte Gernhardt und wedelte mit einem Stück Papier. »Der vorläufige Obduktionsbericht von Julia.«

»Von wem?«

»Dr. Julia Langner, die Ärztin vom Rechtsmedizinischen Institut der Uni Heidelberg.«

»Und was steht drin?«

»Nichts Spektakuläres, aber wir sollten uns die Aussagen genau ansehen. Innere Blutung bei Milzriss und Hämatothorax. Hämorrhagischer Schock. Beckenringfraktur. Großer Blutverlust. Frisches Hämatom an der linken Schulter. Dürfte vom Aufprall auf dem Geländer des Balkons einen Stock unterhalb der Dachterrasse stammen. Kollege Lauer war Zeuge dieses Aufpralls. Weiterhin hat Frau Dr. Langner eine ältere Fraktur des kleinen Fingers der rechten Hand diagnostiziert. Allerdings liegt diese Fraktur Jahre zurück. Dann kleinere Hämatome an Oberarmen, Schulter und Brust, mehr oder weniger verheilt, auf keinen Fall in Zusammenhang mit dem Sturz entstanden. Und, echt interessant, einige kreisrunde Verbrennungen auf dem Rücken und der Brust, alles verheilt, zigarettengroß.«

»Das stützt meine, wie Sie es nennen, Spekulationen. Aussteiger. Folteropfer. Konnte fliehen. In diese Richtung sollten Sie weiterermitteln.«

»Wir werden, wie immer, in alle Richtungen ermitteln«, stellte Meißner fest und am Tonfall merkte Lauer, dass sein Kollege dabei war, die Fassung zu verlieren.

»Toxikologische Untersuchungen stehen noch aus. Sobald Ergebnisse vorliegen, meldet sich Dr. Langner«, beendete Gernhardt seine Zusammenfassung des Obduktionsberichts.

»Und was soll ich den Pressevertretern heute Nachmittag sagen?«

»Da wird Ihnen was einfallen, Chef«, sagte Tanaoğlu.

Mit vielen Worten nichts sagen, dachte Lauer, da ist Clement eine wahre Koryphäe.

»Gut, kommen wir zur Verteilung der Aufgaben. Lauer, Meißner, Sie nehmen sich den Freund unseres Mordopfers, diesen …«

»Cem Korkmaz«, sagte Meißner. »In der Neckarstadt gemeldet, Bürgermeister-Fuchs-Straße, in der Wohnung seiner Eltern.«

»Tanaoğlu, Sie schauen sich jetzt endlich den Laptop an und dieses Handy.«

»Zu Befehl, Chef«, sagte der.

Clement zuckte bei diesem Satz nicht einmal mit der Wimper.

»Gernhardt, Sie fangen an, die Liste abzuarbeiten. Hotelgäste abklappern, wer war am Freitagmorgen vor und nach der Tatzeit im oder am Hotel, Lieferanten, Vertreter. Sie wissen.«

»Allein?«

»Kommen Sie gleich mit in mein Büro. Ich schaue auf dem Dienstplan nach, wer Sie unterstützen kann. Und wenn Lauer und Meißner mit ihrer Vernehmung fertig sind, werden sie zu Ihnen stoßen.« Clement schaute in die Runde. »Frisch an die Arbeit, Männer.«

Seit Susanne Gernhardt, früher Dobler, in Mutterschutz war, und Irene Meyers sich nach Frankfurt hatte versetzen lassen, hatte Clement das »Kollegen« durch »Männer« ersetzt.

Das Telefon vor Clement klingelte. Er verzog das Gesicht. »Bestimmt für Sie, Lauer. Wer sonst sollte Anlass geben, unsere Morgenbesprechung zu stören?«

Die ist doch beendet, dachte Lauer.

Clement griff nach dem Telefon. »Ja«, sagte er, dann schwieg er einige Sekunden und fuhr in anderem Tonfall fort. »Selbstverständlich, Frau Staatsanwältin, wie war der Name? Aber natürlich können Sie den Hauptkommissar sprechen. Einen Moment.«

Clement legte die Hand auf die Sprechmuschel und flüsterte in Lauers Richtung: »Für Sie. Eine Staatsanwältin aus der Schweiz. Ich hoffe, es ist nichts Privates.« Dann reichte er ihm das Telefon.

Elf

»Zutter-Bertschy aus Muttenz am Apparat.«

Lauer blieb im Flur vor dem Besprechungszimmer abrupt stehen. Damit hatte er nicht gerechnet. Margit Zutter-Bertschy, die Schweizer Staatsanwältin, die er während der Ermittlungen zu einem Dreifachmord an einem italienischen Ehepaar und einem Radfahrer kennengelernt hatte.

»Was ist los, Herr Hauptkommissar, hat es Ihnen die Sprache verschlagen? Oder erinnern Sie sich nicht, wer ich bin?«

»Staatsanwältin, natürlich erinnere ich mich an Sie. Wie könnte ich nicht!« Was plappere ich da vor mich hin?, fragte sich Lauer. »Womit kann ich Ihnen behilflich sein?«

»Der alte Charmeur.« Die Staatsanwältin lachte. »Haben Sie in Ihr E-Mail-Postfach geschaut?«

Lauer verneinte.

»Tun Sie das, lieber Lauer. Ich habe Ihnen zwei Fotos geschickt. Vielleicht hat das keine Bedeutung. Aber mein Gefühl sagt mir, dass mehr hinter der Sache steckt.«

»Ich verstehe nicht.«

»Sie haben recht, ich spreche in Rätseln. Also, der Reihe nach. Am Freitagmittag taucht ein Mann, zwischen 45 und 50, schätze ich mal, bei mir im Büro auf. Legt ein schmales Buch auf meinen Schreibtisch. Das habe er auf dem Flohmarkt auf dem Petersplatz in Basel erworben.«

Lauer kannte den Petersplatz. Von seinem Zimmer im Hotel Rochat hatte er vor Jahren die Tangotänzer bewundert, die am frühen Abend unter einer Überdachung am Rande des Platzes mit wahrer Begeisterung getanzt hatten. Und auf dem Flohmarkt, der jeden Samstag stattfand, hatte sich Lauer eine alte Platte von Biréli Lagrène gekauft.

»›Ich und Kaminski‹ ist der Titel«, redete Frau Zutter-Bertschy weiter. »Sagte mir nichts. Den Autor Daniel Kehlmann, den kenne ich, ›Vermessung der Welt‹, falls Sie …«

»Ich habe das Buch gelesen, Frau Zutter-Bertschy.«

»›Ja, und?‹, frage ich den Mann. Der blättert wortlos in dem Büchlein, hält mir einen Fotostreifen hin. Ich halte den Streifen gegen das Licht, ein Negativ, ich sehe eine Person. ›Ja, und?‹, frage ich noch mal. Das Negativ habe in dem Buch gelegen, das er an einem Stand gekauft habe. Ich werde ungeduldig. Was der Mann dann gesagt hat, hat mich überrascht. ›Geben Sie Kommissar Lauer die Negative. Kommissar Lauer aus Mannheim.‹ ›Warum?‹, frage ich den Mann. Der meinte, Sie könnten was damit anfangen. Sie würden die richtigen Schlüsse ziehen. Sie hätten damals ermittelt. Das habe er in der Zeitung gelesen.«

Lauer erinnerte sich dunkel an die Berichte. Er, junger Kommissar, gerade mal 28 Jahre alt, mit Foto im Rhein-Neckar-Anzeiger. Was war er stolz gewesen!

»Ich stehe von meinem Schreibtisch auf«, fuhr die Staatsanwältin fort, »trete ans Fenster und halte die Negative ans Licht, in der Hoffnung, mehr zu erkennen. Als ich mich umdrehe, steht der Mann in der Tür. ›Versprechen Sie mir, dass Sie Lauer die Bilder zeigen‹ sind seine letzten Worte, dann fällt die Tür ins Schloss. Für einen Augenblick bin ich überrascht, dann eile ich ihm nach, aber der Flur ist leer. Ich weiß nicht, wie der Mann heißt, ich weiß nicht, wo er wohnt, ich weiß nichts von ihm. Ich habe das Buch übers Wochenende gelesen, empfehlenswert. Und ich habe die Negative. Ich weiß, Herr Kollege, ich habe mich wie ein Anfänger verhalten.«

»Nicht doch«, wollte Lauer beschwichtigen.

»Nein, nein, es ist, wie ich es sage. Ein befreundeter Forensiker hat die beiden Negative digitalisiert und diese Fotos habe ich Ihnen gemailt. Schauen Sie sie an. Vielleicht geht es um eine Straftat. Vielleicht hat alles auch gar keine Bedeutung.«

»Ich melde mich auf jeden Fall bei Ihnen, Frau Zutter-Bertschy. Falls es etwas zu ermitteln gibt, sehen wir uns vielleicht in der Schweiz.«

»Und dann, lieber Lauer, können Sie Ihre Einladung zum Essen erneuern.«

»Gerne, Frau Staatsanwältin, vorausgesetzt, Ihr Gemahl ist einverstanden.«

Mit dem Hinweis auf ihren Ehemann hatte Frau Zutter-Bertschy vor über einem Jahr Lauers Einladung abgelehnt.

»Kommissar, Sie wissen, dass ich nicht verheiratet bin, Sie haben mit Peter gesprochen.«

Der alte Basler Kommissär, den Lauer zweimal in Erkans Kiosk im Kannenfeldpark bei etlichen Einerli Fendant getroffen hatte, hatte Lauer aufgeklärt, dass die Staatsanwältin nicht verheiratet war.

»Bis bald am Telefon, vielleicht auch in natura.«

Lauer brachte das Telefon ins Besprechungszimmer zurück und ging in sein Büro.

Frau Werner im Nebenzimmer nahm keine Notiz von ihm. Sie saß vor der Tastatur und hatte ihre dicken Kopfhörer über den Ohren. Bestimmt Fritz Wunderlich.

Lauer fuhr seinen Computer hoch und öffnete das E-Mail-Programm. Drei neue Nachrichten. Eine Mail von Irene Meyers, kurz und bündig.

»Hallo, Leo. Hab am Mittwochvormittag frei, würde Dienstag gegen Abend bei dir vorbeikommen. Wenn es dir recht ist. Gruß. Irene.«

Lauer beantwortete die Mail seiner früheren Kollegin ebenso kurz. »Alles klar. Ich freue mich. Leo.«

Die zweite Mail war von Dr. Julia Langner.

»Lieber Herr Lauer, Bericht war schon auf dem Dienstweg, als ich noch auf eine Kleinigkeit gestoßen bin. Könnte bedeutungslos sein. Oder nicht. Rufen Sie mich bitte an. Bin den ganzen Tag im Institut. Julia Langner.«

Lauer griff zum Hörer.

»Was haben Sie gefunden?«

»Ich habe, wie üblich, Proben von Blut, Mageninhalt, Galle, Urin und Gewebe entnommen und in einem Screening auf Stoffgruppen getestet wie Opioide, Antidepressiva, Barbiturate, Amphetamine, Kokain.«

»Und?«

»Zwei Treffer.«

Dr. Langner machte eine Pause.

»Jetzt spannen Sie mich nicht länger auf die Folter.«

»Kokain und Amphetamin.«

»Hoppla, ein Gotteskrieger, der Kokain schnupft«, sagte Lauer. »Konzentration?«

»Das erste Screening dient dazu, die Stoffgruppen zu ermitteln, verrät aber nichts über einzelne Substanzen und die im Körper vorhandene Dosis. Der exakte Nachweis gelingt nur mit sehr spezifischen Tests. Ohne das erste Screening wüssten wir aber gar nicht, wonach wir suchen sollten.«

»Wie lange dauert das Feintuning?« Lauer war stolz auf den Begriff, den er benutzt hatte.

»Das zieht sich Wochen hin, ein, zwei Monate oder länger.«

»Das geht wirklich nicht schneller?«

»Nichts zu machen. Es braucht seine Zeit.«

»Amphetamine?«, fragte Lauer.

»Wirken stimulierend und aufputschend, ja euphorisierend. Können bei chronischem Konsum abhängig machen und zu Nierenschäden und Psychosen führen. Fallen unter das Betäubungsmittelgesetz.«

»Ich weiß«, ergänzte Lauer, »Handel und Besitz ohne Erlaubnis werden strafrechtlich verfolgt.«

»Tut mir leid, dass ich den Bericht so voreilig losgeschickt habe. Ich kann Ihnen versichern, dass die gefundenen Stoffe, das Kokain und das Amphetamin, nicht zum Ableben des jungen Mannes geführt haben.«

Die dritte Mail war die Nachricht der Staatsanwältin aus Muttenz. Lauer öffnete den ersten Anhang. Ein Auto vor einem Haus, von schräg vorne aufgenommen. Strahlender Sonnenschein. Ein weißer Opel Ascona mit Karlsruher Kennzeichen. Lauer erinnerte sich, dass ein weißer Ascona die Polizei bei den Ermittlungen zu einem Mordfall vor fast dreißig Jahren wochenlang beschäftigt, sie aber nicht weitergebracht hatte. Auf dem Foto war nur das »KA« vom Autokennzeichen zu erkennen. Das Haus kannte Lauer auch. Der Soulman Club in Mannheim-Waldhof. Er erinnerte sich noch zu gut.

Lauer öffnete das zweite Foto. Wieder der Ascona. Wieder die gleiche Perspektive. Jetzt saß eine junge Frau, fast noch ein Mädchen, auf der Kühlerhaube und strahlte den Fotografen an.

Lauer hatte das Mädchen anders in Erinnerung. Wenige Meter hinter dem Soulman Club. Im Gebüsch. 1987. Im Sommer. Nach einem Auftritt von Sydney Youngblood im Club auf dem Waldhof. Lauer war bei dem Konzert gewesen. Lauer hatte als einer der Ersten die Leiche der jungen Frau gesehen. Ein Mord, der nie aufgeklärt worden war.

Lauer druckte sich das Foto der jungen Frau auf dem Ascona aus und ging ins Nebenzimmer.

»Schauen Sie sich das einmal an«, sagte er zu Frau Werner, die nicht reagierte.

Er tippte ihr auf die Schulter. Sie zuckte zusammen und riss die Arme nach oben. Lauer nahm ihr den Kopfhörer ab.

»Fritz Wunderlich?«

»Heute Entspannungsmusik.«

Lauer hielt Frau Werner den Ausdruck hin.

»Mein Gott. Das arme Mädchen.«

»Sie erinnern sich?«

»Wie könnte ich das vergessen. Schließlich kenne ich die Mutter. Eine Schande, dass das Verbrechen niemals aufgeklärt wurde. Wo haben Sie das her?«

Lauer erzählte ihr von der E-Mail und dem Telefongespräch mit der Staatsanwältin aus der Schweiz.

»Sie müssen der Sache nachgehen, Herr Lauer«, sagte sie. »Es kann kein Zufall sein, dass die Fotos uns zugespielt wurden.«

»Zugespielt?«

»Was sonst? Wer das Foto oder das Negativ in Umlauf gebracht hat, wollte Ihnen ein Zeichen schicken. Sie müssen den Fall wieder aufrollen. Versprechen Sie es mir!«

Lauer kratzte sich am Hinterkopf. »Gut, Frau Werner, dann besorgen Sie mal die Akte von 1987.«

Zwölf

Vor verschlossenen Türen stehen, auf Klingelknöpfe drücken und warten. Oft kam es Lauer vor, als sei dies ein wesentlicher Bestandteil seiner Arbeit als Kommissar.

Heute war es anders. Neckarstadt-West. Bürgermeister-Fuchs-Straße. Ein beiger, langgezogener Wohnblock, vier Stockwerke hoch. Lauer und Meißner waren noch auf der Treppe unterwegs, als im dritten Stock eine Wohnungstür geöffnet wurde und eine junge Frau in den Flur trat.

»Ah, da sind Sie ja.«

Die junge Frau, die Lauer auf 20 oder 21 Jahre schätzte, streckte ihnen die Hand entgegen und stellte sich als Dilek Korkmaz vor. Die Frau trug Jeans und ein weißes T-Shirt, ihre langen braunen Haare fielen auf die Schultern.

Kein Kopftuch, dachte Lauer.

»Kommen Sie bitte herein«, sagte die junge Frau und deutete mit der Hand auf die Schuhe, die vor der Tür standen.

Meißner verstand und die Kommissare zogen die Schuhe aus. In Strümpfen betraten sie die Wohnung der Familie Korkmaz. Lauer und Meißner versanken im Teppich des Wohnzimmers. Ein Mann mit grauen Haaren und grauem Schnurrbart saß auf dem Sofa neben einer Frau mit dunkelbraunen, offenen Haaren. Die beiden nickten den Kommissaren zu. Die Frau sah viel jünger aus als der Mann.

»Bitte Platz nehmen«, sagte die Frau auf dem Sofa.

Lauer und Meißner setzten sich auf die beiden Sessel.

Dilek Korkmaz kam mit einem Tablett zurück, auf dem mehrere Gläschen und zwei Aluminiumkannen standen. Sie goss in die Gläser aus der kleinen Kanne eine dunkelbraune Flüssigkeit, fingerbreit, und füllte mit heißem Wasser aus der größeren Kanne nach. Lauer pustete und nahm einen Schluck. Der Tee war stark, heiß, süß.

»Wir kommen wegen Ihres Sohnes Cem«, sagte Meißner zu der Frau und dem Mann auf dem Sofa, nachdem er sein Glas auf den Wohnzimmertisch zurückgestellt hatte.

»Sohn verloren.«

Es sollten die einzigen Worte bleiben, die Cems Vater auf Deutsch an die Kommissare richten würde. Alles Weitere wurde von seiner Tochter Dilek übersetzt.

»Was meinen Sie damit?«, fragte Meißner.

»Mein Vater will Ihnen damit sagen, dass Cem tot ist.«

»Tot?«

»Ja, er wurde in der Nähe von Rakka getötet.«

»Er hat für den Islamischen Staat gekämpft?«

»Er ist zusammen mit seinem Freund Oliver Mehmet Hayreddin über die Türkei nach Syrien gereist. Aber hat Ihnen das dieser seltsame Prediger aus der Moschee am Neuen Meßplatz nicht gesagt?«

»Wir Aleviten«, sagte die Frau auf dem Sofa.

»Was Mutter sagen will, wir als Aleviten sind anders. Wir müssen nicht zu festgesetzten Zeiten beten, wir haben keine Moscheen. Wir treffen uns in unserem Versammlungshaus zum Gottesdienst. Männer und Frauen sind gleichberechtigt. Keine Kopftücher. Und für uns spielt die Scharia keine Rolle. Deshalb stellt sich für Aleviten nicht die Frage, ob Grundgesetz und Scharia vereinbar sind.«

»Cem, Ihr Bruder …«, fing Meißner an.

»Cem hat sich von der alevitischen Religion losgesagt. Er warf uns vor, keine Muslime zu sein. Er ging diesem Hassprediger aus der Azzam-Moschee auf den Leim. Vater hat das nie verwunden.« Dilek Korkmaz deutete auf ihren Vater, der zusammengesunken auf dem Sofa saß. »Schauen Sie ihn an. Wie alt, glauben Sie, ist er? 65? 70? Falsch. Vater ist 52.«

»Was ist mit Ihrem Bruder passiert in Syrien?«

»Erst war er begeistert. Eine neue Form des Lebens. Der Islam durchdringe jede Faser und jede Sekunde seines Daseins. Die Ernüchterung kam schnell. Im Januar hat Cem in Rakka miterleben müssen, wie ein IS-Kämpfer seine eigene Mutter getötet hat. Vor Hunderten von Zuschauern. In der Nähe der Post. Dort arbeitete die Frau. Ihr Verbrechen? Sie wollte ihren Sohn dazu bringen, den IS zu verlassen. Sie müssen sich das vorstellen, ein Zwanzigjähriger schneidet der eigenen Mutter den Kopf ab! Und die Zuschauer johlen. Cem hat das nicht ertragen.«

»Wie kam Cem ums Leben?«, fragte Lauer.

»Er wurde hingerichtet.«

Der Mann stand vom Sofa auf und verließ das Zimmer.

»Mein Mann das nicht aushalten«, sagte Dileks Mutter.

»Hingerichtet, von wem?«, fragte Meißner.

»Von seinen eigenen Leuten. Cem wollte aussteigen. Das haben die nicht zugelassen. Cem wurde öffentlich hingerichtet. Mitte März.«

»Erzählen Sie uns davon«, bat Lauer.

»Jede Menge Zuschauer, die hasserfüllt schreien: Tod dem Verräter. Cem wurde einfach vor eine Wand gestellt und erschossen.«

Lauer schaute Meißner an.

»Woher haben Sie die Informationen?«, fragte er.

»Ich studiere Medizin, ein Freund von mir ist bei den ›Ärzten ohne Grenzen‹. Er arbeitet im Grenzgebiet zwischen der Türkei und Syrien.«

»Sie konnten Cem beerdigen?«

»Nein, seine Leiche wurde verscharrt.«

»Kennen Sie Cems Freund Oliver Mehmet?«

»Ich habe ihn einmal gesehen. Ich wollte mit ihm über Cems und seine Pläne reden, er hat mich stehen lassen.«

»Können Sie sich vorstellen, dass Hayreddin ebenfalls aussteigen wollte?«

»Das weiß ich nicht«, sagte die junge Frau, die nur noch mit Mühe ihre Tränen zurückhalten konnte.

»Vor eine Wand gestellt und erschossen«, sagte Meißner und schob sich ein weiteres Stückchen Currywurst in den Mund. Die beiden Kommissare waren von der Wohnung der Familie Korkmaz zur Lutherstraße vorgelaufen und standen jetzt an einem Stehtisch vor einer Würstchenbude am Neckar.

»Die Indizien verdichten sich«, ergänzte Lauer und wischte sich den Mund ab. »Wir können nicht ausschließen, Julian, dass Hayreddin von seinen eigenen Leuten umgebracht worden ist.«

»Mag sein, dass es eine Möglichkeit ist. Ich will nicht daran glauben. Die hellste Spur muss nicht die richtige sein. Einen wichtigen Unterschied gibt es.«

Als Meißner nicht weitersprach, sagte Lauer: »Spuck's aus!«

»Mannheim ist nicht Aleppo oder Rakka.«

»Mann, dieser Abu Yahia al-Almany«, sagte Lauer. »Tut, als ob er wahnsinnig kooperativ wäre und nennt uns als Zeugen einen Toten.«

Auf Lauers Schreibtisch lag der Ordner mit der Aufschrift »Sandra Pfeiffer – 1987«. Daran klebte ein Zettel mit Frau Werners Handschrift: »Hier die gewünschte Akte. Muss heute früher gehen, das Enkelkind … Annemarie Werner.«

Lauer wusste nicht, dass Frau Werner ein Enkelkind hatte. Hatte sie überhaupt Kinder? Und ihr Mann? Was wusste er von dieser Frau, die schon 1987, als Sandra Pfeiffer erwürgt worden war, als Schreibkraft im Büro nebenan gesessen hatte?

Lauer schlug den Ordner auf. »Samstag, 13. Juni 1987«, las er.

»Leo, komm bitte, das musst du dir anschauen«, sagte sein Kollege Meißner und wedelte mit dem Arm.

Lauer stand auf und setzte sich auf einen Hocker an Meißners Schreibtisch. Auf dem Bildschirm lief ein Video, verschwommen, grobkörnig. Lauer sah einen etwa 30-jährigen Mann auf einem weißen Plastikstuhl sitzen. Der Stuhl stand auf dem Dach eines unfertigen Gebäudes. Die Augen des Mannes waren verbunden. Neben dem Mann standen zwei IS-Kämpfer, vermummt, mit zwei Gewehren bewaffnet, die sie in die Luft streckten, hinter ihnen die schwarze IS-Fahne. Die Kamera schwenkte nach vorne, blickte über das Dach in die Tiefe. Unten waren Dutzende von Menschen zu sehen, die schrien, kreischten, brüllten, klatschten. Lauer glaubte etwas von Allah zu verstehen, war sich aber nicht sicher.

»Tal Abyad, eine Stadt an der syrisch-türkischen Grenze in der ar-Rakka-Provinz. Das Haus ist sieben Stockwerke hoch.«

Die Männer packten den Mann am Genick und stießen ihn mit dem Kopf voran vom Dach.

»Wer ist das?«, fragte Lauer.

»Ein namenloses Opfer. Der Mann war homosexuell.«

Rechts unten im Video waren Datum und Uhrzeit eingeblendet, 3.2.2014, 15.29 Uhr. Im nächsten Bild, einer Luftaufnahme, war der Mann am Boden liegend zu sehen. Die Menschen bildeten einen Kreis um ihn und warfen Steine auf seinen Körper.

»Ich bezweifle, dass er bei der Steinigung noch am Leben war«, sagte Meißner. »Die Höhe … Ich habe mich informiert, es ist nichts Außergewöhnliches, dass Zuschauer nach einer Hinrichtung die Leiche schänden, schlagen und mit Steinen bewerfen. Und Homosexuelle sollen, angeblich nach einer Überlieferung aus dem Leben Mohammeds, unter einem ›Regen von Steinen‹ beerdigt werden.«

»Hast du etwas über Korkmaz herausgefunden?«

»Nur, dass er wie Hayreddin unter Beobachtung stand. Gegen Korkmaz lag sogar ein Haftbefehl vor, der wurde Anfang April außer Kraft gesetzt. Du kennst doch unser tolles Juristendeutsch. ›Der Tod des Beschuldigten begründet ein absolutes Verfahrenshindernis.‹«

»Wenigstens«, sagte Lauer, »haben die den Tod des Beschuldigten Cem Korkmaz zur Kenntnis genommen.«

Meißner schloss das Video. »Wenn Hayreddin ein Abtrünniger des IS gewesen wäre, hätten wir ein Motiv«, sagte er.

»Verdächtige sind aber nicht in Sicht«, sagte Lauer.

Er ging zurück an seinen Schreibtisch und vertiefte sich in die Akte von 1987. Sandra Pfeiffer, geboren am 17. April 1972, gestorben am 13. Juni 1987. Fünfzehn Jahre war sie alt geworden. Das Backsteingebäude des Soulman Clubs. Sandra Pfeiffer im Gebüsch. Lauer sah alles genau vor sich. Er musste nicht die Fotos weiter hinten in der Akte herauskramen.

Samstag, 13. Juni 1987

Dreizehn

Ein Sturmtief zog über Deutschland hinweg. Vor zwei Tagen hatte der Rhein-Neckar-Anzeiger »Hundswetter im Juni« getitelt. Mehrere Regenschauer gingen in den Vormittagsstunden auf Mannheim nieder. Das Thermometer blieb bei 14 Grad hängen. Der Juni 1987 würde als »kältester Juni seit 1923« in die Geschichte eingehen. Gegen Abend klarte es ein wenig auf. Und kurz vor 19 Uhr, als das Konzert im Soulman Club auf dem Waldhof anfing, kamen ein paar Sonnenstrahlen durch. Lauer kannte den jungen amerikanischen Sänger nicht, aber sein Freund Achim hatte ihm eine Musikkassette vorgespielt. Lauer war angetan und versprach zu kommen. Er bereute es nicht.

Mit »Soul, des heeßt Seele« eröffnete Achim, Sozialarbeiter in dem städtischen Jugendclub mit einer Vorliebe für den Mannheimer Dialekt, das Konzert.

Die vier Mädchen, die untergehakt auf das Backsteingebäude zumarschierten, in dem der Soulman Club untergebracht ist, fielen Lauer auf. Alle vier perfekt gestylt, wellig geföhnte, blond gefärbte Haare, Lippenstift, Rouge und Lidschatten. Minirock oder enge Jeans. Pumps mit Absatz. Seidenblusen. Darüber dünne Jäckchen, eine mit einer Wildlederjacke mit langen Fransen. Und alle vier strahlten über das ganze Gesicht.

»Vier Schwestern«, erklärte ihm Achim. »Waldhof-Ost. Sozialer Brennpunkt.«

Als ob der Zusatz nötig wäre, dachte Lauer. Alle, die im Soulman Club ein- und ausgehen, haben alles andere als reiche Eltern.

»If only I could«, sang der schwarze Sänger, der mit der US-Armee nach Mannheim gekommen war, *»I'd make this world a better place.«* 1989 würde der Song auf Sydney Youngbloods erster Platte erscheinen und seine Karriere würde Fahrt aufnehmen.

In der Pause drückte sich die jüngste der vier, die mit der Wildlederjacke, an Lauer vorbei und verschwand im Freien. Er dachte sich nichts dabei.

Plötzlich zupfte Lauer jemand am Ärmel. Es war Achim. Er forderte ihn auf, ihm zu folgen. In dem engen Büro im Jugendhaus saß eine der vier Schwestern, die mit den Jeans.

»Das ist Nicole Pfeiffer«, sagte Achim. »Sie macht sich Sorgen um ihre kleine Schwester.«

»Die Sandra is verschwunne«, sagte die junge Frau. »Schun in de Paus.«

»Vielleicht ist sie mit einem Freund nach draußen gegangen«, vermutete Lauer.

»Die hot keen Freind. Un so was hot se noch nie gemacht.«

»Und außerdem regnet es wieder«, fügte Achim hinzu. »Kein Wetter zum Spazierengehen.«

Lauer erinnerte sich, wie das Mädchen in der Pause das Gebäude verlassen hatte. Achim versorgte sie mit Taschenlampen. So machten sich die drei auf die Suche.

Es war Nicole, die ihre Schwester fand. Keine zwanzig Meter vom Soulman Club entfernt. Tief im Gebüsch, Fliederbüsche mit vielen Wasserschossen. Fast undurchdringliche Brombeerranken. Sandra Pfeiffer. Die Augen aufgerissen. Striemen um den Hals. Den Minirock hochgeschoben. Den Slip zerrissen. Der linke Schuh lag zwei Meter entfernt in einer Pfütze. Der Regen wurde stärker, würde Spuren verwischen.

Ohne den Regen, dachte Lauer, hätten wir vielleicht eine Chance gehabt. Auch als der junge Mann vom Dach des Leonardo gestürzt war, hatte es geregnet. Und wieder war Lauer hautnah dabei gewesen.

Nicole warf sich auf ihre jüngere Schwester, zog deren Oberkörper hoch, schüttelte sie. »Sandra, uffwache, wach uff!«, schrie sie.

Lauer zog Nicole weg, die wehrte sich, schlug um sich. Achim brachte die Älteste der Pfeiffer-Schwestern in sein Büro zurück. Wenige Minuten später, Lauer hatte den Notarzt und die Kollegen informiert, kamen die beiden anderen Schwestern, gefolgt von einer Gruppe Jugendlicher, die sehen wollten, was da Spektakuläres vor dem Soulman Club passiert war. Lauer fiel es schwer, die Jugendlichen vom Fundort fernzuhalten. Er erhielt Hilfe von zwei der Schwestern, Nadja und Susanne, wie er später erfuhr, die sich links und rechts bei ihm einhängten, eine undurchdringliche Mauer, die sich den Neugierigen in den Weg stellte.

»Kään Schritt weiter«, sagte Susanne.

Wenige Minuten später hörten sie die Polizeisirenen und Hauptkommissar Anton Schindler übernahm das Kommando.

Sandra Pfeiffer war vergewaltigt und erwürgt worden. Mit einem vier Zentimeter breiten Ledergürtel. Eine 18 Personen umfassende Sonderkommission »Soulman Club« wurde gebildet. Unzählige Spuren wurden ausgewertet, Hunderte von Vernehmungen vorgenommen, einer Flut von Hinweisen wurde nachgegangen. Ergebnislos.

Ein weißer Ascona war von zwei Mädchen in der Nähe des Jugendclubs gesehen worden. Kennzeichen unbekannt. Und jetzt: der weiße Ascona auf dem Foto. Sandra auf der Kühlerhaube des Ascona. Alle in Mannheim und Umgebung zugelassenen Autos dieser Marke wurden überprüft. Der Fahrer eines hellblauen Ascona, ein junger Mann aus der Gartenstadt, 25 Jahre, verkehrte im Soulman Club. Aber er hatte ein wasserdichtes Alibi. Seine Mutter bescheinigte ihm, den ganzen Samstag bis zum Sonntagnachmittag mit hohem Fieber im Bett gelegen zu haben. Der Hausarzt bestätigte die Aussage. Sommergrippe. In einem Sommer, der keiner war.

Es war wie verhext. Die Soko trat auf der Stelle. Nach sechs Monaten wurden zwölf der Beamten abgezogen, nach einem Jahr kümmerten sich nur noch Schindler und Lauer um den Fall, eher nebenher, da das Tagesgeschäft ihren ganzen Einsatz erforderte.

Maria Pfeiffer, alleinerziehende Mutter von sechs Kindern, der Jüngste, Manuel, fünf Jahre alt. Nicole, die Älteste zwanzig. Schindler und Lauer überbrachten noch in der gleichen Nacht die Todesnachricht. Die drei Schwestern fielen ihrer Mutter in die Arme, Weinen, Schluchzen. Dann wischte sich die Mutter über die Augen.

»Ich will Ihne mol was sage, ich hab mich als Teenager schun rausgebrezelt fer de Soulman Club. Moi Mädscher sinn nirgendwu annerscht hiegange. Do hawwe se sich sicher gefiehlt. Do hawwe se jeden gekennt. Wann de in e fremdi Disko gehscht, werscht dumm aageguckt. Und wann se heere, wu de herkummscht, Waldhof-Ost, frieher die Baracke, des Assi-Vertel. Do schämme sich die meischde. Do hawwe die meischde Mädscher Angscht, dass se ääner kennelerne un der det sage, wu kummsch denn her, un der det sage, nee, dodemit wolle mer nix ze due hawwe.«

Lauer fragte sich, ob die Frau, die ihnen in der Küche da gegenübersaß und sich eine Zigarette nach der anderen ansteckte, realisiert hatte, was sie ihr gerade mitgeteilt hatten.

»Was isch mer winsch, dass es ihne mol besser geht wie mer. Des will ich. Dass se sich was uffbaue, mol schaffe gehe. Un net uff die Sozialhilf aagewiese sinn.«

Die drei größeren Schwestern waren arbeitslos, keine hatte einen Beruf gelernt. Sandra war noch in die Schule gegangen, neunte Klasse Hauptschule.

»Dass se net glei mit Schulde aafange. Dass se e normales Verhältnis mit ihre Freinde hawwe.«

Sandra würde nie mehr einen Freund haben.

1995. Anton Schindler, der Hauptkommissar, unter dem Lauer seinen Beruf erlernt hatte – nicht die Theorie, die sie ihnen auf der Polizeischule eingetrichtert hatten, sondern die alltägliche Praxis –, Schindler ging in den Ruhestand.

Die Lobeshymnen waren verklungen, der Sekt ausgetrunken, die Butterbrezeln aufgegessen. Der Polizeipräsident hatte sich verabschiedet, als Schindler Lauer eine Flasche Bier in die Hand drückte und mit ihm anstieß.

»Eines, weißt du, Lauer, eines verzeihe ich mir nie. Dass wir diesen Drecksack, der das Mädchen, diese Sandra, vergewaltigt und erdrosselt hat, dass wir den nicht zur Rechenschaft gezogen haben. Das wird mich bis an mein Lebensende verfolgen.«

Lauer hatte damals nicht so genau verstanden, was sein alter Kollege damit gemeint hatte. Heute verstand er.

Dienstag, 16. September

Vierzehn

»Das Haar auf dem Bettvorleger ist nicht von Hayreddin«, sagte Onur Tanaoğlu. »In der Datenbank kein Treffer. Den Laptop hab ich noch nicht geknackt. Das Passwort hat es in sich, aber ich gebe nicht auf. Beim Handy war ich erfolgreicher.«

Er schaute in die Runde, die auch an diesem Dienstagmorgen nur aus Clement, Lauer, Meißner, Gernhardt und eben ihm, Tanaoğlu, bestand.

Clement nickte ihm zu. Er sah müde aus, unkonzentriert, nicht so angriffslustig, wie Lauer ihn kannte.

»Hayreddin hat das Handy erst am Donnerstag aktiviert. Er hat genau eine SMS damit geschickt. Und zwar um 16.34 Uhr. An eine Handynummer, die seiner Mutter gehört. Ihr kennt alle die SMS, in der er sein Treffen ankündigte und von der Wahrheit sprach.«

»Wissen wir«, sagte Clement.

»Keine weiteren Textnachrichten. Die Anrufliste konnte ich rekonstruieren. Um 16.56 Uhr der erste Anruf an eine Festnetznummer. Die Nummer ist im Telefonbuch eingetragen. Es ist die Nummer der Abdallah-Yusuf-Azzam-Moschee. Ich hab durchgewählt, Abu Yahia hat sich gemeldet.«

»Dieser elende Wicht«, sagte Lauer.

»Lauer, ich muss doch bitten.«

Clement wird normal, dachte Lauer, ein Glück.

»Uns gegenüber«, sagte Meißner, »hat er bestritten, von Hayreddin angerufen worden zu sein.«

»Bruhn ist vorbestraft«, sagte Gernhardt. »Vergehen gegen das Betäubungsmittelgesetz. Zwei Jahre und vier Monate, ohne Bewährung, 2002, also einige Jahre zurück. Im Gefängnis ist er zum Islam konvertiert, seitdem keine Auffälligkeiten mehr, zumindest was die Polizei angeht.«

»Es kommt Bewegung in den Fall«, sagte Clement. »Wurde Zeit.«

»Um 17.10 Uhr ein Anruf bei einer registrierten Handynummer. Wir kennen den Besitzer des Handys. Emrah Osmanoglu.«

»Ja, er hat uns von dem Anruf erzählt«, sagte Lauer. »Ein kurzer Wortwechsel. Er hat es abgelehnt, sich mit seinem Freund zu treffen. Hat er uns gesagt.«

»Hat er auch gesagt«, fragte Tanaoğlu, »dass dieser kurze Wortwechsel 21 Minuten gedauert hat?«

»Ich hab's geahnt, dass er uns nicht die Wahrheit gesagt hat«, sagte Lauer.

»Auf jeden Fall müssen wir uns die beiden, Bruhn und Osmanoglu, noch einmal vorknöpfen«, sagte Meißner.

»Das sehe ich auch so«, sagte Clement. »Kommen wir zur Verteilung der Aufgaben.«

»Ich bin noch nicht fertig«, sagte Tanaoğlu. »Um 17.44 Uhr rief Hayreddin eine Festnetznummer an, die auf Hayreddin-Weber angemeldet ist.«

»Bei seiner Mutter«, schlussfolgerte Clement.

»Genau. Das Gespräch hat keine Minute gedauert. Und um 17.47 Uhr der vorletzte Anruf. Eine Prepaidnummer, nicht zurückverfolgbar. Und am Freitagmorgen, um 7.13 Uhr, der letzte Anruf. Die gleiche Prepaidnummer vom Vorabend.«

»Das ist alles?«, fragte Gernhardt.

»Mehr konnte ich aus dem Handy nicht rausholen. Ich gehe davon aus, dass nicht mehr zu finden ist.«

»Gute Arbeit, Tanaoğlu«, sagte Clement und betonte das G.

Ein Lob aus Clements Mund, dachte Lauer, ich muss den heutigen Tag im Kalender rot ankreuzen.

»Lauer und Meißner, Sie sprechen mit diesem Bruhn und dem Türken, dem Freund des Toten. Gernhardt, Sie versuchen herauszufinden, was es mit dem Kurzanruf bei der Mutter auf sich hat. Danach arbeiten Sie die Liste vom Leonardo weiter ab. Sie müssen sich allein auf den Weg machen. Ich kann keinen Beamten für Sie abstellen. Und Sie«, Clement wandte sich an Tanaoğlu, »Sie widmen sich dem Laptop. Alleroberste Priorität, verstehen Sie? Das war's. Oder?«

Lauer hob die Hand. »Es geht um einen alten Fall.«

»Welchen alten Fall?« Clement klang gereizt.

Lauer legte das Foto, auf dem Sandra Pfeiffer auf der Kühlerhaube des weißen Ascona mit dem KA-Kennzeichen saß, vor Clement auf den Tisch.

»Was soll das?«

»Das Mädchen kommt Ihnen nicht bekannt vor?«

»Helfen Sie mir auf die Sprünge, Lauer.«

»Sandra Pfeiffer, fünfzehn Jahre alt, am 13. Juni 1987 vergewaltigt, dann erdrosselt.«

»Der ungelöste Fall, ich erinnere mich, Lauer. Der Mordfall, der wie ein Stachel tief im Fleisch unseres früheren Kollegen Schindler sitzt.«

Clement hat eine theatralische Ader, dachte Lauer, das steht außer Zweifel.

Lauer erzählte vom Anruf der Staatsanwältin aus Muttenz, erzählte, wie er sie bei den Ermittlungen zum

Dreifachmord im Rheinauer Wald vor eineinhalb Jahren kennengelernt hatte, erzählte vom Negativstreifen, fasste die wichtigsten Fakten zu dem ungelösten Mordfall zusammen.

»Der Opel Ascona«, schloss er, »hat uns lange beschäftigt. Eine Zeugin, ein Mädchen, das mit Sandra befreundet war, gab an, einen Ascona an dem Abend in der Nähe des Soulman Club gesehen zu haben. Ein beiger Ascona, hatte das Mädchen gesagt, aber auf die Autonummer hatte sie nicht geachtet. An diesem Samstagabend hatte es geregnet, die Gegend um den Jugendclub war nicht gut beleuchtet. Vielleicht sah das weiße Auto unter diesen Bedingungen beige aus. Wir haben über Wochen alle in Mannheim zugelassenen Asconas durchgecheckt, nicht nur die weißen, ohne Ergebnis, selbst nach möglichen Söhnen der Autohalter haben wir gefragt. Dann haben wir unsere Suche auf alle zugelassenen Autos der Marke ausgedehnt. Und zum Schluss den Rhein-Neckar-Raum, Ludwigshafen, Heidelberg, Weinheim mit einbezogen. Die ganze Arbeit führte ins Leere. Auf Karlsruhe sind wir nicht gekommen. Da hätten wir gleich Frankfurt, München, Hamburg unter die Lupe nehmen können. Eine Nadel im Heuhaufen.«

»Sie brauchen sich nicht zu entschuldigen. Niemand hat einen Fehler gemacht bei dieser Ermittlung. Was erwarten Sie jetzt von mir?«

»Dass wir die Ermittlungen neu aufrollen«, brach es aus Tanaoğlu heraus und gleich griff er sich an den Mund.

»Ich weiß nicht, was ich von der Sache mit den Fotos halten soll«, sagte Clement.

»Das weiß niemand von uns«, sagte Meißner. »Wir können nur spekulieren.«

»Dass derjenige, der uns die Fotos zugespielt hat, uns etwas über den Täter mitteilen möchte«, sagte Lauer.

»Oder dass er selbst der Täter ist«, schlussfolgerte Clement. »Sie haben recht, wir müssen den Fall wieder aufgreifen. Wir brauchen weitere Informationen von dieser Schweizer Staatsanwältin.«

»Das kann ich machen«, bot Lauer an.

»Telefonisch erst einmal«, schränkte Clement ein. »Nicht, dass Sie wieder in die Schweiz verschwinden.«

»Das wird sich unter Umständen nicht verhindern lassen«, sagte Lauer. »Der Besitzer der Fotos scheint in der Schweiz, in Basel oder in der Nähe zu leben. Und der Flohmarkt, auf dem er das Buch gekauft haben will, ist immer samstags. Es wird sich nicht …«

»Der Mordfall vom Leonardo hat absolute Priorität«, unterbrach Clement Lauers Gedankengang. »Wenn ich das sage, dann auch im Sinne unseres Polizeipräsidenten.«

Unseres. So, wie er das Wort betont, dachte Lauer, muss es mit Großbuchstaben geschrieben werden.

»Am Freitag sehen wir weiter. Bis dahin, Lauer, weitere Informationen bitte.« Clement blickte jedem einzelnen Kollegen in die Augen. »Frisch an die Arbeit, Männer! Lauer, haben Sie noch einen Moment Zeit? In fünf Minuten in meinem Büro.«

Lauer saß auf dem Stuhl vor Clements Schreibtisch und hatte die Füße übereinandergelegt.

»Ich weiß nicht«, druckste Clement herum, »wie ich anfangen soll. Privat, es geht nicht um Berufliches, es geht um Privates. Um meine Frau …«

Ich würde ihm ja gerne helfen, dachte Lauer, aber wie? »Sie ist doch nicht erkrankt?«, fragte er laut.

»Nein, nein. Meine Frau ist ausgezogen.«

Endlich, es war heraus.

»Ich muss mich erst wieder sammeln. Verzeihen Sie mir die eine oder andere Unkonzentriertheit. Bitte verstehen Sie mich!«

»Das verstehe ich. Natürlich. Ist doch selbstverständlich.«

Was rede ich da?, dachte Lauer.

»Danke, Lauer. Ich war mir nicht sicher, ob ich mich auf Sie verlassen kann. Kein Wort über unser Gespräch! Haben Sie mich verstanden?«

Fünfzehn

»Sie werden sich denken können«, sagte Meißner, »warum wir hier sind. Sie haben uns an der Nase herumgeführt.«

Dieses Mal hatten Lauer und Meißner Emrah Osmanoglu gleich in seiner Wohnung in den T-Quadraten angetroffen. Zwei winzige Zimmer, spärlich möbliert, alles andere als aufgeräumt, direkt unterm Dach, keinerlei Isolierung, stickig heiß, kein Wunder, das Thermometer war gegen Mittag über die 20-Grad-Marke geklettert.

»Weiß nicht, wovon Sie reden.«

»Dass Sie uns angelogen haben.«

»Ich hab Sie nicht angelogen.«

»Sie haben nicht nur kurz mit Hayreddin am Telefon gesprochen«, redete sich Lauer in Rage. »21 Minuten haben Sie mit Ihrem Kumpel gequatscht. 21 Minuten, um ihm zu verklickern, dass Sie nicht mit ihm reden wollen. Wollen Sie uns für dumm verkaufen?«

Emrah Osmanoglu drehte den Kopf zur Seite und schwieg.

»Sie müssen reden. Sofort. Sonst …«

»Was sonst? Wollen Sie mir drohen?«

Meißner legte seinem Kollegen die Hand auf den Arm.

Lauer schaute um sich, ergriff den Packen Zeitungen, der auf dem einzigen Stuhl lag, und beförderte ihn auf den Boden. Er setzte sich auf den Stuhl.

»Herr Osmanoglu«, setzte Meißner an. »Ihr Freund ist ermordet worden.«

»Freund … Das ist lange her.«

»Das glaube ich Ihnen nicht. Sie mögen Meinungsverschiedenheiten gehabt haben, aber Hayreddin war Ihr Freund. Bis zum Schluss.«

Osmanoglu sagte nichts.

»Was ist passiert an diesem Donnerstag?«, fragte Meißner.

Osmanoglu schwieg.

»Worüber hat Hayreddin mit Ihnen geredet?«

»Belanglosigkeiten.«

»21 Minuten lang Belanglosigkeiten, das macht Sinn«, sagte Lauer sarkastisch.

»Am späten Donnerstagabend hat Hayreddin fast 10 000 Euro an der Rezeption des Leonardo abgegeben«, sagte Meißner. »Wissen Sie, woher das Geld stammte?«

Emrah Osmanoglu schüttelte den Kopf. »Davon hab ich nichts gewusst.«

»Soll Olivers Mörder nicht bestraft werden? Ihr Freund Oliver, jawohl, Freund, sein Mörder läuft frei herum. Können Sie diesen Gedanken ertragen?«

Osmanoglu sank in sich zusammen.

»Die ersten Minuten war es nur Belangloses. Er hat nach meinen Geschwistern gefragt, ob es den Eltern gut geht, ob ich was von seiner Mutter gehört habe, so was halt. Dann sagte er, er braucht Hilfe. Er hat Pillen mitgebracht. Die wollte er verkaufen. Ich sollte helfen.«

»Und, haben Sie?«, fragte Meißner.

»Er ist mein Freund, immer noch. Sie haben recht. Ich hab ihn nicht verstanden, er hatte radikale Ansichten, ist nach Syrien gegangen, aber er ist mein Freund geblieben. Trotz allem.«

»Erzählen Sie uns, wo er die Pillen verkaufte.«

»In der Moschee am Neuen Meßplatz.«

»Bei Michael Bruhn?«

»Kenn ich nicht. Ich weiß nur von Abu Yahia, einem Deutschen.«

»Das ist Michael Bruhn«, sagte Lauer. »Was waren das für Pillen?«

»Captagon.«

Lauer und Meißner sahen sich an.

»Aufputschmittel. IS-Droge. Die machen die in Syrien. Jede Menge davon.«

Lauer musste an sein Telefongespräch mit der Pathologin denken. Kokain und Amphetamin in Hayreddins Körper.

»Die vom IS treiben damit Handel?«

»Herstellen geht ganz einfach und kostet nicht viel. Kann man teuer verkaufen. So kommt Geld rein.«

»Geld rein?«

»Klar, die brauchen viel Geld. Müssen Waffen kaufen, ihre Krieger bezahlen. Also treiben sie Schutzgeld ein, kriegen Spenden, verkaufen Öl. Und auch Pillen. So kommt Geld rein.«

»Hayreddin als Geldbeschaffer für den IS«, schlussfolgerte Meißner. »Um neue Waffen für das Morden zu kaufen.«

Osmanoglu sagte nichts.

»Oder er hat sich vom IS gelöst und hat die Pillen mitgehen lassen«, sagte Lauer.

Wieder schwieg Osmanoglu.

»Welche Möglichkeit ist wahrscheinlicher?«, fragte Meißner.

»Keine Ahnung. Wir haben über den IS nicht geredet.«

»Was ist wahrscheinlicher? Kommen Sie, helfen Sie uns!««

»Tut mir leid, ich kann da nicht helfen.« Osmanoglu stand auf, griff nach einem Wasserglas, das auf der Spüle stand, hielt es unter den Wasserhahn und trank das Glas in einem Zug aus.

»Erzählen Sie uns, was am Donnerstag passiert ist«, forderte Meißner den jungen Mann auf.

»Kurz nach 17 Uhr kam ein Anruf von Oliver. Um halb acht Treffen am Neuen Meßplatz. Abu Yahia war unfreundlich und die Stimmung schlecht. Oliver wollte mehr Geld, das Doppelte. Er war sauer auf Abu Yahia, aber er hat dann doch ja gesagt. Es war sein erster Deal und Yahia war knallhart. Er hat ihn vor die Wahl gestellt, entweder zu seinen Bedingungen oder gar nicht. Und Oliver hatte keine Alternativen. Er war einfach überfordert.«

»Was ist für dich herausgesprungen?«, fragte Lauer.

»200 Euro.«

Lauer dachte an die 9800 Euro aus dem Safe des Leonardo, diese ungerade Zahl.

»Wo ist das Geld?«, fragte er.

»Weg, ich hab Mietschulden bezahlt.«

»Wie viele Pillen waren es?«, fragte Meißner.

»Weiß nicht, 4000, 5000, nicht mehr. Ein Päckchen, drei Kilo schwer. Oder vier.«

»Wie konnte Ihr Freund die Pillen ins Land schmuggeln?«

»Weiß nicht.«

»Wissen Sie, wo Bruhn die Pillen versteckt hat?«

Osmanoglu schenkte sich Wasser nach. »Weiß ich nicht. Das Geld war aus einem Tresor in der Wand. Es hing ein Bild davor, ein Foto vom Hadsch in Mekka.«

Lauer stand von seinem Stuhl auf, bückte sich nach dem Zeitungsstapel und legte ihn auf den Stuhl zurück. Meißner wunderte sich, warum sein Kollege so ordentlich war.

»Das mit den 200 Euro wird noch ein Nachspiel haben. Die Staatsanwaltschaft wird sich der Sache annehmen«, sagte Lauer. »Trotzdem danke für die Offenheit und die Kooperation.«

»Ich hoffe, Sie legen ein gutes Wort für mich ein.«

»Bitte melden Sie sich morgen Vormittag im Polizeipräsidium«, sagte Meißner. »Fragen Sie nach Frau Werner, dritter Stock. Sie müssen das, was Sie uns erzählt haben, zu Protokoll geben.«

Osmanoglu trank zum dritten Mal das Wasserglas in einem Zug leer.

»Was glauben Sie«, fragte Meißner noch einmal, »hatte sich Hayreddin vom IS losgesagt? Oder war er noch überzeugter Anhänger?«

Osmanoglu tat das, was er im Verlauf des Gesprächs schon mehrfach getan hatte: Er schwieg.

Für Lauer und Meißner war es klar, dass er nicht darüber reden wollte.

Sechzehn

In diesem Fall wiederholt sich vieles, dachte Lauer, als sie das Auto am Neuen Meßplatz abstellten. Zum zweiten Mal in diesem Abbruchhaus in den T-Quadraten. Jetzt zum zweiten Mal in dieser Moschee.

Sie hatten lange diskutiert, ob sie nach der Vernehmung Osmanoglus direkt zur Moschee fahren sollten. Lauer wäre am liebsten sofort los. Doch Meißner hatte sich durchgesetzt. Zuerst einen Durchsuchungsbeschluss erwirken.

Das war in einer rekordverdächtigen Zeit geschehen. Theresa Brandes, Lauers Lieblingsstaatsanwältin, hatte alles stehen und liegen lassen. Und der Richter war unbürokratisch gewesen.

Mit Lauer und Meißner waren vier Streifenwagen vorgefahren.

Michael Bruhn spielte den Ahnungslosen. »Wir sind eine legale Organisation. Wir haben nichts zu verbergen.« Trotzdem studierte er den Durchsuchungsbeschluss genau. »Ich möchte meinen Rechtsbeistand anrufen.«

»Es ist Ihr gutes Recht«, sagte Meißner, »Ihren Anwalt zu benachrichtigen.«

»Es ist eine Anwältin.«

»Sieh an!«, konnte sich Lauer nicht verkneifen.

Bruhn griff nach dem Handy, das auf seinem Schreibtisch lag, und wollte das Büro verlassen.

»Kommt nicht infrage«, sagte Lauer und deutete auf das Festnetztelefon, ein altertümliches Modell mit Wählscheibe.

Bruhn verzog das Gesicht und nahm den Hörer ab. Weder Lauer noch Meißner kannten die Anwältin, die Bruhn anrief. Bruhn sprach so leise, dass sie nichts verstanden.

Nach einer Minute legte Bruhn die Hand auf die Sprechmuschel. »Meine Anwältin kann erst in einer Stunde hier sein. Könnten Sie so lange warten?«

Meißner schüttelte den Kopf. »Sie soll am besten gleich ins Polizeipräsidium kommen.«

»Warum das?«

»Weil ich das Gefühl habe, dass Sie uns dorthin begleiten werden.«

Bruhn beendete das Gespräch. »Fangen Sie bitte an«, sagte er zu Lauer und Meißner und breitete die Arme aus.

Sechs der mitgekommenen Beamten fingen mit der Durchsuchung der Gebets- und Schulungsräume an. Ein Kollege wurde am Haupt- und einer am Hinterausgang der Moschee postiert. Lauer und Meißner konzentrierten sich auf das Büro, das auch als Schlafplatz für Abu Yahia al-Almany diente, denn in der Ecke des Raumes stand ein olivfarbenes Feldbett mit einem Bundeswehrschlafsack. Lauer erkannte es an der aufgenähten Deutschlandfahne.

»Würden Sie bitte das Bild da abhängen«, forderte Meißner Bruhn auf.

»Warum? Dahinter ist die Wand.«

Lauer machte einen Schritt auf das Foto zu und streckte die Hand aus. Das Foto war einen Meter breit und war von der Luft aus aufgenommen. Links am Rand war die Kaaba zu sehen, das würfelförmige Heiligtum der Muslime in Mekka. Außenherum drängten sich Hunderttausende weiß gekleideter Pilger. Lauer bekam vom bloßen Hinsehen Platzangst.

Bruhn kam Lauer zuvor und hängte das Bild ab. Hinter dem Foto tauchte ein kleiner, grauer Wandsafe auf.

»Aufschließen«, sagte Lauer.

»Und wenn ich mich weigere …«

»Für unsere Kollegen ein Kinderspiel«, sagte Meißner. »In weniger als fünf Minuten ist das Ding offen.«

»Schon gut«, entgegnete Bruhn und holte einen Schlüssel aus der Schreibtischschublade.

Lauer griff in den Tresor und zog einen braunen Briefumschlag heraus, der auf die Größe von Geldscheinen gefaltet war und mit einem Gummi zusammengehalten wurde. Lauer öffnete den Umschlag und zog einen Packen Geldscheine hervor. Er blätterte die Scheine über dem Daumen ab.

»Einige tausend Euro«, sagte er. »Beschlagnahmt.«

»Das Geld ist legal. Die Mitgliedsbeiträge unserer Gläubigen.«

»Sie werden sicher Belege haben.«

»Darum wird sich meine Anwältin kümmern.«

Lauer griff ein zweites Mal in den Tresor und zog eine schwarze Stofftasche heraus. Er öffnete die Tasche und hielt eine durchsichtige Plastiktüte in der Hand, die mit einem Metallclip verschlossen war. Mindestens drei Kilogramm, dachte Lauer bei sich. In der Plastiktüte waren kleine längliche, hellbraune Pillen, sicher mehrere Tausend Stück.

»Was haben wir da?«

»Ich habe keine Ahnung«, sagte Bruhn. »Mein Büro ist nicht abgeschlossen. Jeder hier weiß, dass in der Schublade des Schreibtischs der Schlüssel liegt.«

»Sie haben keine Angst, dass das Geld wegkommt«, fragte Meißner, »wenn sich jeder bedienen kann?«

»Wir haben einen gemeinsamen Glauben, Herr Kommissar, ein gemeinsames Ziel. Wir bestehlen uns nicht.«

»So«, sagte Lauer. »Ihr bestehlt euch nicht gegenseitig, aber jemandem Drogen unterzujubeln, das ist bei euch normal?«

»Ich habe diese Pillen vorher nicht gesehen. Ich weiß nicht, wozu sie gut sein sollen. Und ich hab nicht die blasseste Ahnung, wie sie in den Tresor gekommen sind.«

»Captagon«, sagte Lauer. »Die Aufputschdroge der Terroristen.«

»Ich weiß nicht, wovon Sie reden. Und mit Terroristen haben wir absolut nichts zu tun.«

Lauer drehte sich um und untersuchte den Wandtresor genauer.

Meißner stellte sich vor Michael Bruhn. »Ich verhafte Sie wegen Verstoßes gegen das Betäubungsmittelgesetz. Ihre Verteidigerin haben Sie informiert. Sie können gerne noch einmal bei ihr anrufen und sie ins Präsidium bestellen.«

Bruhn zog seine linke Hand aus seiner Kutte, holte ansatzlos aus und schleuderte seine Faust in Meißners Gesicht. Der schrie auf, kippte nach hinten weg und schlug mit dem Hinterkopf auf die Schreibtischkante auf. Er blieb auf dem Rücken liegen. Lauer fuhr herum und sah, wie Bruhn gerade den Schreibtischstuhl packte, eine massive Ausführung, ihn hochwuchtete und ihn in seine Richtung schleuderte. Es ging so schnell, dass Lauer nur die Hände vor das Gesicht reißen konnte. Das Gewicht des Sessels drückte ihn an die Wand. Er rutschte zu Boden. In der Zwischenzeit war Bruhn zur Tür gestürmt, hatte sie aufgerissen und von außen den Schlüssel umgedreht. Er durchquerte den Flur und wollte die Moschee verlassen.

»Sie können hier nicht raus«, sagte der am Eingang Wache stehende Polizeibeamte.

»Ihr Boss braucht Ihre Hilfe«, sagte Bruhn und deutete auf das Büro am Ende des Flurs.

»Aber …«

Mehr brachte der Streifenbeamte nicht heraus. Bruhn rammte ihm das Knie in den Unterleib und schlug ihm mit beiden ineinandergefalteten Händen in den Nacken. Der Beamte klappte lautlos zusammen.

Hinter der Bürotür waren Schreie zu hören. Bruhn rannte aus der Eingangstür und verschwand sofort in den Büschen.

Siebzehn

Die stickige Luft im Büro im dritten Stock des Polizeipräsidiums stand und Gernhardt riss das Fenster auf. Herein strömte heiße Luft. Er schaute auf das Thermometer, das außen am Fensterrahmen angeschraubt war. 25 Grad. Und das Mitte September um 17 Uhr.

Am Morgen hatten Lauer, Meißner, Gernhardt und Tanaoğlu verabredet, sich am späten Nachmittag zu treffen und die Ergebnisse des Tages zusammenzutragen. Um Viertel vor fünf hatte Lauer bei Frau Werner angerufen und ihr mitgeteilt, dass es später werden würde. Sie solle bitte seine Kollegen informieren.

Frau Werner hatte nicht nach dem Grund gefragt, sondern auf einen Zettel notiert: »Bei den Herren Lauer und Meißner kann es ein wenig später werden.« Den Zettel hatte sie auf Lauers Schreibtisch gelegt.

»Ein wenig später«, sagte Gernhardt. »Die sitzen im Biergarten und genehmigen sich ein Weizen.«

»Zwää Wääze, awwer kiehl«, sagte Tanaoğlu im Mannheimer Dialekt. »Sollen wir anfangen?«

Gernhardt schüttelte den Kopf. »Dann müssen wir alles ein zweites Mal erzählen.«

Beim Eintreffen von Gernhardt und Tanaoğlu hatte sich Frau Werner in den Feierabend verabschiedet. Die Kaffeemaschine war ausgeschaltet, die Kaffeekanne stand gespült auf der Anrichte.

»Ich hole uns einen Kaffee«, bot sich Tanaoğlu an.

»Nicht den aus dem Automaten.«

»Keine Sorge, aus der Bäckerei um die Ecke.«

»Einen Latte macchiato für mich, bitte. Und ein Stück Käsekuchen.«

Der Kaffee war getrunken, der Kuchen aufgegessen, als die Tür endlich aufging und Lauer das Büro betrat.

»Was ist mit dir passiert?«, fragten Gernhardt und Tanaoğlu aus einem Mund.

Lauers linker Arm war bandagiert, an seiner Stirn und an der linken Backe klebten Pflaster. Unter Stöhnen ließ sich Lauer auf seinen Schreibtischstuhl fallen.

»Kleine Auseinandersetzung.«

»Auch einen Kaffee?«, fragte Tanaoğlu.

»Lieber einen Cognac.«

»Damit kann ich nicht dienen.«

»In Meißners Schublade, unten, hinten.«

Tanaoğlu bückte sich, kramte im Schreibtisch und förderte eine Cognacflasche und zwei Wassergläser zutage.

»Nicht stilvoll«, bemerkte Gernhardt, »aber besser als nichts.«

Lauer goss eines der Gläser halb voll, schaute die Kollegen an und schraubte die Flasche zu, nachdem Tanaoğlu den Kopf geschüttelt und Gernhardt abgewunken hatte. Er trank das Glas in einem Zug leer und schüttelte sich. Die Flasche stellte er zurück in den Schreibtisch.

»Jetzt geht es mir besser«, sagte er und wischte sich mit dem Handrücken den Mund ab.

»Wo ist Meißner?«, fragte Tanaoğlu.

»Jetzt zu Hause, vorher im Krankenhaus, im Theresien.«

»Jetzt lass dir nicht jedes Wort einzeln aus der Nase ziehen.« Gernhardt schien ein wenig genervt.

»Gut, der Reihe nach.«

Und so erzählte Lauer vom zweiten Gespräch mit Emrah Osmanoglu. Erzählte von den Captagon-Pillen, die Hayreddin an Michael Bruhn von der Abdallah-Yusuf-Azzam-Moschee verkauft hatte, vom Beschluss zur Hausdurchsuchung, vom Fund der Pillen im Wandtresor. Und er erzählte von der Verhaftung des Abu Yahia al-Almany, der versuchten Verhaftung, von dessen Reaktion, in aller Ausführlichkeit.

Bruhn hatte in seiner Kutte einen Schlagring versteckt. Meißner hatte geblutet wie ein Schwein. Erste Diagnose im Krankenhaus: Bruch des Nasenbeins. Außerdem war die Haut am Nasenansatz aufgeplatzt und hatte genäht werden müssen.

»Zum Glück hat Bruhn nur seine Nase erwischt. Nicht auszudenken, wenn er den Kieferknochen oder das Jochbein getroffen hätte. Eine Orbitabodenfraktur hätte mehr Komplikationen verursacht.«

»Dann kann ich mich ja glücklich schätzen«, hatte Meißner dem Arzt entgegnet.

Nachdem die Wunden versorgt waren, konnte er nach Hause gehen.

Lauer hatte eine Prellung am Arm. Ein Bruch war unwahrscheinlich, aber nicht hundertprozentig ausgeschlossen, da Lauer sich gegen ein Röntgenbild gewehrt hatte. Die Hautabschürfungen stammten von der Lehne des Schreibtischstuhls, den Abu Yahia als Wurfgeschoss gegen Lauer verwendet hatte. Von dem Stechen, das Lauer verspürte, wenn er tief einatmete und das vom Aufprall auf die Wand herrührte, hatte er den Ärzten nichts gesagt.

»Was ist mit dem Kollegen, der den Eingang gesichert hat?«

»Nichts Dramatisches. Halswirbeltrauma, Prellungen. Sie haben ihn über Nacht zur Beobachtung dabehalten.«

»Bruhn hat eindeutig den Bogen überspannt«, stellte Tanaoğlu fest. »Aus der Nummer kommt er nicht raus.«

»Abwarten, Onur, kommt auf den Verteidiger an, auf den Richter. Weißt du, wer Bruhn vertritt?«, fragte Gernhardt.

»Keine Ahnung. Eine Anwältin.«

»Ist egal. Auf jeden Fall ist er sofort zur Fahndung auszuschreiben. Wäre gelacht, wenn wir den Kerl nicht schnappen würden.«

»Dieser elende Wicht!«, sagte Lauer.

»Muslime und Drogen«, fragte Gernhardt, »wie passt das zusammen?«

»Laut der Scharia, die der IS propagiert«, erklärte Tanaoğlu, »sind Alkohol und Drogen strikt verboten und wer sich nicht an diese Gesetze hält, wird bestraft. Dennoch gibt es Berichte von Reportern und Kämpfern aus der Region, die behaupten, der IS stelle selber Drogen her, vertreibe sie und verabreiche sie in großen Mengen seinen Kämpfern. Nach der Enthauptung des Journalisten David Haines durch einen IS-Kämpfer analysierten amerikanische Stimm-Analysten die Sprechmuster des Killers. Sie fanden Hinweise darauf, dass der Mann unter Amphetamin-Einfluss gestanden haben könnte.«

»Hast du von diesen Captagon-Pillen schon gehört?«

»Klar, dieser Emrah hat das richtig ausgedrückt, die Droge der Terroristen, Dschihadisten-Droge genannt. Auch Studenten bei uns sind empfänglich für Captagon. Die Wirkung der Droge ist ähnlich wie bei anderen Amphetaminen. Verzögert die Ermüdung. Erhöht die Konzentration. Kurbelt den Blutdruck an. Dämpft Hunger, Schmerz und Furcht. Verstärkt die Risikobereitschaft. Manche erklären mit der Droge die Grausamkeiten der IS-Taten.

So weit würde ich nicht gehen. Captagon macht allerdings schnell abhängig. Bei regelmäßigem hochdosiertem Gebrauch ist die Wirkung ähnlich wie bei Crystal Meth.«

»Zerstörerisch«, sagte Lauer.

»Wie sind die Preise?«, fragte Gernhardt.

»Auf dem Schwarzmarkt kannst du zwischen vier, fünf und bis zu 20 Euro für eine Pille bekommen.«

»Eine lukrative Angelegenheit«, sagte Gernhardt.

»Wie konnte Hayreddin die Pillen ins Land schmuggeln?«, fragte Lauer.

»Nicht so kompliziert. Der Scanner findet die Pillen nicht. Und eine ausführliche Durchsuchung des Gepäcks ohne Verdacht ist unwahrscheinlich.«

Tanaoğlu war am Morgen mit dem Laptop nicht weitergekommen und Gernhardt hatte seine Ermittlungen im Leonardo fortgesetzt.

Der Bäcker war um 6.20 Uhr in die Tiefgarage gefahren und hatte sie um 6.43 Uhr verlassen. Eine Verbindung zwischen dem Fahrer, einem Russlanddeutschen, und Oliver Mehmet Hayreddin war nicht ersichtlich.

Der Fahrradbote von Alnatura, der mit den Kräutern, kam um neun und hielt sich nach eigenen Angaben fünf

Minuten im Hotel auf. Ein Angestellter aus der Küche bestätigte dies.

Der Vertreter für Seifenspender war einige Minuten vor dem vereinbarten Termin um zehn Uhr gekommen, sein Angebot war inakzeptabel, der Besuch dauerte wenige Minuten, um zehn vor zehn verließ er das Hotel. Keine Minute seines Aufenthalts war er allein, das bestätigten die Frau an der Rezeption und eine Mitarbeiterin, die für die Hygiene verantwortlich ist.

Ungefähr zwei Drittel der Gäste, die zur fraglichen Zeit ausgecheckt hatten, waren von Gernhardt telefonisch befragt worden. Auch hier hatte sich keine Verbindung zu Hayreddin ergeben.

Um die Identität der Punks hatte sich Gernhardt noch nicht gekümmert. Ob in der Richtung weiterermittelt werden sollte, war unklar. Tatsache war, dass Göyünc, der Azubi im Leonardo, zu Protokoll gegeben hatte, dass die beiden Punks das Leonardo über die Rolltreppe verlassen hatten und in Richtung Kapuzinerplanken verschwunden waren. Das habe er mit eigenen Augen gesehen.

»Bleibt noch der Fahrer der Wäscherei«, sagte Gernhardt. »Laut Videoüberwachung Einfahrt um 9.19 Uhr, Ausfahrt um 10.02 Uhr.«

»Genau zur fraglichen Zeit«, schlussfolgerte Lauer.

»Stimmt. Noch etwas ist auffällig. Die Dauer des Aufenthalts. Der Angestellte in der Telefonzentrale, der auch für die Videoüberwachung zuständig ist, hat in den Aufzeichnungen der letzten drei Wochen nachgeschaut. Die Wäscherei fährt das Leonardo dienstags und freitags an. Meist dauert der Aufenthalt 20 Minuten, in einem Ausnahmefall waren es 31 Minuten. Aber letzten Freitag hielt sich der Fahrer der Wäscherei sage und schreibe 43 Minuten im Hotel auf.«

»Es kann eine einfache Erklärung geben«, sagte Lauer.

»Möglich, das konnte ich noch nicht nachprüfen. Ich war in der Wäscherei, ein kleines Geschäft in der Angelstraße. Das Leonardo-Hotel ist ihr größter Kunde. Die Laufkundschaft bröckelt. Den Fahrer hat die Chefin, eine Frau kurz vor dem Pensionsalter, als zuverlässig beschrieben, seit acht Jahren bei ihr angestellt.«

»Was hat der Angestellte gesagt?«, fragte Lauer.

»Mit dem konnte ich noch nicht reden«, gab Gernhardt zu. »Er hat sich am Montagmorgen krankgemeldet. Bis einschließlich Mittwoch. Ich habe die Adresse des Mannes und werde ihn morgen im Lauf des Tages aufsuchen.«

Das Telefon auf Meißners Schreibtisch klingelte.

Gernhardt hob ab und sagte: »Ja, ja, ich komme.« Er legte auf und ging zur Tür. »An der Pforte wartet die Anwältin von Bruhn. Ich bringe sie ins Besprechungszimmer. Willst du auch dabei sein, Leo?«

»Selbstverständlich«, antwortete Lauer.

»Darf ich vorstellen«, sagte Gernhardt und deutete auf die Frau, die mit ihm das Besprechungszimmer im ersten Stock betreten hatte, »Frau Dr. Tessier. Sie hat im Frühjahr 2013 Herrn Hollmann vertreten.«

Gernhardt hätte die Rechtsanwältin fast nicht erkannt. Schwarze Hosen, schwarze Lackschuhe ohne jeden Absatz, eine dunkelgraue Bluse, ein schwarzer Blazer. Dazu kaum geschminkt. Die langen, schwarzen Haare mit einem Gummi zum Pferdeschwanz gebunden. Er hatte sie anders in Erinnerung: rotes Kleid, High Heels, schwarze Nylonstrümpfe – damals beim Haftprüfungstermin für Werner Hollmann, der seine Frau erschlagen hatte und nicht zur Rechenschaft gezogen werden konnte. Damals war sie Gernhardt sehr extravagant vorgekommen, jetzt sah sie, Gernhardt suchte nach dem passenden Begriff, normal, genau, sie sah normal aus.

»Ich muss sagen, ich bin verwundert«, fing sie an.

»Worüber, Frau Dr. Tessier?«, fragte Gernhardt.

»Mein Mandant ruft mich an, teilt mir mit, dass seine Verhaftung bevorsteht, dann Funkstille. Ich habe ein Recht …«

»Ein Recht? Wozu?«, schnitt Lauer ihr das Wort ab.

»Zu erfahren, was mit …«

»Es gibt nichts zu erfahren. Ihr Mandant hat sich seiner Verhaftung entzogen«, sagte Gernhardt.

»Mit Gewalt entzogen«, fügte Lauer hinzu und hielt seinen bandagierten Arm hoch.

»Jetzt werden Sie nicht wehleidig.«

Gernhardt ergänzte: »Ihr Mandant hat drei Polizisten angegriffen, einer von ihnen muss stationär im Krankenhaus bleiben. Der andere hat einen Nasenbeinbruch erlitten. Ihr Mandant hat mit einem Schlagring auf den Beamten eingeprügelt. Ein Kollege hat ein …«

»Ich kann mich erst äußern, wenn ich mit meinem Mandanten gesprochen habe.«

»Tun Sie das«, sagte Lauer. »Wir würden das gerne auch, mit ihm reden.«

»Ein Halswirbeltrauma«, beendete Gernhardt den angefangenen Satz.

Karlotta Tessier blickte auf ihre Uhr. »So spät? Tut mir leid. Ich habe noch einen anderen Termin. Sie halten mich auf dem Laufenden.« Die Rechtsanwältin gab Gernhardt ihre Visitenkarte.

»Selbstverständlich«, versprach Gernhardt. »Wir haben Michael Bruhn zur Fahndung ausgeschrieben. Wenn er sich bei Ihnen meldet, raten Sie ihm dringend, sich umgehend zu stellen.«

»Für Ihren Abu Yahia al-Almany wäre das die beste Lösung«, sagte Lauer.

»Wir werden sehen«, sagte Frau Dr. Tessier. »Vielleicht stellt es sich als Missverständnis heraus.«

Als sie aus der Tür war, schauten die Kommissare sich an.

»Das gebrochene Nasenbein, ein bedauerliches Missverständnis«, brummte Gernhardt.

»Missverständnis!«, sagte Lauer und faltete die Hände. »Tätlicher Angriff auf Polizeibeamte. Ein Nasenbeinbruch. Ein Halswirbeltrauma. Sich der Verhaftung durch Flucht entzogen. Verstoß gegen das Betäubungsmittelgesetz. Die Liste der Vergehen ist umfangreich. Wo lebt die Anwältin?«

Achtzehn

Lauer schenkte Rotwein nach. Er hatte die Cuvée aus Dirmstein aus dem Keller geholt, den Wein, von dem er Theresa Brandes, der Mannheimer Staatsanwältin, vorgeschwärmt hatte.

It's too late to sing a sad love song. It's too late.

Irene Meyers nippte vorsichtig, schloss die Augen, bewegte den Wein lange im Mund hin und her, bis sie schluckte.

»Schmeckt wie ein Bordeaux. Alle Achtung.«

»Ja, die Pfälzer Rotweine haben sich gemausert.«

Good times, bad times, good times, bad times, we had it all.

Lauer hatte eine Platte von Hans Reffert aufgelegt.

Pictures in my head. A shadow in the dark alley, a demon like in a B-movie.

Dazu die langgezogenen Töne auf der Steel-Gitarre, die für Refferts Spiel so charakteristisch waren. Lauer hatte den Mannheimer Gitarristen vor Jahren auf dem Finkenbach Festival im Odenwald gesehen, damals mit seiner Band Guru Guru. Seitdem war er Fan und besorgte sich, wenn er es mitbekam, die neuesten Platten oder CDs.

Is that you, is that you, Babe?

»Die Musik hat was Trauriges«, sagte Irene Meyers. »Passt gut zu meiner Stimmung.«

Vor einem halben Jahr hatte es mit Irene Meyers' Versetzung nach Frankfurt geklappt. Sie hatte einen Kollegen gefunden, der mit ihr getauscht hatte. Beruflich war es ihr schwergefallen, aus Mannheim wegzuziehen. Aber sie wollte bei ihrer Tochter sein. Das Verhältnis der beiden war problematisch. Die Tochter, 21 oder 22 Jahre, überlegte Lauer, war mit einem Kleindealer befreundet, der seit einem Jahr eine Haftstrafe verbüßte. Meyers war nicht begeistert von dieser Beziehung, hatte gehofft, dass die Zeit der Trennung zu ihrem Ende führen würde, vergeblich. Ihre Tochter ließ keine Besuchsmöglichkeit verstreichen.

»Ab nächster Woche hat er Freigang. Dann wird ihn Evelyn öfter sehen.«

»Vielleicht siehst du ihn zu negativ.«

»Leo, ich kenne so Typen. Der wird sich nicht ändern. Alles wird von vorne anfangen. Dabei war sie in den letzten Monaten clean. Aber wir sollten das Thema wechseln. Was macht dein Enkelkind?«

Bevor Lauer erzählen konnte, klingelte sein Handy. Er schaute auf das Display. Inzwischen kannte er die Nummer. In den letzten Tagen hatte seine Kneipenbekanntschaft bestimmt zwanzig Mal angerufen. Lauer drückte das Gespräch weg.

»Du willst nicht rangehen? Wegen mir?«

»Nichts von Bedeutung.«

»Ich hätte in Mannheim bleiben sollen. Hier ging es familiärer zu. Die Frankfurter Kollegen sind so reserviert.«

»Vielleicht liegt es an dir?«

»Kann sein. Ich habe das Gefühl, ich stehe neben mir. Bekomme keinen Boden unter die Füße.«

Was jetzt, dachte Lauer. Kein Boden unter den Füßen? Oder neben sich stehen? Was meint sie? Er sagte nichts.

Irene Meyers gähnte und hielt ihm ihr Glas hin. Lauer schenkte nach. Hans Reffert interpretierte *Strange Fruit*, den Klassiker von Billie Holiday.

»Der Kater fehlt«, sagte Meyers. »Ich bin müde.«

»Dann sollten wir ins Bett gehen.«

Es klingelte. Nicht das Handy. Es klingelte an der Wohnungstür.

»Du erwartest noch Besuch?«

Lauer schüttelte den Kopf, ging zur Tür und drückte auf den Öffner. Die Haustür wurde aufgestoßen. Lauer öffnete seine Tür. Er wohnte im Erdgeschoss direkt gegenüber der Haustür.

Vor ihm stand seine unbekannte Bettnachbarin, wie er sie in den letzten Tagen in Gedanken genannt hatte, und wedelte mit einer Flasche Sekt. Schloss Wachenheim Grün Cabinet. Nicht gerade der Renner, dachte Lauer.

»Dass du mich seit Tagen wegdrückst. Da habe ich mir gedacht, ich schaue persönlich vorbei. Dir passt es doch?«

Unwillkürlich schob Lauer die Tür ein Stück zu. »Frau Abelt, das geht zu weit.«

»Elke, sag bitte Elke zu mir.«

»Entschieden zu weit.«

»Jetzt lass mich rein. Wir machen uns einen schönen Abend. An den wirst du dich mit Sicherheit erinnern.«

»Jetzt hören Sie mir zu.« Lauer hob den Zeigefinger.

Wie so ein Lehrer hast du ausgesehen, würde Irene Meyers, die in der Küchentür stand und die Szene beobachtete, später sagen.

»Seit Tagen belästigen Sie mich. Ich will nichts von Ihnen. Ich war viel zu betrunken, als ich in Ihrem Bett gelandet bin. In nüchternem Zustand wäre mir das garantiert nicht passiert. Und jetzt«, Lauer streckte seinen Zeigefinger in die Höhe, »jetzt verlassen Sie auf der Stelle das Haus. Und ich will Sie hier nie wieder sehen. Und Sie rufen mich nicht mehr an. Sonst …«

»Was sonst? Soll das eine Drohung sein? Ich bin gespannt.«

Lauer ließ die Hand sinken, schnaubte aus, setzte zu einer Erwiderung an, drückte dann aber die Wohnungstür zu.

»Was war das für ein Auftritt?«, fragte Irene Meyers. »Deine weiblichen Bekanntschaften sind ein wenig eigen.«

»Das ist eine lange Geschichte«, sagte Lauer und zuckte zusammen.

Es bollerte an die Wohnungstür.

»So lasse ich mich nicht abspeisen!«, schrie Elke Abelt und hämmerte mit der Faust und den Füßen an die Tür.

Lauer riss sie mit Schwung auf. Die Frau kam ins Straucheln. Lauer packte sie am Oberarm, damit sie nicht das Gleichgewicht verlor.

»Klar habe ich fest zugepackt«, würde er später zu Protokoll geben. »Ich musste es. Die Frau war betrunken und wäre gestürzt.«

Lauer ließ die Frau am Oberarm nicht los, er versuchte, sie aus dem Flur zu ziehen. Elke Abelt ließ die Sektflasche fallen, die mit einem lauten Knall auf dem Terrazzoboden aufschlug und zerplatzte. Lauer achtete nicht auf die Detonation. Er zog die Frau weiter, öffnete mit der anderen Hand die Haustür, drängte Elke Abelt ins Freie und ließ sie erst los, als sie die Einfahrt passiert hatten und am Hoftor ankamen. Er schloss das Tor hinter ihr.

Elke Abelt gestikulierte mit beiden Armen zugleich.

»Das wird dir noch leidtun! Du wirst mich kennenlernen. Das schwöre ich dir!« Mit diesen Worten überquerte sie die Straße und verschwand in der Dunkelheit.

»Wenn das mal kein böses Ende nimmt«, orakelte Irene Meyers, die Lauer an der Haustür erwartete. »Ich war vorhin todmüde. Jetzt bin ich gespannt auf die Geschichte, die du mir erzählen wirst.«

Mittwoch, 17. September

Neunzehn

»Habt ihr diesen Typen geschnappt?«

»Die Fahndung läuft auf Hochtouren, noch keine Ergebnisse bisher.«

Kurz nach halb neun hatte das Telefon im Besprechungszimmer geklingelt. Da Clement sich entschuldigt hatte, hatte Lauer abgenommen. Es war Meißner gewesen. Er hatte die Nacht mehr schlecht als recht hinter sich gebracht. Jetzt nach dem Frühstück und mit einer Schmerztablette ging es ihm besser.

»Morgen bin ich wieder einsatzbereit«, sagte er. »Aber erschreckt nicht, ich sehe verboten aus.«

Tanaoğlu hatte es gestern am späten Abend doch endlich geschafft, den Laptop von Oliver Mehmet Hayreddin zu knacken.

»Das Gerät ist neu«, berichtete der Kriminaltechniker. »Hayreddin hat es bei Saturn in der Kunststraße, keine zweihundert Meter vom Leonardo entfernt, am Donnerstag kurz vor 19 Uhr gekauft und bar bezahlt. Der Verkäufer erinnert sich genau. Hayreddin hat die Verpackung dagelassen, was unüblich sei, wie der Verkäufer betont hat. Die üblichen Programme, Office-Paket, E-Mail-Client, Browser, das war es auch schon. Die einzigen vertraulichen Daten habe ich bei den E-Mails gefunden.«

»Und? Was dabei für uns?«, fragte Gernhardt.

»Hayreddin hat drei Mails mit dem Laptop verschickt und eine Mail erhalten. Die erste Mail ging am

Donnerstag um 20.31 Uhr an seinen Onkel in Kayseri, verfasst auf Türkisch. Hayreddin teilt ihm mit, dass er bis Anfang nächster Woche in Mannheim bleiben würde. Er fragt seinen Onkel, ob er danach bei ihm wohnen könne.«

»Für wie lange?«, fragte Lauer.

»Nicht ersichtlich.«

»Er hatte nicht vor, länger hier in Mannheim zu bleiben«, schlussfolgerte Gernhardt. »Aber es wird nicht klar, ob er vorhatte, nach Syrien zurückzukehren.«

»Die zweite Mail hat Hayreddin kurz vor Mitternacht verfasst. In arabischer Sprache. Ich hab die Mail an unseren Dolmetscher weitergegeben. Die Mail ging an eine Adresse in Syrien. Es ging, so viel habe ich verstanden, um die Pillen. Hayreddin schreibt was über den Verkaufspreis. Die Antwort kam zwei Stunden später und war kurz. Die genaue Übersetzung der beiden Mails folgt noch.«

»Wir können davon ausgehen, dass er Ärger mit seinen IS-Freunden bekommen hat«, sagte Gernhardt.

»Viel wichtiger ist«, betonte Lauer, »dass wir jetzt wissen, dass Hayreddin nicht in die eigene Tasche gewirtschaftet hat. Er handelte im Auftrag des IS. Ein Indiz dafür, dass er kein Abtrünniger war.«

»Und die letzte Mail?«, fragte Gernhardt.

»Ist am Freitagmorgen verfasst, um 6.34 Uhr abgeschickt. Der Adressat, aufgepasst, Michael Bruhn.«

»Unser Abu Yahia al-Almany.« Lauer ließ die Worte genüsslich auf der Zunge zergehen. »Was wollte Hayreddin von ihm?«

»Ich hab die Mail ausgedruckt.« Tanaoğlu gab Lauer und Gernhardt den Ausdruck.

Bruhn, du hast mich übers Ohr gehauen. Die Pillen sind mehr wert. Vier Euro pro Stück. Mindestens 20 000! So läuft das nicht! Mehr Geld! Oder du rückst die Pillen wieder raus! Wir müssen uns heute Vormittag sehen. Ich bin um elf in der Moschee.

Die Mail hatte keine Anrede und keinen förmlichen Schluss.

»Hört sich nicht freundlich an«, sagte Gernhardt. »Und es gibt keine Antwort von Bruhn?«

»Keine Antwort«, bestätigte Tanaoğlu.

Lauer lehnte sich auf dem Stuhl zurück, verschränkte die Hände im Nacken und schaute zur Decke. Dann stand er auf, trat ans Fenster und öffnete es.

»Aufschlussreich«, sagte er, mit dem Rücken zu seinen Kollegen. »Erstens hat Hayreddin tausende Pillen an den Mann gebracht. Zweitens hat er nur 10 000 statt der erhofften 20 000 Euro erhalten. Drittens hatte Bruhn ein Motiv, Hayreddin aus dem Weg zu schaffen.«

»Niemand hat ihn im Leonardo gesehen«, sagte Gernhardt. »Wir haben mit den Beschäftigten und den meisten Gästen gesprochen. So ein bunter Vogel, wie ihr ihn geschildert habt, lange braune Kutte, Bart, der wäre doch aufgefallen.«

»Vielleicht war er anders angezogen«, spekulierte Tanaoğlu.

»Wir werden das im Auge behalten«, sagte Lauer. »Damit gehen wir nicht an die Öffentlichkeit. Keine Änderung der Fahndung. Wenn wir ihn haben, werden wir der Sache nachgehen.«

»Was gibt es zu tun?«, fragte Gernhardt.

»Ich muss nach Heidelberg«, sagte Tanaoğlu. »Da ist viel liegen geblieben.«

»Solange Bruhn nicht in unserem Gewahrsam ist, kommen wir nicht richtig weiter«, sagte Lauer. »Der ungeklärte Anruf bei Hayreddins Mutter, den müssen wir überprüfen.«

»Und mit dem Fahrer der Wäscherei müssen wir noch reden«, sagte Gernhardt.

»Dann«, sagte Tanaoğlu, »frisch an die Arbeit, Männer.«

Zwanzig

Wieder standen sie vor dem Wohnblock in der Torwiesenstraße. Doch dieses Mal musste Lauer nicht nach dem Klingelknopf suchen. Frau Hayreddin-Weber erwartete sie im zweiten Stock. Sie trug eine schwarze Bluse und schwarze Jeans und war geschminkt.

»Sie haben Glück, mein Mann und ich sind vor fünf Minuten erst zurückgekommen, wir waren bei einem Bestattungsinstitut hier auf dem Lindenhof. Wir haben heute Mittag erfahren, dass Olivers Leichnam freigegeben wurde. Es gibt viel zu regeln.« Sie deutete mit der Hand in den Wohnungsflur. »Zum Glück«, fügte sie hinzu.

»Ich möchte Ihnen mein Beileid aussprechen«, sagte Gernhardt und stellte sich vor. »Wir müssen noch eine Kleinigkeit mit Ihnen abklären.«

»Jetzt kommen Sie erst einmal herein.«

»Ich kann Ihnen nicht sagen, wer am Donnerstag um 17.44 Uhr hier angerufen hat. Ich war zu dieser Zeit noch bei der Arbeit. Ich arbeite in einer Putzkolonne im Collini-Center. Aber ich kann meinen Mann fragen. Er hat sich hingelegt. Die letzten Tage geht es ihm nicht gut. Das nimmt ihn alles mit.«

Sie verließ das Wohnzimmer und kam nach einer Minute zurück. »Es gab keinen Anruf, meint er.«

»In der Anrufliste Ihres Sohnes wird dieser Anruf um 17.44 Uhr aufgelistet. Es läutete nicht nur durch, der Hörer wurde abgenommen. Das Gespräch dauerte keine Minute. Einen Moment.« Lauer blätterte in seinem Notizbuch. »Hier«, sagte er, »28 Sekunden. Gibt es noch jemanden, der ans Telefon gegangen sein könnte, Kinder, Familienangehörige?«

»Oliver war mein einziges Kind. Wir leben zurückgezogen, haben kaum Kontakte.«

»Dieser Anruf hat stattgefunden, Frau Hayreddin-Weber. Könnten wir kurz mit Ihrem Mann sprechen?«

»Ich weiß nicht …«

»Es ist wichtig.«

Wieder verließ die Frau das Wohnzimmer. Nach drei Minuten, die Lauer viel länger vorkamen, betrat ein Mann in einem dunkelblauen Trainingsanzug das Zimmer. Als er die Jalousie am Fenster herunterließ, konnten Lauer und Gernhardt den Schriftzug auf dem Rücken lesen: MFC 08 Lindenhof. Dann drehte er sich um und streckte den Kommissaren die Hand entgegen.

»Martin Weber. Meine Frau lässt sich entschuldigen.«

»Es geht um einen Anruf.«

»Meine Frau hat mich informiert. Ich kann mich an keinen Anruf erinnern.«

»17.44 Uhr, letzten Donnerstag. Das Telefon hier wurde abgenommen.«

»Lassen Sie mich überlegen.« Martin Weber legte die Stirn in Falten und die linke Hand ans Kinn.

Jetzt sieht er aus wie der Denker, kam es Lauer in den Sinn.

»Letzten Donnerstag?« Es sollte beiläufig klingen.

Lauer kam es gekünstelt vor.

Jetzt schloss Weber die Augen. Plötzlich schlug er sich mit der flachen Hand auf die Stirn.

»Bin ich blöd? Natürlich, da war ein Anruf. Ich bin dran, hab nichts verstanden. Hab gedacht, ein unverschämter Werbeanruf, und habe aufgelegt. Hatte es ganz vergessen.«

»Sie sind sicher, dass Sie nicht wussten, wer Sie da anrief?«, fragte Lauer.

»Absolut!«

»Es war Ihr Sohn, Ihr Stiefsohn, meine ich.«

»Was Sie nicht sagen. Dann ist das eine Tragödie. Vielleicht hätte ich ihm helfen können.«

»Das war's«, sagte Gernhardt. »Eine Kleinigkeit noch.«

Wir sind heute mit Kleinigkeiten unterwegs, dachte Lauer.

Gernhardt schlug sein Notizbuch auf. »Kennen Sie diese Handynummer?«

Weber warf einen kurzen Blick auf das Notizbuch. »Nie gesehen. Darf ich Sie hinausbegleiten?«

»Danke, wir finden den Weg«, sagte Lauer.

»Was war das für eine Vorstellung?«, fragte Gernhardt unten auf dem Trottoir.

»Wie meinst du das?«

»Der Auftritt des Stiefvaters. Der hat sich genau an den Anruf erinnert. Und das, was er uns erzählt hat, das nehme ich ihm nicht ab.«

»Das Gegenteil können wir ihm nicht beweisen«, sagte Lauer.

»Wie er sich die Handynummer angeschaut hat!« Gernhardt ließ nicht locker. »Keine Sekunde. In der Zeit hätte ich nicht mal die ersten Ziffern kontrollieren können.«

»Was hast du gegen den Mann? Der hat vor wenigen Tagen erst seinen Stiefsohn verloren.«

Lauer schaute auf die Uhr. »Los jetzt, Christian. Genug spekuliert. Wo wohnt der Fahrer der Wäscherei?«

Gernhardt zog sein Notizbuch aus der Tasche. »Einen Augenblick, Leo.«

In diesem Moment läutete Lauers Handy. »Ja? Wie? Was? Sagen Sie das noch einmal. Das ist eine Überraschung. Ja, wir kommen sofort. Wir sind unterwegs. Wir fliegen! Sagen Sie Clement bitte Bescheid.«

Gernhardt schaute Lauer erstaunt an.

»Frau Werner. Dr. Karlotta Tessier ist im Präsidium aufgetaucht. Im Schlepptau Michael Bruhn alias Abu Yahia al-Almany. Die beiden sitzen jetzt in unserem Büro. Auf ins Polizeipräsidium!«

Einundzwanzig

Dr. Karlotta Tessier lief im Flur hin und her und presste ihr Handy ans Ohr.

Lauer und Gernhardt waren in wenigen Minuten vom Lindenhof zum Polizeipräsidium gerast, die Treppen ins dritte Stockwerk hochgerannt, sodass Lauer, bevor er sein Büro betrat, erst kräftig durchschnaufen musste.

Frau Werner hatte ihnen beim Eintritt verkündet, dass Clement den Gesuchten und seine Anwältin unter seine Fittiche genommen hatte.

»Seine Worte, Herr Lauer. Er erwartet Sie im Vernehmungszimmer im ersten Stock.«

Den Weg hätten wir uns sparen können, dachte Lauer.

»Da sind Sie ja endlich«, begrüßte die Anwältin die beiden Kommissare. »Der Erste Hauptkommissar wollte ohne Sie nicht anfangen.«

Sie trug ein einfaches schwarzes Kleid, einen leichten schwarzen Mantel und war wie gestern kaum geschminkt.

»Jetzt sind wir da«, sagte Lauer und ließ der Anwältin den Vortritt.

»Dann können wir endlich anfangen«, sagte Clement.

Mindestens die Hälfte von dem, dachte Lauer, was Clement sagt, ist banal.

»Ihr Mandant, Frau Dr. Tessier, tut gut daran, sich der Polizei zu stellen«, fuhr Clement fort.

»Ich hoffe, dies wird im weiteren Fortgang des Verfahrens positiv berücksichtigt werden.«

»Jede Kooperation verbessert die Situation Ihres Mandanten.«

Es reicht, dachte Lauer.

»Was wird Herrn Bruhn vorgeworfen?«, fragte die Anwältin.

»Bei der Hausdurchsuchung auf Grundlage eines richterlichen Beschlusses wurden Captagon-Pillen im Wandsafe der Moschee am Neuen Meßplatz gefunden, etwa 5000 Stück.«

»Herr Bruhn hat Ihnen bereits gestern erklärt, dass er keine Ahnung hat, wie diese Pillen in den Wandsafe gekommen sind. Praktisch jeder in der Moschee hat Zugang zum Büro und zum Safe. Er weiß wirklich nicht, wie die Pillen in den Safe gekommen sind.«

Während sie sprach, blätterte die Anwältin umständlich in ihren Unterlagen.

»Die Pillen waren für den Eigenbedarf«, sagte Bruhn, ohne den Blick von der Tischplatte zu heben.

»Das ist nicht abgesprochen, Herr Bruhn.« Die Anwältin stand auf. »Ich muss mich kurz mit meinem Mandanten beraten. Sie entschuldigen.«

»Setzen Sie sich wieder«, wies Bruhn die Anwältin zurecht. »Jetzt rede ich. Wir sind stronggläubige Muslime, wir beachten die Regeln, dazu gehört das Beten, fünf Mal am Tag, auch nachts. Das fällt vielen der jungen Männer, die in unserer Moschee verkehren, schwer. Die schlucken eine Pille und sind fit zum Gebet. Außerdem waren die Pillen bis vor Kurzem in jeder Apotheke erhältlich.«

»Das stimmt nur zum Teil«, sagte Gernhardt. »Captagon wurde bis 2010 in Deutschland vertrieben, richtig. Aber seitdem ist das Mittel verboten. Das Fenetyllin, der Grundstoff, der in Captagon enthalten ist, wird seit Mitte der achtziger Jahre als illegaler Suchtstoff eingestuft, der auf der Dopingliste steht. Und der gefährlich ist, weil er süchtig und abhängig macht.«

Gut informiert, mein Kollege, dachte Lauer.

»Ich versichere Ihnen, dass ich nicht vorhatte, mit den Pillen zu handeln. Sie waren einzig und allein für die Moschee bestimmt.«

»Gerade hat Ihre Anwältin«, Lauer deutete auf Karlotta Tessier, »angeblich in Ihrem Namen erklärt, dass Sie nicht wissen, woher die Pillen kommen. Mit der Wahrheit scheinen Sie es nicht so genau zu nehmen.«

»Was genau werfen Sie meinem Mandanten vor?«, fragte die Anwältin.

»Verstoß gegen das Betäubungsmittelgesetz.«

»Sie haben die Erklärung meines Mandanten gehört, Eigenverbrauch. Das dürfte angesichts der Menge für eine Anklage ausreichen, da stimme ich Ihnen zu. Aber was einen Haftbefehl betrifft, bin ich skeptisch.«

»Widerstand gegen Vollzugsbeamte, gefährliche Körperverletzung. Ihr Mandant hat drei Beamte verletzt, unter anderem einem Beamten mit dem Schlagring die Nase gebrochen. Wenn das kein Haftgrund ist.«

»Dazu möchte mein Mandant eine Aussage machen.« Sie wandte sich an Bruhn. »Falls das noch gilt. Wenn Sie wieder vorhaben, meine Strategie über den Haufen zu werfen, dann informieren Sie mich bitte vorher.«

Bruhn starrte vor sich auf den Tisch.

»Vor seiner Verhaftung wurde mein Mandant massiv beleidigt und provoziert.«

»Von wem?« Man sah es Lauer an, dass er fassungslos war.

»Von Ihnen, Herr Kriminalhauptkommissar. Von Ihnen. Sie haben Herrn Bruhn als ›Scheiß-Terroristen‹, als ›beknackten Dschihadisten‹ und als ›Schmuddelprediger‹ bezeichnet. Außerdem haben Sie meinem Mandanten die Intelligenz eines leeren Aschenbechers bescheinigt. Wenn ich mit meinem gesunden Menschenverstand an die Sache herangehe, kann ich mir vorstellen, dass in einer solchen Situation jemand ausrastet.«

Lauer saß mit offenem Mund da.

»Jetzt lassen Sie mal die Kirche im Dorf«, forderte Clement die Anwältin auf. »Ihr Mandant hat drei Beamte angegriffen und verletzt.«

»Ich weiß nicht, wovon die Dame spricht«, sagte Lauer. »Ich habe keine der mir vorgeworfenen Beleidigungen in den Mund genommen.«

»Gibt es Zeugen?«, fragte Clement.

»Meißner.«

»Toll! Eine Krähe hackt der anderen kein Auge aus.« Frau Tessier schaute triumphierend in die Runde.

»Mein Mandant und ich behalten uns vor, Strafantrag gegen Ihren Kriminalhauptkommissar zu stellen.«

Kriminalhauptkommissar. Kein Mensch redete ihn so an, höchstens Hauptkommissar oder Kommissar. Kommissar Lauer. Oder einfach nur Lauer.

»Wir bitten Sie zu prüfen«, Karlotta Tessier wandte sich Clement zu, »ob angesichts der ganzen Umstände eine Aussetzung des Haftbefehls …«

»Ich kann das nicht entscheiden«, wurde sie von Clement unterbrochen. »Das ist Sache des Haftrichters.«

Endlich mal eine klare Ansage, dachte Lauer, nicht dieses ewige Herumeiern.

»Mein Mandant verspricht …«

»Sie müssen meinen Standpunkt verstehen. Das ist, wie gesagt, Sache eines Richters.«

»Dann bitte ich um einen Haftprüfungstermin. Schnell. Am besten sofort.«

»Sie werden ihn bekommen, das verspreche ich Ihnen. Wann das ist, darauf habe ich keinen Einfluss.«

Clement wollte sich erheben.

Gernhardt machte ihm ein Zeichen. »Es liegen neue Erkenntnisse vor. Hayreddin fühlte sich von Bruhn beim Verkauf der Pillen übervorteilt. Statt der erhofften 20 000 Euro hatte er von Bruhn nur 10 000 erhalten. Hayreddin wollte mehr. Er hat am Freitagmorgen, wenige Stunden vor seinem Tod, eine Mail an Bruhn geschrieben. Darin droht er ihm, den Deal rückgängig zu machen.«

»Was wollen Sie damit andeuten?«, fragte die Anwältin.

»Mordverdacht«, sagte Lauer und machte eine Pause. »Wir prüfen, ob wir die Anklage erweitern. Bruhn hatte ein handfestes Motiv. Und vom Neuen Meßplatz bis zum Leonardo in den Quadraten ist es nur ein Katzensprung.«

»Ich habe die ganze Nacht mit Freunden den Koran gelesen. Um vier bin ich nach Hause gegangen, todmüde ins Bett gefallen und erst nach elf am Freitagmorgen aufgewacht.«

»Da war Hayreddin tot«, sagte die Anwältin.

»Kann das jemand bezeugen, Abu Yahia al-Almany?«, fragte Lauer.

Bruhn schwieg.

»Bitte reden Sie meinen Mandanten mit dem Namen an, der auch in seinem Ausweis steht.« Man sah es Dr. Tessier an, dass sie empört war.

Die Tür ging auf und zwei Streifenbeamte traten ein.

»Führen Sie ihn bitte ab«, sagte Clement.

Donnerstag, 18. September

Zweiundzwanzig

Der Tag hatte gut angefangen. 15 Grad zeigte das Thermometer an Lauers Küchenfenster. Blauer Himmel. Und Sonne, Sonne, Sonne. 26 Grad waren vorhergesagt. Ein Tag, auf den man sich freuen konnte.

In den Mordfall vom Leonardo war Bewegung gekommen. Es gab ein mögliches Motiv. Es gab einen ersten Verdächtigen, obwohl Lauer nicht richtig anbiss. Michael Bruhn war ein Kotzbrocken, das stand außer Frage. Aber war er ein Mörder? Lauer zweifelte.

Als er das Haus verließ, steckte der Rhein-Neckar-Anzeiger noch im Briefkasten. Lauer beförderte die Zeitung auf den Beifahrersitz, ohne einen Blick darauf zu werfen.

Schon auf dem Flur vor seinem Büro hörte er Fritz Wunderlich und Frau Werner, die bei »Dies Bildnis ist bezaubernd schön« mitsang.

Die Stimmung war prächtig. Das Bildnis, das Meißner bot, war weniger schön, aber Lauer war so erfreut, seinen Kollegen zu sehen, dass er den unnatürlich breiten Nasenrücken und die grün-gelben Verfärbungen da, wo Meißner genäht worden war, ignorierte.

Lauer wollte Meißner umarmen, aber der machte einen Schritt rückwärts und meinte: »Langsam, Leo, noch tut mir alles weh.«

Also beschränkte sich Lauer darauf, Meißner leicht auf den Rücken zu schlagen.

»Ich freue mich, dass alles glimpflich abgegangen ist und dass Herr Meißner wieder bei uns ist«, bemerkte Frau Werner.

»Frau Werner freut sich so sehr«, sagte Meißner, »dass sie sogar den Kopfhörer vergessen hat.«

»Soll ich …«

»Nein, nein«, wehrte Meißner ab, »was habe ich Fritz Wunderlich vermisst in den letzten Tagen.«

»Da bin ich erleichtert.«

Noch vor der morgendlichen Besprechung informierte Lauer Meißner über den Stand der Dinge. Der Auftritt der Anwältin von Michael Bruhn stand im Mittelpunkt.

Gleich zu Beginn der Besprechung kippte die Stimmung. Schuld daran hatte nicht Clement. Der war nicht erschienen, Termin in Heidelberg, nicht aufschiebbar.

Gernhardt legte den Rhein-Neckar-Anzeiger vor sich hin. »Verstörend«, sagte er.

Die anderen schauten ihn an. Niemand außer Gernhardt hatte in die Zeitung geschaut.

»Hier«, Gernhardt blätterte um. »Weiter hinten im Mannheim-Teil. Nur ein kleiner Beitrag, der hat es aber in sich. Lest!«

Gernhardt schlug die Seite auf, knickte die Zeitung in der Mitte und legte sie vor seine Kollegen.

Gewaltausbrüche eines Mannheimer Polizisten?

Am Dienstagabend soll ein Mannheimer Hauptkommissar in seiner Wohnung auf der Rheinau eine Frau bedroht und geschlagen haben.

Die 51-Jährige, die sich in ärztliche Behandlung begeben musste, trug Verletzungen an den Oberarmen und im Gesicht davon. »Wir hatten letzte Woche einvernehmlichen

Geschlechtsverkehr«, erklärte die Frau unserer Zeitung. Ob die Frau, wie von ihren Ärzten empfohlen, Strafantrag stellte, war bei Redaktionsschluss nicht bekannt. Doch das ist nicht der einzige Vorfall, bei dem der Hauptkommissar eine Rolle spielt. Einen türkischen Mitbürger soll er bei einer Vernehmung rassistisch beleidigt haben. Im Polizeipräsidium wollte niemand Stellung nehmen.

»Schwachsinn«, sagte Lauer. »Die sind schlecht informiert. Bruhn ist kein Türke.«

»Was die rassistischen Beleidigungen angeht«, sagte Meißner, »kann ich Leo voll entlasten. Und das mit der Frau hört sich seltsam an, Leo wird es uns erklären.«

Das versuchte Lauer, aber er merkte bald, dass es nicht einfach war, die Ereignisse rund um seine Bekanntschaft mit Elke Abelt stimmig zu schildern.

»Man wacht neben einer Frau auf und hat keinerlei Erinnerung?«, staunte Gernhardt.

»Es war so«, beharrte Lauer.

»Mir ist so was das eine oder andere Mal auch passiert«, warf Tanaoğlu ein.

»Danke, ich weiß deine Loyalität zu schätzen.«

Am Ende gab Meißner Lauer den Rat, sich eine plausible Geschichte zurechtzulegen. Für Clement. Für Faulhaber. Denn die würden bestimmt bald auf der Matte stehen.

»Vor allem, wenn es diese Anzeige geben sollte«, sagte Gernhardt.

Danach standen das Leonardo und Oliver Mehmet Hayreddins Sturz von der Dachterrasse im Mittelpunkt. Tanaoğlu hatte die Übersetzungen der beiden Mails von Hayreddin vorliegen, seine Mail an eine syrische Adresse kurz vor Mitternacht letzten Donnerstag und die Antwort. Hayreddin hatte mitgeteilt, dass er die Pillen für zwei Euro das Stück verkaufen konnte. Mehr sei nicht drin gewesen.

Die Antwort war kurz und bündig. »›Fünf Dollar. Komm nicht mit weniger!‹«, las Tanaoğlu vor. »Mehr steht in der Antwort nicht drin. Ich bin nicht über den aktuellen Dollarkurs informiert, fünf Dollar sind sicher mehr als vier Euro. Also hat Hayreddin die Pillen um die Hälfte verschleudert. Ärger mit seinen Kumpeln vom IS in Syrien dürfte vorprogrammiert gewesen sein.«

»Hayreddin stand unter Druck und er war kein erfahrener Dealer«, schlussfolgerte Lauer. »Bruhn hat ihn übers Ohr gehauen. Unser Abu Yahia war im Besitz der Pillen. Hayreddin musste sich an ihn halten, wenn er mehr Geld herausschlagen wollte.«

»Diesen Michael Bruhn«, sagte Meißner, »müssen wir durchleuchten. Vor allem die Zeit von Donnerstag, Anruf Hayreddins, bis zu dessen Tod am Freitag gegen zehn Uhr. Bruhn hat ein Motiv. Wenn wir beweisen können, dass er im Leonardo war, sieht es für ihn düster aus.«

»Er behauptet, in seinem Bett im Speckweg gelegen zu haben«, sagte Gernhardt. »Allein.«

»Wir müssen herausfinden, ob das stimmt. Freunde befragen. Nachbarn. Telefondaten checken. Bruhn und die Schmuddelmoschee sind eine Spur.«

»Eher für die Drogenfahnder«, sagte Lauer. »Ich glaube nicht, dass Bruhn Hayreddin auf dem Gewissen hat.«

»Warum nicht?«, fragte Meißner. »Der Kerl ist skrupellos. Dem traue ich zu, dass er so was durchzieht.«

»Ich hab ja nichts dagegen, ihn zu überprüfen. Natürlich müssen wir jede Möglichkeit einbeziehen«, lenkte Lauer ein. »Was gibt es noch?«

»Der Fahrer der Wäscherei wurde noch nicht befragt«, sagte Gernhardt. »Immer ist was dazwischengekommen. Der Fahrer muss eine plausible Erklärung liefern, warum er am Freitag so viel Zeit im Leonardo verbracht hat.«

»Die Prepaidnummer, die Hayreddin zweimal angerufen hat«, sagte Tanaoğlu. »Die spielt eine zentrale Rolle, ich hab so ein Bauchgefühl. Wenn wir herausfinden, wem die Nummer gehört, kommen wir einen Schritt weiter.«

»Wie?«, fragte Gernhardt.

»Die Tat ist im Leonardo passiert«, sagte Lauer. »Dort müssen wir ansetzen. Irgendjemand muss den Täter bemerkt haben. Vielleicht ist der Täter schon auf unserer Liste. Und wir wissen es nicht.«

»Genau, das Leonardo. Wir sollten die Angestellten noch einmal befragen«, schlug Meißner vor. »Alle. Systematisch. Empfangsdamen, Servicepersonal, Küchenbedienstete, technische Mitarbeiter, Hausmeister, Zimmermädchen, andere Reinigungskräfte. Vielleicht finden wir etwas heraus, was wir noch nicht wissen.«

»Verteilen wir die Aufgaben«, sagte Lauer.

»Onur, kannst du uns unterstützen? Wir sind dünn besetzt«, fragte Meißner.

»Klar kann ich das!«

»Okay, du gehst mit Christian ins Leonardo. Leo und ich, wir bringen das mit dem Fahrer der Wäscherei hinter uns. Dann widmen wir uns voll und ganz unserem Freund Abu Yahia al-Almany.«

Lauer fand, dass Meißner als Clement-Ersatz eine gute Figur abgab.

Die Tür wurde geöffnet und Frau Werner schaute herein. Sie winkte Lauer, der zu ihr trat.

»Unser aller Polizeipräsident möchte Sie in zehn Minuten sprechen«, flüsterte Frau Werner Lauer in einer Lautstärke ins Ohr, die alle im Zimmer verstanden.

»Julian, dann musst du allein los«, rief Lauer Meißner zu und verließ mit Frau Werner den Raum.

Julian Meißner ging zu seinem Auto, ließ sich auf den Fahrersitz fallen und wählte mit seinem Handy die Nummer der Wäscherei in der Angelstraße.

Dreiundzwanzig

Die Inhaberin der Wäscherei war selbst am Apparat. Ja, ihr Fahrer arbeite seit heute wieder, zum Glück. Nein, er sei gerade unterwegs. Spätestens um halb elf sei er in der Angelstraße anzutreffen.

»Dann komme ich vorbei«, sagte Meißner abschließend.

Seine Nase schmerzte. Aber das war es nicht, was ihm Kopfzerbrechen bereitete. Die letzte Schmerztablette hatte er gestern Abend vor dem Einschlafen genommen. Er griff nach der Schachtel in seiner Jackentasche, drückte eine Tablette aus der Blisterpackung und schluckte sie mit einem Schluck Mineralwasser hinunter.

Am Neckarauer Übergang staute sich der Verkehr, aber Meißner war trotzdem um zehn nach zehn an der Wäscherei. Er parkte auf dem Gehweg gegenüber. Fünf Minuten später fuhr ein Lieferwagen auf den Parkplatz direkt vor der Wäscherei. Der Fahrer, der eine weinrote Latzhose und eine passende Jacke mit der Aufschrift »Express-Reinigung« trug, stieg aus und öffnete die Hecktür.

Meißner trat zu ihm und hielt ihm seinen Dienstausweis hin. »Meißner, Kripo Mannheim.«

»Weber, Martin Weber.«

Meißner drückte die Hand, die der Mann ihm entgegenhielt.

»Sie kommen wegen der Sache im Leonardo. Die Chefin hat mir erzählt, dass Sie schon mal da waren.«

»Nicht ich, ein Kollege. Wo können wir uns in Ruhe unterhalten?«

»Im Pausenraum, kommen Sie mit.«

Der Pausenraum war mit Metallspinden vollgestellt und hatte kein Fenster. Weber packte ein Schinken-Käse-Baguette aus und legte es vor sich auf den Tisch.

Meißner bekam Appetit.

»Herr Weber, es geht um letzten Freitag. Wie Sie wissen, ist im Leonardo …«

»Ich weiß, was dort passiert ist. Es wird über nichts anderes geredet. Was wollen Sie von mir wissen? Ob ich den jungen Mann vom Dach geschubst habe? Habe ich nicht.«

»Sie waren am Freitagmorgen im Leonardo?«

»Ich bin dort jeden Freitagmorgen. Das wissen Sie.«

»Sie waren zur Tatzeit dort?«

»Da ich die Tatzeit nicht kenne, kann ich Ihre Frage nicht beantworten.«

»Sie waren letzten Freitag 43 Minuten lang im Leonardo. So lange wie noch nie. Meist dauert es 20 Minuten, einmal 30 Minuten vor ein paar Wochen, aber das ist eine Ausnahme.«

»Das kann ich Ihnen leicht erklären. Mir ging es nicht gut.«

Meißner ging die Art seines Gesprächspartners auf die Nerven. »Das müssen Sie mir genauer erklären.«

Martin Weber lachte auf. Er biss in sein Brötchen. »Ich hatte eine Magenverstimmung.«

»Es geht um die Zeit, Herr Weber. Was haben Sie letzten Freitag so lange im Leonardo gemacht?«

Weber machte ein Gesicht, als überraschte ihn die Frage. »Wie verbringt man die Zeit in so einem Fall, Herr Kommissar? Auf dem Klo. Der Hausmeister hat seine Werkstatt im Untergeschoss. Ich bin ganz gut mit ihm bekannt. Er hat mir den Toilettenschlüssel gegeben.«

»Wie lange?«

»Das ging schnell.« Wieder das Lachen. »Hat keine Sekunde gedauert.«

»Mir ist nicht nach Witzen zumute«, stöhnte Meißner.

»Entschuldigung, Herr Kommissar. Man sieht Ihnen an, dass Sie nicht gut drauf sind. Wie lange ich auf dem Klo war, kann ich Ihnen nicht sagen. Ich hab nicht auf die Uhr geschaut. Aber Sie können ja beim Hausmeister nachfragen.«

»Worauf Sie sich verlassen können. Und die andere Zeit?«

»Schmutzige Wäsche einladen, saubere Wäsche ausladen. Die Abrechnung vom August im Büro vorbeibringen.«

»43 Minuten lang?«

»Mir ging es dreckig. Die Arbeit strengte mich an. Ich hab mich mehrmals in den Wagen gesetzt und durchgeschnauft.«

Weber hatte den letzten Bissen Baguette in seinen Mund geschoben, die Brötchentüte zerknüllt und war aufgestanden.

»War's das? Meine Pause ist vorbei. Und die Chefin nimmt es genau. Falls es noch was gibt, können Sie anrufen. Die Nummer werden Sie ja haben.«

»Danke für Ihre Kooperation, Herr Weber.«

Die ausgestreckte Hand übersah Meißner dieses Mal.

Draußen im Auto rief er Gernhardt an.

»Die Dauer der Toilettenbenutzung? Das soll ich den Hausmeister fragen?«, fragte Gernhardt nach.

»Genau. Und zwar schnell.«

Eine Viertelstunde später rief Gernhardt zurück. »Was der Fahrer dir gesagt hat, stimmt. Der Hausmeister hat ihm am Freitagmorgen den Toilettenschlüssel ausgehändigt. Wie lange der Fahrer ihn hatte, kann er nicht sagen. Arbeitseinsatz, ein verstopfter Duschabfluss. Als er zurückkam, lag der Toilettenschlüssel auf dem Tisch.«

Meißners Hunger war angewachsen. Wie es Lauer wohl beim Polizeipräsidenten ergangen war? Heute Morgen hatte Meißner so gut wie nicht gefrühstückt. Und schlecht geschlafen. Das hatte aber nicht an seiner gebrochenen Nase oder der Schmerztablette gelegen. Seine Frau war erst nach drei nach Hause gekommen. Zum dritten Mal in den letzten vierzehn Tagen. Mit der besten Freundin verquatscht? Drei Mal? Nur eine Currywurst konnte Meißner jetzt noch retten.

Vierundzwanzig

Lauer saß in Faulhabers Büro, vor sich an der Wand den riesigen goldumrandeten Spiegel, der aus Beständen des Kurfürsten stammen musste. Er saß am Besprechungstisch, um den zwölf Stühle gruppiert waren. Er befand sich auf der linken Seite in der Mitte des Tisches, ihm gegenüber hatten Faulhaber und Clement Platz genommen. Und obwohl alle Stühle gleich ausgestattet waren, kam Lauer sich vor wie auf einer Arme-Sünder-Bank. Dabei hatte der Tag so gut angefangen.

»Habe ich Sie richtig verstanden? Sie wissen nicht, wie Sie in die Wohnung dieser Frau gekommen sind? Sie wissen nicht, wie Sie in ihrem Bett gelandet sind? Und Sie hatten nach dem Aufwachen keinerlei Erinnerung an die Frau?«

Faulhaber trommelte nervös auf die Tischplatte. Clement, der neben ihm saß, musterte eine Mineralwasserflasche, um die herum vier Gläser platziert waren.

Eine skurrile Situation, dachte Lauer. Der große Tisch, die vielen Stühle. Er kam sich verloren vor.

»Wie soll ich es Ihnen erklären?« Lauer war anzumerken, dass er nach Worten suchte.

»So, dass es ein normal denkender Mensch verstehen kann. Mensch, Lauer, was Sie in Ihrer Freizeit machen, ist mir egal. In welchen Betten Sie sich herumtreiben, ist mir egal. Aber Gewalt gegen Frauen, das läuft nicht. Absolut no go.«

»Ich habe keine Gewalt ...«

»Die Fotos, die diese Frau Abelt bei ihrer Anzeige präsentierte, sprechen eine andere Sprache.« Es war die erste Äußerung, die Clement in dem Gespräch beisteuerte.

»Von vorne. Ich habe die Frau letzten Donnerstagabend vor einer Kneipe in den S-Quadraten kennengelernt. Einer Beiz, würde der Mannheimer sagen. Ich habe getrunken, zu viel, mein Fehler. Ich war betrunken. So betrunken, dass ich einen regelrechten Blackout hatte. Ja, ich bin im Bett dieser Frau aufgewacht. Nein, es ist nicht zum einvernehmlichen Geschlechtsverkehr gekommen, wie es diese Person in der Zeitung und in ihrer Anzeige behauptet.«

»Was macht Sie so sicher? Sie sagen Blackout und so.«

Unwillkürlich ballte Lauer seine Faust unter dem Tisch, als er Clements Grinsen bemerkte.

»Ich weiß es. Punkt. Sie selbst waren am Freitagmorgen Zeuge, als die Frau uns bei der Besprechung mit ihren Anrufen und ihrem Aufkreuzen in L 6 nervte. Bis Dienstagabend hat sie mich unzählige Male angerufen, die meisten Anrufe habe ich weggedrückt. Hier auf meinem Handy ist die Anrufliste gespeichert. Und die Krönung, am Dienstagabend, spätabends, gegen 22 Uhr, hat sie bei mir zu Hause Sturm geläutet, wollte mit mir eine Flasche Sekt trinken.«

»Hätten Sie lieber mal.« Clements Einwurf klang sarkastisch.

»Ich war nicht allein. Die Frau hat keine Ruhe gegeben. Ich habe die Tür zugemacht, sie hat weiter Krach geschlagen, an die Tür gehämmert, im Treppenhaus geschrien. Ich hatte Angst, dass sie mir die Nachbarn rebellisch macht.«

»Haben die was mitbekommen?«, fragte Faulhaber.

»Eben nicht«, entgegnete Lauer.

In dem Mietshaus wohnten drei Parteien. Über Lauer im ersten Stock ein altes Ehepaar, beide weit über 80 und schwerhörig. Und im Dachgeschoss eine junge Familie mit einer Tochter im Kindergartenalter. Die junge Familie war aber zurzeit im Urlaub am Bodensee.

»Wenn Sie nicht allein waren, wer war denn bei Ihnen?«

»Eine Bekannte.«

»Jetzt reden Sie doch, Lauer!«

»Irene Meyers.«

»Ihre Kollegin?« Faulhaber war überrascht.

»Ex-Kollegin«, verbesserte Lauer.

»Und Ihre Ex-Kollegin war zufällig …« Faulhaber beendete den Satz nicht.

»Wir haben den Abend zusammen verbracht.«

»Und Meyers hat alles mitbekommen? Mit eigenen Augen?«

»Richtig, sie war Augenzeugin.«

»Das ist doch schon mal ein Ansatzpunkt. Jetzt erzählen Sie mal. Was ist passiert?«, fragte Faulhaber.

»Ich habe die Tür aufgemacht, die Frau an den Oberarmen gepackt und …«

»Warum wurden Sie handgreiflich?«, fragte Faulhaber.

»Die Frau war betrunken.«

»Haben Sie Beweise dafür?«

»Ich habe es gespürt. Als ich die Tür aufmachte, hat sie das Gleichgewicht verloren.«

»Eine Sektflasche ist explodiert«, warf Clement ein.

»Die Sektflasche fiel zu Boden und zerplatzte. Ich drängte die Frau aus dem Flur und beeilte mich, die Haustür zuzudrücken.«

»Dabei hat die Frau sich ihr blaues Auge geholt«, sagte Faulhaber. »Oder haben Sie in der Hektik zugeschlagen, weil sie keine Ruhe gab? So eine aufsässige Frau, ich kann das verstehen, Lauer.«

»Ich bin kein Schläger! Blaues Auge«, stotterte Lauer. »Von einem … Ich weiß nichts …«

Clement warf ihm drei Fotos über den Tisch. Auf zwei Bildern waren blaue Flecken an einem Oberarm zu sehen, wahrscheinlich der linke und der rechte Arm. Es sah beeindruckend aus, das musste Lauer zugeben. Auf dem dritten Foto war ein Gesicht zu sehen, eher der Ausschnitt eines Gesichtes, im Zentrum das linke Auge, das geschwollen war und in rot und blau glänzte. Natürlich kannte Lauer die Frau. Es war Elke Abelt. Sie presste die Lippen zusammen. Der Zug um ihren Mund war hart.

Lauer schob die Fotos zur Tischmitte zurück. »Das blaue Auge stammt nicht von mir.«

»Vom Heiligen Geist etwa?«, sagte Clement. »Oder von der Haustür? Unglücklicher Aufprall. Sie müssen reden, Lauer. Alles auf den Tisch legen, was Sie wissen.«

Lauer schüttelte resigniert den Kopf.

»Bleiben wir sachlich.« Faulhaber versuchte, die Schärfe aus dem Gespräch zu nehmen. »Wir haben doch eine Zeugin.«

»Eine ehemalige Kollegin als Zeugin haben wir wenigstens«, sagte Clement.

Ist Clement jetzt Faulhabers Papagei, fragte sich Lauer.

Faulhaber seufzte auf, dabei war es Lauer klar, dass es dem Polizeipräsidenten egal war, wie er den Kopf aus der Schlinge ziehen konnte. Solange das Ansehen der Polizei in der Öffentlichkeit nicht in Mitleidenschaft gezogen wurde.

»Das hat, wie soll ich mich ausdrücken, das hat ein Geschmäckle.« Clements Bemerkung kam zögernd.

»Sie meinen …«

Clement nickte dem Polizeipräsidenten zu.

»Eine Krähe hackt der anderen kein Auge aus«, sagte Lauer, »das meinen Sie.«

Clement und Faulhaber gingen nicht auf Lauer ein.

»Die andere Sache, diese Beschwerde …«

»Herr Polizeipräsident, Sie glauben nicht im Ernst, dass ich das gesagt habe, was diese Tessier und der Bruhn mir vorwerfen?«

»Lauer«, bemerkte Clement, »Ihre Wortwahl kann manchmal ein wenig, wie soll ich mich ausdrücken, deftig sein. Besonders wenn Sie erhitzt, aufgeregt sind. Dann kann es vorkommen, dass Sie die Kontrolle verlieren.«

»Die Situation war nicht aufgeladen, es waren keine Emotionen im Spiel. Eine normale Hausdurchsuchung. Die Verhaftung war zwingend notwendig.«

»Aber dieser Bruhn und seine Anwältin, wie heißt sie gleich wieder?«

»Dr. Karlotta Tessier«, sprang Clement Faulhaber zur Seite.

»Die werden sich das nicht aus den Fingern gesaugt haben.«

»Das ist erstunken und erlogen«, ereiferte sich Lauer. »Das ist nicht mein Sprachgebrauch, Sie kennen mich. So rede ich nicht. Und dieser Abu Yahia al-Almany hat keinen Zeugen für seine Behauptungen. Nur er, Meißner und ich waren im Büro.«

»Bitte, Lauer!« Clement faltete die Hände.

Erfleht er jetzt die Erleuchtung vom Heiligen Geist?, fragte sich Lauer.

»Lauer, ich bitte Sie, benutzen Sie nicht mehr diesen Namen. Unser Verdächtiger heißt Bruhn, Michael Bruhn. Er ist Deutscher. Frau Dr. Tessier hat in ihren Ausführungen mehrmals darauf hingewiesen, dass Sie Bruhn so titulieren. Fehlender Respekt, Diskriminierung, das waren ihre Schlussfolgerungen.«

»Kann Meißner die Sachlage bestätigen?«, fragte Faulhaber.

Lauer nickte.

Clement murmelte etwas vor sich hin.

»Was meinen Sie, Clement? Ich habe Sie nicht verstanden.«

»Der Erste Kriminalhauptkommissar meint, dass eine Krähe der anderen kein Auge aushackt«, sagte Lauer. »Polizeibeamte, die sich gegenseitig entlasten, das gefällt meinem Vorgesetzten nicht, Herr Polizeipräsident.«

»Was machen wir jetzt mit Ihnen, Lauer?«

Minutenlang war kein Wort gefallen. Clement hatte die Wasserflasche geöffnet, sich und Faulhaber eingeschenkt und die Flasche umständlich wieder zugeschraubt.

»Wir müssen Lauer aus dem Verkehr ziehen«, sagte Clement schließlich.

»Sie wollen mich suspendieren?«

»Langsam, langsam, Kollege Lauer«, beschwichtigte Faulhaber. »Ihr Vorgesetzter hat sich ungeschickt ausgedrückt. Er meint, es wäre besser, Sie für eine Weile aus der Schusslinie zu nehmen. Das meinen Sie doch, Clement?« Faulhaber wartete nicht auf eine Reaktion von Lauers direktem Vorgesetzten. »Haben Sie eine Idee?«

Clement kratzte sich an der Backe, zuerst links, dann rechts. Er fuhr sich mit der Hand durch die Haare, blickte zum Fenster, zur Decke, zum Spiegel. Schließlich erschien ein Lächeln auf seinen Lippen.

»Der alte Fall. Die Spuren, die nach Basel führen. Wir schieben Lauer in die Schweiz ab.«

»Sie sprechen in Rätseln«, stellte Faulhaber fest, doch Lauer sah das Aufblitzen in seinen Augen.

Alte Fälle. Ungelöste Fälle. Vor Jahren hatte Faulhaber an einer Tagung in Brüssel teilgenommen und war mit der Erkenntnis zurückgekehrt, dass Mannheim, was die Aufklärungsquote anging, nicht gut dastand. Selbst in Estland war die Quote höher. Seitdem hatte der Polizeipräsident eine Schwäche für ungelöste Fälle. Frau Werner nannte es seine Marotte.

Clement berichtete von dem Mord an dem fünfzehnjährigen Mädchen. Der ungelöste Fall aus dem Jahr 1987.

Er erzählte von der Schweizer Staatsanwältin, auch eine Damenbekanntschaft Lauers. Er brachte die Fotos ins Spiel, die Fotos, die in Lauers Hände gefallen waren.

»Gute Gründe, den Fall noch einmal aufzurollen. Zumal in einer solchen Situation.«

»Gut, Clement, gut, zwei Fliegen mit einer Klappe.« Faulhaber war begeistert.

»Und der ungelöste Fall, das weiß ich, sitzt als Stachel tief in Lauers Fleisch.«

Hatte Clement das nicht neulich über Anton Schindler gesagt?, fragte sich Lauer.

»Dann machen wir das so. Lauer begibt sich morgen nach Basel. Ich werde alles in die Wege leiten, Sie ankündigen, Rechtshilfeersuchen, die ganzen Formalitäten. Und Sie, Lauer, keinerlei Kontakt mit der Presse. Haben Sie mich verstanden? Pressearbeit ist ab sofort Chefsache.«

Und der Chef, das bist du, Faulhaber, dachte Lauer und stand auf.

Freitag, 19. September

Fünfundzwanzig

»Schön, dich zu sehen, Leo«, begrüßte die Schweizer Staatsanwältin Lauer in ihrem Büro in Muttenz. Lauer war überrascht, ließ sich nichts anmerken. Bei seinem letzten Besuch in Muttenz, selbst beim Telefongespräch vor wenigen Tagen, hatte sie ihn gesiezt.

»Ganz meinerseits«, antwortete Lauer und überlegte, wie die Staatsanwältin mit Vornamen hieß.

»Als wir uns das letzte Mal gesehen haben, war das Wetter nicht so schön«, stellte Zutter-Bertschy fest.

Ein kalter Frühling. Temperaturen um den Gefrierpunkt. Ungemütliches Wetter Anfang April 2013. Auch an einem Freitag, fiel es Lauer ein. Sie waren beim Dreifachmord im Rheinauer Wald nicht weitergekommen. Ein Dreifachmord in Pratteln zeigte Ähnlichkeiten zum Fall in Mannheim. Die Staatsanwältin hatte Lauer den Tatort gezeigt und über alles Wichtige informiert. Für den Fall hatte es nichts gebracht, aber beim anschließenden Besuch bei seinem Sohn Fabian, der ganz in der Nähe in Magden lebte, hatte Lauer erfahren, dass er Großvater wurde. Und jetzt war die kleine Sophia ein Jahr alt.

Als Lauer heute Morgen um kurz vor acht losgefahren war, war es bewölkt, das Thermometer hatte 21 Grad angezeigt und war im Lauf der Fahrt bis auf 26 Grad geklettert.

»Kalter Frühling«, sagte Lauer, »heute ein traumhaft schöner Spätsommertag.«

»Viel zu schade zum Arbeiten«, ergänzte die Staatsanwältin.

»Da kann ich dir nur zustimmen, Margit.« Lauer war der Vorname eingefallen.

»Du kannst mir natürlich zu Recht vorwerfen, dass ich so dämlich war, den mysteriösen Besucher nicht nach seinem Namen zu fragen.«

»Nichts liegt mir ferner.« Was gebe ich da von mir, dachte sich Lauer.

»Doch, doch, das war nicht professionell. Aber der war so schnell weg. Wie vom Erdboden verschluckt. Hier das Büchlein.« Sie reichte Lauer das schmale Taschenbuch.

»Und hier sind die Negative, die ich dir als Bilddateien geschickt habe.«

Lauer hielt den Streifen gegen das Licht. Früher hatte er selbst Fotos entwickelt in Schwarz-Weiß. Das enge Bad zur Dunkelkammer umfunktioniert. Das rote Licht. Das Hantieren mit den verschiedenen Chemikalien. Der Moment, wenn sich auf dem weißen Fotopapier Konturen herausschälten. Landschaften, Tiere, Gesichter. Für Lauer war die Zeit in der Dunkelkammer die reinste Meditation gewesen. Mit dem Aufkommen der Digitalfotografie hatte sich dieses Hobby erledigt.

»Du hast am Telefon von einem ungelösten Mord gesprochen, lange zurückliegend.«

»1987. Sandra Pfeiffer, gerade mal 15 Jahre alt, wurde vergewaltigt und erdrosselt.«

Und Lauer erzählte, immer wieder unterbrochen von den Fragen der Staatsanwältin.

»Stimmt«, sagte Zutter-Bertschy, als Lauer zum Ende gekommen war. »Das könnte eine neue Spur sein.«

»Gibt es bei dir etwas Neues?«, fragte Lauer.

»Ich bin nicht untätig gewesen. Der Flohmarkt auf dem Petersplatz findet jeden Samstag statt. Von 7.30 Uhr bis um 16 Uhr. Ich habe versucht, den Markthändler ausfindig zu machen. Keine leichte Aufgabe, aber ich bin fündig geworden.«

»Gut«, lobte Lauer.

»Ich habe es zuerst bei den Antiquariaten versucht. Die haben alle abgewunken. Im Antiquariat Koechlin hatte ich Glück, eine Freundin von mir war am Apparat.«

Lauer kannte das Antiquariat am Spalenberg von einem seiner Besuche in Basel. Die nussbaumfarbenen Regale bis an die Decke mit Büchern vollgestellt. Die Glasvitrine mit Büchern, der alte Schreibtisch, alles in Nussbaum. Der Blick durch die Glastür in den Garten. Und überall Stühle, auf denen man sich in die Bücher vertiefen konnte. Lauer hatte das Gefühl gehabt, in eine längst untergegangene Welt einzutauchen. Eine Welt, in der das, was ihn tagtäglich umgab, Mord, Totschlag, Gewalt, kaputte Existenzen, keine Bedeutung hatte.

»Helga kennt einige der Anbieter von Büchern auf dem Flohmarkt. Ich habe mir die Namen aufgeschrieben. Und bei einem: Bingo! Hier, Urs Burgy. Buchhändler ohne Laden, ist auf den Flohmärkten in Basel-Stadt, Basel-Landschaft, Jura, Aargau und Solothurn vertreten. Er hat mir telefonisch bestätigt, dass er das Büchlein verkauft hat. Ich habe unseren Besuch für später angekündigt. Aber zuerst gehen wir was essen.«

Sie aßen beim Libanesen in der Markthalle am Schweizer Bahnhof eine Kleinigkeit. Danach parkte die Staatsanwältin in der Tiefgarage des Universitätsspitals und sie gingen zu Fuß in die Hebelstraße ganz in der Nähe. Dort wohnte Urs Burgy.

Der Buchhändler erwartete sie an der Tür seiner Zweizimmerwohnung im zweiten Stock des Mietshauses. Auch der Flur war zugestellt von Regalen voll mit Büchern. Vor den Regalen Pappkartons mit Büchern. Selbst das Zimmer, in das Burgy sie führte, war von Büchern dominiert. Lauer wusste nicht, ob es als Wohn-, Ess-, Schlaf- oder Arbeitszimmer genutzt wurde. Wahrscheinlich für alles.

Zutter-Bertschy stellte Lauer vor und erklärte kurz und knapp, warum der Mannheimer Kommissar sich in Basel aufhielt. Dann zeigte sie Burgy das Büchlein von Kehlmann.

»Exakt«, sagte Burgy, »der Kehlmann stammt von mir. Für fünf Franken verkauft. Ein Schnäppchen.«

Zutter-Bertschy hielt dem Flohmarktbuchhändler den Negativstreifen hin. »Der war in dem Buch.«

»Mag sein. Aber nicht zum Zeitpunkt des Verkaufs.«

»Was macht Sie da so sicher?«, fragte Lauer.

»Eine schlechte Erfahrung von früher«, antwortete Burgy. »Vor Jahren habe ich das Buch einer Stammkundin verkauft. Einen Tag später kam sie aufgelöst ins Geschäft. Die Geburtsurkunde ihres Großvaters habe sich in dem Buch befunden. Ich hatte sie mitverkauft. Der Käufer ein Tourist aus Japan. Die Frau war sehr unglücklich. Nicht dass die Urkunde irgendeinen materiellen Wert besessen hätte, das nicht, der Großvater war schon lange tot. Aber der ideelle Wert. Ich konnte die Frau gut verstehen. Seit diesem Tag blättere ich jedes Buch, das ich aufkaufe, durch. Sie glauben nicht, was mir da schon alles in die Finger gekommen ist. Deshalb bin ich sicher, dass der Negativstreifen beim Verkauf nicht im Buch lag.«

»Nun«, fing Zutter-Bertschy an, »der Käufer war ja dieses Mal kein Japaner. Kennen Sie den Käufer?«

»Sicher, ein Stammkunde.«

»Wie heißt er?«, fragte Lauer.

»Da muss ich passen. Der Mann kommt jeden Samstag, immer gegen elf. Fast immer nimmt er eine Kleinigkeit mit. Keine teuren Exemplare. Taschenbücher. Und immer Belletristik. Oft auch Krimis.«

»Sonst können Sie uns nichts über den Mann sagen?«, hakte die Staatsanwältin nach.

»Zwichen 45 und 50, schätze ich, nicht sehr gesprächig. Beim letzten Mal, als er das Büchlein von Kehlmann gekauft hat, hat er das erste Mal über sich selbst gesprochen. Er sei aus Deutschland in die Schweiz übergesiedelt, als blutjunger Mann, vor vielen Jahren. Ich habe mich gewundert, denn es gab eigentlich keinen Anlass für ein solches Gespräch.«

Zutter-Bertschy und Lauer verabredeten mit Burgy, sich am nächsten Morgen in der Nähe des Flohmarkts aufzuhalten. Und der versprach, sie zu informieren, wenn der Mann am Stand auftauchen sollte.

»Nicht sehr ergiebig«, meinte Zutter-Bertschy, als sie vor einem Café genau gegenüber vom Unispital saßen und sie sich eine Zigarette ansteckte.

Die Kellnerin brachte den Milchkaffee.

»Wie man es nimmt«, entgegnete Lauer. »Zumindest wissen wir jetzt, dass die Negative nicht zufällig in dem Buch lagen. Der Mann hat sie hineingelegt, wollte sie mir wohl zuspielen. Warum?«

»Damit du anbeißt und die Ermittlungen wieder aufnimmst und den Täter zur Rechenschaft ziehst.«

»Warum sagt er nicht offen, was er weiß? Wenn er was über den Täter weiß, warum teilt er sein Wissen nicht mit uns? Warum spricht er in Rätseln zu uns?«

»Stimmt. Er wirft uns einen Köder hin, eine winzige Information, aus der wir was machen müssen. Welchen Grund kann er haben, die Informationen zurückzuhalten? Will er uns neugierig machen?«

Zutter-Bertschy drückte ihre Zigarette aus und Lauer süßte seinen Milchkaffee nach.

»Vielleicht …« Lauer brach ab. »Vielleicht«, setzte er neu an, »ist der Mann ja der Täter. Vielleicht möchte er sich stellen. Vielleicht will er es uns nicht so leicht machen.«

»Du meinst, wir sollen uns anstrengen, wir müssen was leisten? Ich weiß nicht. Das kommt mir weit hergeholt vor. – Hast du heute Abend was vor?«, fragte Zutter-Bertschy dann unvermittelt.

»Besuch beim Sohn. Wiedersehen mit meiner Enkeltochter.«

»Schade.«

»Dein Mann wäre …«, sagte Lauer.

Zutter-Bertschy lachte auf. »Mein Mann! Du hast doch mit Peter geredet.«

Lauer sagte nichts.

»Morgen Abend feiert meine beste Freundin ihre silberne Hochzeit, dort oben im *Antalya.*« Sie deutete den Petersgraben hoch. »Ich würde mich freuen, wenn du mitkommen würdest.«

»Geht das?«

»Sie ist meine beste Freundin.«

Sie kamen nur langsam voran. Feierabendverkehr in und um Basel herum. Noch dazu war es Freitag. So wurde es halb sechs, bis sie das Gebäude der Staatsanwaltschaft in Muttenz endlich vor sich sahen.

Lauer verabschiedete sich und ging zu seinem Wagen. Er holte sein Handy aus der Tasche und warf einen Blick auf das Display. Eine SMS. Meißner hatte ihm geschrieben.

»Mit Weber, dem Fahrer des Wäschereiautos, gesprochen. Kein Sympathieträger, der Mann, aber er hat den langen Aufenthalt plausibel erklärt. Viel Spaß mit der Enkeltochter.«

Lauer las die SMS und verlor sie sofort aus seinen Gedanken.

Als er sich angeschnallt und den Motor gestartet hatte, überfiel ihn eine große Freude. In wenigen Minuten würde er seine Enkelin Sophia sehen.

Samstag, 20. September

Sechsundzwanzig

Es war kurz vor elf. Sie saßen auf einer Bank auf dem Petersplatz, verdeckt von einem Strauch, und hatten einen guten Blick auf Burgys Bücherstand. Sie warteten auf den Anruf des Buchhändlers.

Lauer sah die kleine Sophia in Gedanken vor sich, die ihm in der Einfahrt auf wackligen Füßen entgegengekommen war.

»Sie läuft doch schon viel sicherer«, hatte Theresa, Fabians Frau, gerufen und Lauer hatte genickt. Er hatte das Mädchen in den Arm genommen und gedrückt.

»Jetzt lass sie wieder los«, hatte sein Sohn gesagt. »Sie ist doch noch etwas scheu.«

Das Laufrad, das Lauer letzten Montag in der Mittagspause besorgt und am gleichen Tag bei der Post aufgegeben hatte, war am Freitag angekommen und der große Renner. Sophia hatte im Hof ihre Fahrkünste vorgeführt.

»Jetzt wird es langsam ernst«, sagte Lauer, nachdem seine Uhr exakt elf anzeigte.

Der Minutenzeiger wanderte weiter. Minute um Minute.

»Jetzt könnte er sich langsam zeigen«, sagte Zutter-Bertschy, als es Viertel nach elf war.

Fünf Minuten später klingelte das Handy der Staatsanwältin.

Sie sagte: »Ja, ja« und »Gut, machen wir.« Sie stand auf, packte Lauer an der Hand. »Burgy. Unser Mann hat sich in der Nähe des Bücherstandes aufgehalten, ist aber wieder verschwunden. Burgy meint, dass er sich laufend umgeschaut habe.«

»Was machen wir?«, fragte Lauer.

»Grad um die Ecke ist ein gemütliches Café. Dahin ziehen wir uns zurück. Burgy informiert uns, wenn unser Mann noch einmal auftaucht.«

Unser Mann, dachte Lauer.

Zutter-Bertschy hängte sich bei ihm ein. »Zur Tarnung.«

Sicher, dachte Lauer, zur Tarnung.

Auf dem Gehweg vor dem Café war einer der vier runden Tische frei und Lauer steuerte darauf zu.

Zutter-Bertschy zog ihn die Stufen zum Gastraum hoch. »Draußen fallen wir zu sehr auf.«

Eine niedrige Eichendecke mit Schnitzereien. Lauer zog unwillkürlich den Kopf ein, obwohl genügend Platz war. Gemütlich, das war die zutreffende Beschreibung. Kein chromgestyltes Café. Ein altmodisches Café mit alten Holztischen und Stühlen. Kleine Fenster. Aus der Zeit gefallen.

Der Wirt kam hinter der Theke hervor und begrüßte Lauers Begleiterin persönlich. »Schön, dich zu sehen, Margit, nach so langer Zeit.«

Dann Küsschen links, Küsschen rechts, Küsschen links. Eine Prozedur, die Lauer auf die Nerven ging, der man in der Schweiz aber unmöglich entkommen konnte.

»Die Zwetschgenwähe hier ist einmalig«, schwärmte Zutter-Bertschy.

Lauers Kenntnisse im Schweizerdeutsch waren so fortgeschritten, dass er damit etwas anfangen konnte. Zwetschgenkuchen, den mochte er, nur war der ausgegangen. Der Streuselkuchen vom Blech war auch nicht zu verachten.

Nach Milchkaffee, Mineralwasser und Espresso stiegen sie um kurz vor eins auf Met um. Eine Spezialität des Hauses. Lauer bekam den Honigwein in einem Horn aus braunem Steinzeug. Zutter-Bertschy wurde das Getränk in einem Kelch aus dem gleichen Material serviert.

»Pröschtli«, sagte Zutter-Bertschy, stellte ihren Kelch wieder auf den Tisch, weil ihr Handy klingelte.

»Okay, wir sind unterwegs.« Sie stand auf.

»Auf, Leo, er war am Stand. Heinz, wir sind gleich zurück.«

Die Betonung lag auf »war«. Das wurde Lauer klar, als sie zwei Minuten später am Stand von Burgy standen.

»Ihr Mann war kurz da, hat nichts gekauft«, sagte Burgy. »Er hat ein paar Informationen über sich preisgegeben. 1987, Ende Juni, sei er aus Karlsruhe übergesiedelt in die Schweiz, anfangs habe er in Basel gewohnt, in der Nähe des Zoos, jetzt lebe er in Binningen. Und seinem weißen Ascona, dem trauere er immer noch nach. Weit unter Wert habe er das Auto damals in Karlsruhe verkaufen müssen, weil er das Geld brauchte. Ein seltsamer Mensch. Der hat genau gewusst, dass Sie in der Nähe sind.«

Lauer bedankte sich bei dem Buchhändler.

»Wir sind noch im Café Hebel«, sagte Zutter-Bertschy. »Falls sich noch was ergibt.«

Lauer glaubte nicht mehr, dass ihr Mann, was für eine Formulierung, heute noch einmal auftauchen würde.

Der Met war ausgetrunken, keine besonders erwähnenswerte Leistung, schließlich waren die Trinkgefäße zwar ausgefallenen, aber für den Honigwein war nur wenig Platz.

»Einerli halt«, kommentierte Zutter-Bertschy. »Heinz, zwei Gläser Fendant, bitte.«

Gläschen, dachte Lauer und sah im Geist die Pfälzer Schoppengläser vor sich.

Laut sagte er: »Der spielt sein Spiel mit uns.«

»Ja, durchaus ein amüsantes Spiel. Die Informationen kommen scheibchenweise. Mir kommt das wie eine Schnitzeljagd vor. Und ich glaube, deine Vermutung könnte stimmen. Unser Mann ist möglicherweise auch der Täter.«

Lauer nippte am Wein, damit das Glas nicht zu schnell leer war.

»Die Daten stimmen«, sagte Lauer. »Ende Juni 1987, der Mord war Mitte Juni. Der weiße Ascona, Karlsruhe. Alles passt.«

»Fragt sich«, sagte Zutter-Bertschy, »ob das ausreicht, unseren Mann zu identifizieren. Aber er will, dass wir seine Identität herausfinden.«

»Warum? Und warum stellt er sich nicht, wenn er der Täter ist und mit seiner Schuld nicht mehr leben kann?«

»Das kannst du ihn fragen, wenn du ihn hast. Heinz, noch ein Einerli.«

Um halb zwei verlangte Zutter-Bertschy von Heinz die Rechnung, die Lauer, darauf bestand er, übernahm.

Vor dem Café zeigte die Staatsanwältin den Petersgraben hoch. »Da oben, ganz oben, so weit du sehen kannst, auf der linken Seite am Leonhardsgraben, da ist das Restaurant *Antalya*, in dem meine Freundin feiert. Wir treffen uns ein Stück weiter vorne. Ich warte auf dich vor dem *Restaurant Zur Harmonie*. Um zwanzig nach sechs.«

Bevor Lauer ein Wort sagen konnte, war sie verschwunden.

Fast vier Stunden Zeit bis zu seinem Rendezvous mit der Staatsanwältin. Einen Abstecher in den Kannenfeldpark? Vielleicht traf er ja wieder den pensionierten Kommissär. Aber die Einerli, die dann unweigerlich aufgetischt wurden. Und ein Einerli nach dem anderen, das zeigte auch Wirkung. Kleinvieh macht auch Mist, hatte seine Großmutter immer gesagt. Nein, er würde nach Magden fahren, mit Sophia zum Spielplatz, dann sich frisch machen, duschen, umziehen. Und pünktlich um zwanzig nach sechs würde er vor dem vereinbarten Treffpunkt stehen.

Das Fest begann mit einem Sektempfang auf dem Gehweg vor dem Restaurant. Prosecco, Pizza, Lahmacun und Teigröllchen als Appetitanreger. Zutter-Bertschys Freundin war etwa im gleichen Alter wie die Staatsanwältin, Anfang fünfzig, schätzte Lauer, hatte kurze, graue Haare und trug ein hellblaues, schlichtes Baumwollkleid und um den Hals eine Bernsteinkette. An den dazugehörigen Mann konnte er sich nicht erinnern. Nach wenigen Minuten verlor Lauer den Überblick, so vielen Leuten war er vorgestellt worden. Der Gehweg füllte sich, bestimmt fünfzig Leute waren eingeladen. Man prostete sich zu. Passanten schlängelten sich mit meist grimmigem Gesichtsausdruck durch das Gedränge. Lauer kam mit einem älteren Mann ins Gespräch, einem Winzer im Ruhestand, der sein Geld mit der Erfindung einer Maschine zur Umkehrosmose verdient hatte.

»Damit wird dem Wein Wasser entzogen«, erklärte der Winzer im Ruhestand, als er Lauers fragendes Gesicht sah. »Vor allem aus der Pfalz hatte ich viele Kunden.«

»Dann sind Sie schuld daran, dass der Pfälzer Wein in den letzten Jahren so viel besser geworden ist«, entgegnete Lauer und die Umstehenden lachten.

Um halb acht ging es endlich ins Innere. Ein heller Gastraum mit Fensterscheiben, die bis zum Boden gingen. Es gab einen Salat als Vorspeise. Dann hielt der Sohn der Freundin eine Rede, ein junger Arzt, der seine erste Stelle am Unispital angetreten hatte. Eine vergnügliche Rede, denn es wurde oft gelacht und auch zwischendurch geklatscht. Lauer bekam nicht allzu viel mit. Die Rede war in Schweizerdeutsch und Lauer kam zur Erkenntnis, dass es mit seinem Verständnis dieses Dialekts doch nicht allzu weit her war.

Dann musste er sich entscheiden, Kebab oder ein Gemüseauflauf, für Lauer keine Frage, das Fleischgericht. Zutter-Bertschy bestellte sich den Auflauf. Der Rotwein schmeckte vorzüglich. Mit jedem Glas, das er trank, murmelte er den Namen des Weines vor sich hin.

»Öküzgözü. Öküzgözü.«

Lauers neues Lieblingswort. Eine spezielle Rebsorte aus dem östlichen Anatolien, wie er später im Internet herausfand.

Der Nachtisch wurde herumgezeigt, eine mehrstöckige Torte mit Schokolade überzogen, mit Sahnerosetten verziert.

Zutter-Bertschy schaute Lauer an, der schaute zurück. Fast gleichzeitig standen beide auf und verabschiedeten sich.

»Ihr wollt uns verlassen. Es ist noch früh«, sagte die Freundin, während Lauer sie umarmte, links, rechts, links.

»Es war ein langer Tag«, sagte Zutter-Bertschy, »anstrengend, die Ermittlungen, ich habe dir davon erzählt.«

Auf der Straße griff Zutter-Bertschy nach Lauers Hand. »Zu meiner Wohnung können wir zu Fuß gehen.«

Dabei hatte Lauer nicht einmal gewusst, dass die Staatsanwältin in Basel eine Wohnung hatte.

Montag, 22. September

Siebenundzwanzig

»Wir haben Bruhn unter die Lupe genommen«, berichtete Gernhardt von den Ermittlungen am letzten Freitag. »Er hat am Donnerstag gegen Mitternacht die Moschee am Neuen Meßplatz verlassen, ist in seine Wohnung in den Speckweg gegangen. Dort wohnt auch seine Mutter. Er hat die Wohnung erst am Freitagmorgen um zwanzig nach zehn verlassen und ist schnurstracks zur Moschee. Wir können mit ziemlicher Sicherheit ausschließen, dass er zur Tatzeit im Leonardo war.«

»Was macht Sie so sicher?«, fragte Clement.

»Wir haben mit der Mutter gesprochen, wir haben Hausbewohner im Speckweg befragt, wir haben mit Leuten in der Moschee geredet. Alles passt zusammen, es gibt keine Widersprüche. Die Zeiten stimmen, keine Ungereimtheiten.«

»Die können sich nicht alle abgesprochen haben«, ergänzte Meißner.

»Dann scheidet er als Tatverdächtiger aus«, schlussfolgerte Clement. »Mit der Drogensache und dem Widerstand gegen Polizeibeamte haben wir ihn allerdings am Haken.«

»Das, was wir im Leonardo erfahren haben, bestätigt diese Einschätzung«, sagte Tanaoğlu. »Meißner und ich haben mit einem Zimmermädchen gesprochen, die einen Mann an Hayreddins Zimmertür gesehen haben will. Hayreddin hat die Tür aufgemacht. Es ist zu einem Wortwechsel gekommen. Das Zimmermädchen hat nicht verstanden, worum es gegangen ist. Sie ist aus Pakistan. ›Mann böse‹, hat sie gemeint und damit den Mann vor der Tür gemeint. Hayreddin habe die Tür zugeschlagen. Der Mann habe an die Tür geschlagen.«

»Und weiter«, drängte Clement.

»Der Mann habe sie bemerkt, ihr die Faust gezeigt und gesagt, sie solle verschwinden. Dann sei die Tür wieder aufgegangen, der junge Mann sei herausgekommen und sei mit dem ›bösen Mann‹ im Flur verschwunden, Richtung Treppenhaus.«

»Warum haben wir diese Information so spät bekommen?«, fragte Clement, der, wie Lauer fand, heute einen aufgeräumteren Eindruck machte.

»Die Frau hatte Angst, mit ihrer Arbeitserlaubnis stimmt was nicht. Ich habe ihr gesagt, dass ich mich dafür nicht interessiere.«

»Was haben Sie der Frau gesagt?«

Diese aufgeregte Stimme, dachte Lauer. Clement ist ein Schauspieler.

»Sie hätte nicht geredet. Ich habe ihr ein Foto von Michael Bruhn gezeigt. Sie hat den Kopf geschüttelt. Bruhn war nicht der Mann vor Hayreddins Zimmertür im Leonardo.«

Lauer hörte nur mit halbem Ohr hin. Immer wieder musste er an das vergangene Wochenende denken. Das Aufwachen am Sonntagmorgen, die aufgezogenen Vorhänge. Die Sonnenstrahlen, die ihn blendeten. Der Platz neben ihm, der leer war. Lauer hatte auf die Uhr geschaut. Kurz nach elf. So lange hatte er seit Jahren nicht mehr geschlafen. Er hatte keinen Blackout gehabt wie an dem Morgen, an dem er in Elke Abelts Bett aufgewacht war. Er hatte gewusst, wie er in das Schlafzimmer gekommen war, wie er sich ausgezogen hatte, wer die Frau gewesen war, die mit ihm im Bett gelegen und die lange nach Mitternacht neben ihm eingeschlafen war.

»Frühstück!«, hatte er Margit Zutter-Bertschy in diesem Moment aus der Küche rufen hören.

Lauer hatte sich T-Shirt und Hose angezogen, war in die Küche gegangen und hatte sich an den gedeckten Tisch gesetzt.

»Die letzte Nacht ...«, hatte er angefangen.

Die Staatsanwältin hatte den Finger auf ihre Lippen gelegt. »Kein Wort, Leo Lauer«, hatte sie gesagt. »Nichts zerreden. Keine Erwartungen. Keine Verpflichtungen.«

Damit war dieses Thema ad acta gelegt worden.

»Ist der Fahrer der Wäscherei jetzt endlich vernommen worden?« Clement schaute Meißner an.

»Den habe ich am Freitag erwischt. Was er mir erzählt hat, klang plausibel.«

»Hat er im Hotel etwas gesehen, was uns in unserem Fall weiterbringen könnte?«

Lauer schweifte mit seinen Gedanken wieder ab. Basel. Später Sonntagvormittag. Der Spaziergang im Kannenfeldpark mit Margit Zutter-Bertschy. Die alte Frau, die ihren Rollator auf dem Weg geparkt hatte und die auf der Wiese stand, leicht gebeugt, den Blick auf den Boden gerichtet.

Lauer war stehen geblieben. »Suchen Sie was? Kann ich Ihnen helfen?«, hatte er sie gefragt.

»Nein, nein, danke, ich halte nach Kleeblättern Ausschau«, hatte die alte Frau geantwortet.

»Dann suchen Sie vierblättrige?«, hatte Lauer gefragt.

»Ja, früher habe ich viele gefunden.«

»Viel Erfolg«, hatte Zutter-Bertschy gewünscht.

Später der kurze Abschied. Eine Umarmung.

»Ich melde mich bei dir.«

»Tu das.«

»Wir bleiben in Kontakt.«

»Machen wir.«

Dann noch ein Abstecher nach Magden. Fabian hatte ihn fragend angeschaut, als Lauer aufgetaucht war. Der hatte etwas von »Bekannten getroffen« gemurmelt. Nach einem Spaziergang mit Sophia und Fabian und Theresa und einem Kaffee war der Kommissar nach Mannheim zurückgefahren.

»Dann wäre das auch erledigt, Meißner. Was haben wir noch?«

»Das Koranbüchlein, die Briefe, morgen soll ich erste Übersetzungen bekommen«, sagte Tanaoğlu.

»Wird Zeit.«

»Außer diesen Übersetzungen«, wiederholte Tanaoğlu, »haben wir nicht viel.«

»Meine Rede, seit Tagen sage ich das!«, sagte Clement.

»Der Unbekannte an der Zimmertür«, fuhr Tanaoğlu fort. »Die Telefonnummer, die von der Hayreddins Anrufliste am Donnerstagabend und am Freitagvormittag angerufen wurde.«

»Nicht viel. Das ist nicht viel.«

»Wir sollten über den Tellerrand hinausschauen«, sagte Tanaoğlu.

»Wir sollten alles noch einmal genauer abklopfen«, meinte Meißner. »Wir könnten etwas übersehen haben.«

»Über den Tellerrand schauen«, sinnierte Clement, »lassen Sie es sich durch den Kopf gehen, was unser junger Kollege da von sich gegeben hat. Vielleicht finden wir einen neuen Ansatzpunkt. Weiter zum alten Fall. Lauer, berichten Sie!«

Als Clement vor einigen Tagen so zurückgenommen gewesen war, der Ärger mit seiner Frau, dachte Lauer, das hat ihm besser gestanden. Da hatte Lauer fast Mitleid mit seinem Vorgesetzten gehabt.

Lauer erzählte vom Flohmarkt am Petersgraben, von Urs Burgy und seinem Bücherstand, von den Puzzleteilen, die der Unbekannte ihnen zugeworfen hatte.

»Immerhin«, sagte Clement. »Wir werden uns mit dem Melderegister in Karlsruhe …«

»Schon geschehen«, unterbrach ihn Lauer. »Das bringt uns nicht weiter. Die Meldedateien vor 1986 sind digital erfasst. Da hätten wir mehr Glück. Flexiblere Suchmöglichkeiten. Die Daten ab 1986 sind noch nicht erfasst, die liegen noch im Archiv dort im Keller, lauter Karteikarten, und die sind nach dem Namen und dem Vornamen geordnet. Wenn die bekannt sind, kein Problem. Aber eine Suche nach einem Abmeldedatum gleicht einer Suche in einem Heuhaufen.«

»Dann hat uns Ihr Ausflug in die Schweiz keinen Schritt weitergebracht«, stellte Clement fest und eine Spur Resignation klang mit.

»So würde ich das nicht sehen«, entgegnete Lauer. »Wir haben die Information zur Autoabmeldung. Und die Daten bei der Zulassungsstelle sind digitalisiert. Eine Suche mit den Kriterien Autotyp, Farbcode und Zeitraum der Abmeldung ist möglich. Frau Werner hat schon alles in die Wege geleitet.«

»Ich kenne den Sachbearbeiter«, hatte Frau Werner vorhin im Büro gesagt und nach dem Hörer gegriffen.

»Einen Moment, Lauer«, sagte Clement, als die anderen das Besprechungszimmer verlassen hatten.

»Sie haben mir alles gesagt, was die Sache mit dieser Frau angeht?«

»Ich verstehe Sie nicht.«

»Sie haben mir nichts verschwiegen?«

Lauer war nicht klar, worauf sein Chef hinauswollte.

»Sie bleiben bei Ihrer Aussage?«

»Natürlich, warum sollte ich …«

»Gut, Lauer. Frau Abelt ist am Mittwochvormittag vorgeladen. Dann werde ich mit ihr und ihrem Anwalt sprechen. Unsere Psychologin ist dabei. Sie hat vorgeschlagen, eine Ärztin hinzuziehen.«

»Warum das?«, fragte Lauer.

»Die Verletzungen, Sie wissen. Der Anwalt der Frau hat ihr Einverständnis erklärt.«

Lauer wusste nicht.

»Die interne Untersuchung gegen Sie ist auch am Laufen. Morgen oder übermorgen werden zwei Kollegen auf Sie zukommen. Externe. Aus Karlsruhe. Eine Kollegin und ein Kollege. Ich erwarte Ihre Kooperation.«

»Sicher«, entgegnete Lauer. Beinahe wäre ihm noch das Wörtchen »Chef« herausgerutscht. Er konnte sich beherrschen. »Ihre Frau …«

»Was soll mit der sein? Warum fragen Sie mich nach meiner Frau?«

Lauer verließ das Besprechungszimmer. Aus Clement wurde er nicht schlau.

Über den Tellerrand schauen. Tanaoğlus Worte gingen ihm nicht aus dem Kopf.

Dienstag, 23. September

Achtundzwanzig

Meißner schnallte sich an und startete den Dienstwagen, einen silbergrauen Golf.

»Du musst nicht fahren, ich kann das gerne machen«, bot Lauer seinem Kollegen an.

»Ich bin nicht behindert, Leo.«

Lauer verzog das Gesicht, als er den Sicherheitsgurt anlegte.

»Wer von uns beiden ist nicht fit«, lästerte Meißner.

»Der Rücken. Der verflixte Schreibtischstuhl.«

»Abu Yahia al-Almany. Heute Mittag um 15 Uhr Haftprüfung«, sagte Meißner. Nach einer Pause fuhr er fort. »Elvira …«

Lauer hatte Meißners Frau lange nicht mehr gesehen.

»Ich weiß nicht. Ich habe Angst, dass sie mich betrügt.«

»In meinem Privatleben geht es im Moment auch drunter und drüber.«

»Sie ist abends öfter weg, kommt spät nach Hause. Mit ihrer Freundin, sagt sie. Dabei hatte sie keinen Kontakt mehr mit ihr, dachte ich.«

»Seit Irene von Mannheim weg ist. Wir sehen uns selten. Sie fehlt mir.«

»Wenn sie sich nicht mit ihrer Freundin trifft? Elvira ist anders in den letzten Wochen. Braust auf. Lässt keine Möglichkeit für einen Streit aus.«

»Jetzt noch die Staatsanwältin aus der Schweiz. Wie das weitergeht?«

»Ich weiß nicht, ob ich das verkraften könnte. Und die Kinder.«

»Es wird weitergehen.«

»Es war gut, Leo, mit dir darüber zu reden.«

Meißner fand einen Parkplatz direkt vor dem Wohnblock in der Torwiesenstraße auf dem Lindenhof.

»Hallo«, tönte es aus der Gegensprechanlage, keine Sekunde nachdem Lauer auf den Klingelknopf gedrückt hatte. »Sie wissen, zweiter Stock links.«

Frau Hayreddin-Weber erwartete sie an der Wohnungstür.

Über den Tellerrand schauen. Lauer war vergangene Nacht lange wach gelegen. Was war ihr Tellerrand? Worauf versteiften sie sich? Was übersahen sie? Die hellste Spur muss nicht die richtige sein.

Oliver Mehmet Hayreddin, der IS-Kämpfer. Islamisten. Schmuddelmoscheen. Aufputschdrogen für Dschihadisten. Exekutionen von Andersgläubigen. Bestrafung von Abtrünnigen. Terroranschläge. Alles hatte sich darum gedreht. Wer war Oliver Mehmet Hayreddin sonst? Was ging ihm außer dem Koran durch den Kopf? Was waren seine Träume? Hatte er eine Freundin? Wie hatte er seine Kindheit und Jugend erlebt? Wie den frühen Tod des Vaters verkraftet? War es für ihn ein Schock, als ein neuer Vater auf der Türschwelle stand? Wie war er mit ihm ausgekommen? Wie war sein Verhältnis zur Mutter?

So viele Fragen, die Lauer durch den Kopf gegangen waren. Und er hatte keine Antworten darauf gefunden.

Auf der morgendlichen Besprechung hatte Lauer diese Fragen formuliert.

Clement war nicht begeistert gewesen. »Sollen wir von vorne anfangen?«

»Was heißt sollen?«, hatte Meißner gesagt. »Wir müssen. Wir haben kaum etwas an der Hand. Die Telefonnummer, diese Prepaidnummer, von der jemand Hayreddin am Donnerstagabend und am Freitagmorgen angerufen hat. Wir wissen nicht, wem die gehört. Und der geheimnisvolle Fremde, den das Zimmermädchen an Hayreddins Hotelzimmertür gesehen haben will, wissen wir, wer das ist? Wir wissen es nicht. Also können wir weiter Däumchen drehen. Oder wir schauen über den Tellerrand hinaus. Kollege Lauer hat recht.«

»Über den Tellerrand hinaus«, hatte Clement gespöttelt. »Hört sich gut an. Aber was soll das heißen? Helfen Sie mir auf die Sprünge.«

Ein Schweigen war eingetreten.

Schließlich hatte Gernhardt die Hand gehoben. »Die Familie. Die Mutter. Der Stiefvater. Wir müssen alle unter die Lupe nehmen, unvoreingenommen.«

Lauer, Meißner und Tanaoğlu hatten zustimmend genickt.

»Gut, Lauer und Meißner werden noch einmal mit der Mutter und dem Stiefvater reden«, hatte Clement bestimmt. »Meißner, zum Haftprüfungstermin heute Nachmittag erwarte ich, dass Sie da sind.«

»Muss ich auch …?«, fragte Lauer.

»Lauer, um Himmelswillen, es ist besser, wenn Bruhn und diese Anwältin Sie nicht zu Gesicht bekommen. Tanaoğlu, die Übersetzungen, die sind da? Gut, schauen Sie sich das an. Und Sie, Gernhardt, Sie bringen das Zimmermädchen ins Präsidium, ich will eine genaue Beschreibung des Mannes, der an Hayreddins Tür gesehen wurde, am besten ein Phantombild.« Clement hatte wie immer in die Runde geschaut. »Frisch an die Arbeit, Männer!«

»Ich schaffe es nicht. Ich hab mich heute krankgemeldet. Mein Chef war nicht begeistert.«

Frau Hayreddin-Weber saß auf dem Sofa mit hochgezogenen Beinen. Sie trug ein schwarzes Kleid und schwarze Strumpfhosen. Ihre rosafarbenen Hausschuhe standen vor ihr auf dem Teppich. Ihre Augen waren verweint.

»Für Oliver war der Tod seines Vaters, seines leiblichen Vaters, ein Schock. Es hat Jahre gedauert, bis er sich davon erholt hat. Oliver hatte ein enges Verhältnis zu Ismail. Er war sechs, als sein Vater starb.«

»Und mit seinem Stiefvater?«, fragte Meißner.

»Totale Ablehnung anfangs. Oliver war neun. Aber mein Mann hat sich rührend um den Jungen gekümmert. Mein Mann ist Fußballtrainer, müssen Sie wissen. D-Jugend.«

»Beim MFC Lindenhof?«, fragte Lauer.

»Woher wissen Sie das?«

»Die Trainingsjacke Ihres Mannes. Unser Besuch hier letzten Mittwoch. Mit einem anderen Kollegen.«

»Mein Mann hat sich viel Zeit für Oliver genommen. Als er ihn davon überzeugen konnte, mit dem Fußball anzufangen, war das Eis gebrochen. Oliver blühte auf. Das Verhältnis zu meinem Mann verbesserte sich. Martin lobte Oliver. Der Junge hat echt Talent. Aus dem kann was werden. Oliver lachte, freute sich, war ausgelassen, so wie er früher gewesen war, als Ismail noch lebte. Ich war so froh, dass ich die Veränderungen nicht bemerkte, wohl nicht bemerken wollte.

Irgendwann wurde er wieder verschlossener, zog sich von uns zurück, hielt sich allein in seinem Zimmer auf. Ein schleichender Prozess, der sich über viele Wochen hinzog. Dann hörte Oliver mit Fußball auf. Kurz bevor er aus der D-Jugend kam. 2008 muss das gewesen sein. Im Mai. Oliver und seine Mannschaft waren über ein langes Wochenende, Christi Himmelfahrt, auf einem Turnier in Backnang gewesen. Martin war auch dabei. Niemand hat mit mir geredet. Oliver war verstockt, Martin hat jede Frage abgeblockt. Anfangs habe ich gedacht, es hängt damit zusammen, dass Oliver ab Sommer in die C-Jugend gekommen wäre, zu einem anderen Trainer. Aber dann hätte das Verhältnis zu seinem Stiefvater weiterhin gut sein müssen. Aber nicht nur mit dem Fußball war Schluss. Oliver hat mit seinem Stiefvater gebrochen. Er hat nicht mehr mit ihm geredet.

Als Sie bei mir waren, an diesem Freitag, als Oliver ums Leben gekommen ist, habe ich das schöngeredet, hab Ihnen was von Pubertät erzählt. Das war keine Pubertät, auch wenn Martin das steif und fest behauptete. Das ging tiefer. Oliver hasste seinen Stiefvater. Ich habe das damals verdrängt. Als sie auf dieses Turnier gefahren sind, da muss das Verhältnis der beiden schon angespannt gewesen sein. Das Turnier hat das Fass zum Überlaufen gebracht. Es muss etwas passiert sein auf diesem Turnier.«

Martin, arbeitete es in Meißner, ihr Mann heißt Martin.

»Was hat Ihr Mann gesagt?«, fragte Lauer.

»Der hat das abgewiegelt, abgeblockt. Er hat gesagt, er könne es sich nicht erklären.«

»Und Oliver?«

»Mit dem konnte ich darüber nicht reden.«

Martin, dachte Meißner, Frau Hayreddin-Webers Mann, Oliver Mehmets Stiefvater heißt Martin Weber.

»Ihr Mann heißt Martin Weber«, sagte er laut.

»Ja.«

Lauer schaute Meißner überrascht an. Da tat sein Kollege plötzlich, als habe er den Stein der Weisen entdeckt, dabei plauderte er eine Banalität aus. Warum sollte der Stiefvater nicht Martin Weber heißen?

»Und er arbeitet als Fahrer bei der Expressreinigung in der Angelstraße.«

»Ja.«

»Und er war zur Tatzeit im Leonardo, Frau Hayreddin-Weber.«

»Ich weiß.«

»Warum haben Sie uns das nicht gesagt?« Lauers Stimme war lauter als bisher, eine Nuance, aber hörbar.

»Weil ich es erst seit gestern Abend weiß. Und gestern Abend hat Martin zugegeben, dass er mit Oliver telefoniert hat. Erst kurz auf dem Festnetz und länger auf seinem Handy.«

Meißner blätterte in seinem Notizbuch und zeigte Frau Hayreddin-Weber eine Telefonnummer.

»Das ist Martins Handynummer.«

Damit ist eines unserer Probleme gelöst, dachte Lauer.

»Hat er Ihnen auch gesagt, worüber er mit Ihrem Sohn geredet hat?«, sagte er laut.

Die Frau auf dem Sofa nickte. »Über den Islam. Den Koran. Die Politik. Sie haben sich gestritten. Mein Mann und ich, wir haben unterschiedliche Ansichten, was Politik angeht. Mein Vater war Sozialdemokrat, mein Großvater war Sozialdemokrat. Ich bin in keiner Partei, aber bei Wahlen zählt für mich nur die SPD. Martin ist vor einem Jahr in die AfD eingetreten. Ich habe das nicht verstanden.«

»Hat er sich mit Ihrem Sohn am Freitagmorgen im Leonardo getroffen?«, fragte Meißner.

»Er hat mir geschworen, dass er Oliver im Hotel nicht gesehen hat, dass er ihn nicht persönlich getroffen hat, dass er nicht mal gewusst hat, dass Oliver dort war, dass er nur mit ihm telefoniert hat.«

Meißner machte sich Notizen. »Glauben Sie Ihrem Mann?«, fragte er, während er noch schrieb.

»Ja, ich glaube ihm.«

»Ihr Mann hat schon einmal nicht die Wahrheit gesagt, als er den Anruf Ihres Sohnes abgestritten hat«, stellte Lauer fest.

Meißner hatte aufgehört zu schreiben und schaute Frau Hayreddin-Weber direkt an.

»Sie glauben doch nicht, dass … Nein, nein, Martin, mein Mann hat mit Olivers Tod nichts zu tun.«

»Wo ist Ihr Mann?«

»Das weiß ich nicht.«

»Er ist nicht da? Ist er bei der Arbeit?«, fragte Lauer.

Frau Hayreddin-Müller schnäuzte sich die Nase. »Er ist heute Morgen nicht in der Wäscherei erschienen. Seine Chefin hat vorhin angerufen.«

»Was ist mit Ihrem Mann, Frau Hayreddin-Weber? Lassen Sie sich nicht jedes Wort aus der Nase ziehen.« Lauer hatte die Worte langsam und leise ausgesprochen.

»Wir haben uns gestritten gestern Abend. Martin hat die Wohnung verlassen, kurz nach Mitternacht. Seitdem habe ich nichts mehr von ihm gehört.«

»Worüber haben Sie sich gestritten?«

»Über alles Mögliche. Darüber, dass er mich angelogen hat über Olivers Anruf. Warum Oliver nichts mehr von ihm wissen wollte nach diesem Fußballturnier.«

»Und was ist herausgekommen bei diesem Streit?«

»Nichts.«

»Wo könnte Ihr Mann sein?«

»Ich weiß es nicht.«

»Verwandte? Freunde?«

»Martin hat keine Freunde, nur die Kollegen aus dem Verein, aber mit denen hat er privat nichts am Hut. Und Verwandte? Die Eltern sind tot. Es gibt nur eine Schwester. Die habe ich erst einmal gesehen. Martin hat wenig Kontakt mit ihr.«

Bevor sie gingen, ließ sich Meißner ein Foto von Martin Weber geben.

»Sie bekommen es zurück«, sagte er und steckte das Foto in seine Jackentasche.

»Frau Hayreddin-Weber, eine Frage noch.« Lauer war die Treppe hochgegangen und hatte nochmals an der Wohnungstür geklingelt. »Hat sich Ihr Sohn mal einen Finger gebrochen?«

Die Frau nickte. »Wie kommen Sie darauf?«

»Im Obduktionsbericht stand ein Vermerk.«

»Ja, den kleinen Finger der rechten Hand. Beim Fußballspielen. Oliver muss etwa zwölf gewesen sein. Martin hat ihn im Tor eingesetzt, als der Stammtorwart krank war. Und als Oliver den Ball mit der Hand wegschlagen wollte, hat ihn ein Gegenspieler unglücklich am Finger getroffen.«

Auf der Rückfahrt, Lauer saß am Steuer, fotografierte Meißner Webers Foto mit seinem Handy. Dann versuchte er Gernhardt zu erreichen.

»Was hältst du von ihrer Aussage zu dem Streit am Telefon?«, fragte Lauer.

»Hört sich an den Haaren herbeigezogen an. Hayreddin reißt alle Brücken hinter sich ab, reist nach Syrien, kämpft für den IS. So einer soll sich aufregen, wenn sein Stiefvater, von dem er nichts wissen will, rechtspopulistische Ansichten zum Besten gibt? Ich bitte dich, Leo.«

»Das denke ich auch.

Meißner wählte wieder Gernhardts Nummer. Erfolglos. Schließlich rief er Frau Werner an.

»Reden Sie bitte mit Gernhardt. Er soll die Sache mit dem Phantombild erst mal unterbrechen. Sagen Sie ihm, er soll dem Zimmermädchen ein Foto von Martin Weber zeigen, genau, ein Foto vom Stiefvater. Ich maile es Ihnen gleich zu. Und sagen Sie Gernhardt, dass unsere mysteriöse Telefonnummer Martin Weber, Hayreddins Stiefvater, gehört.«

Neunundzwanzig

Sie saßen an ihren Schreibtischen, als Frau Werner in der Zwischentür stand.

»Die in Karlsruhe waren fix«, sagte sie und wedelte mit einem Stück Papier. »19 Personen haben in der fraglichen Zeit in Karlsruhe einen Opel Ascona verkauft. Den Farbcode hat mein Cousin nicht berücksichtigt, das wäre zu kompliziert, hat er mir erklärt, aber das habe ich nicht verstanden.«

»Ein Farbcode«, meinte Meißner, »deckt, glaube ich, nicht nur eine einzige Farbe ab. Das könnte er gemeint haben.«

»Drei sind verstorben. Fünf Frauen sind darunter. Diese acht Personen sind auf dem Blatt durchgestrichen.

Bleiben elf Leute übrig. Die Namen, die Geburtsdaten und die letzte Wohnung in Karlsruhe, alles finden Sie auf dem Blatt.«

»Sie sind ein Schatz«, rutschte es Lauer heraus und er streckte die Hand nach dem Blatt aus.

»Danken Sie meinem Bekannten«, sagte Frau Werner. »Der hat die Arbeit gemacht. Aber ich bin noch nicht fertig. Mit den Namen und den Geburtsdaten habe ich mich gestern Nachmittag mit dem Melderegister in Karlsruhe in Verbindung gesetzt und vor fünf Minuten habe ich die Antwort bekommen. Zwei junge Männer, damals zwanzig und zweiundzwanzig Jahre alt, sind übrig geblieben. Sie sind Ende Juni 1987 in die Schweiz übergesiedelt.« Jetzt drückte Frau Werner das Blatt Lauer in die Hand.

Lauer griff zum Telefon und wählte die Nummer der Staatsanwaltschaft in Muttenz. Es klingelte einige Male durch, Lauer wollte auflegen, dann wurde abgenommen.

»Zutter-Bertschy, Staatsanwaltschaft Muttenz.«

»Leonhard Lauer, Hauptkommissar aus Mannheim.«

»Mein Lieblingskommissar aus Mannheim. Was gibt es denn?«

»Margit, es gibt Neuigkeiten. Von der Zulassungsstelle und vom Melderegister in Karlsruhe. Wir haben …«

»Langsam, Leonhard, ich möchte dich sehen. Ihr habt bestimmt Skype in Mannheim bei der Polizei. Ich schicke dir die nötigen Angaben per Mail. Wenn du alles kapiert hast, meldest du dich.« Und schon hatte sie aufgelegt.

»Kein Problem«, sagte Meißner, der zugehört hatte. »Ich installiere dir alles. Und wenn die Mail da ist, kannst du dich einloggen und loslegen.«

Zehn Minuten später konnte Lauer sich mit Margit Zutter-Bertschy Auge in Auge unterhalten.

Sie musste mit dem Rücken zum Fenster sitzen. Die Sonne fiel durch die Scheibe und sorgte dafür, dass ihr Gesicht zu dunkel abgebildet wurde. Lauer sagte nichts dazu. Er freute sich, sie zu sehen.

»Der Samstagabend …«

Sie legte den Zeigefinger auf die Lippe, so wie sie es am Sonntagmorgen in der Küche gemacht hatte. »Kein Wort, Leonhard.«

Warum hatte er sich mit seinem vollen Namen gemeldet? Lauer ärgerte sich über sich selbst.

»Heute nur Geschäftliches.«

Lauer erzählte von der Zulassungsstelle in Karlsruhe, von den Ergebnissen seiner Recherche, von Frau Werners eigenen Nachforschungen, er erzählte genauso ausführlich, wie Frau Werner es vor wenigen Minuten gemacht hatte.

»Jetzt gib die Daten der beiden Männer endlich durch. Ich werde mich darum kümmern.«

Nach wenigen Minuten war die Skype-Schaltung beendet und der Bildschirm vor Lauer schwarz.

Lauer sah auf das Blatt, das Frau Werner ihm gegeben hatte. Zwei Namen. Einer von beiden war ihr Mann. Lauer war sich sicher.

»Wie konnte es so lange dauern, bis wir dahintergekommen sind, dass Martin Weber, der Fahrer aus der Wäscherei, Hayreddins Stiefvater ist?«, fragte Meißner. Es klang nicht wie eine Frage, eher wie eine Feststellung.

»Zufall«, sagte Lauer. »Missverständnisse, mangelnde Kommunikation. Dumm gelaufen.«

Meißner stand auf und schloss das Fenster, das Lauer vorhin geöffnet hatte. Die Temperatur war zurückgegangen. Noch war der Himmel blau, aber das Thermometer zeigte nur noch 16 Grad. In der Nacht war es auf drei Grad gefallen.

»Martin Weber hat seine Frau ein zweites Mal angelogen«, sagte Meißner. Er hat seinen Stiefsohn am Freitagmorgen im Leonardo getroffen. Davon können wir ausgehen. Das Zimmermädchen hat ihn eindeutig identifiziert auf dem Foto.«

Gernhardt hatte ihnen vor wenigen Minuten die Neuigkeit überbracht.

»Der Streit an der Tür eskaliert, die zwei gehen, um kein Aufsehen zu erregen, auf die Dachterrasse«, spann Meißner den Faden weiter.

»Und dann, Julian, schubst der Stiefvater den Stiefsohn vom Dach. Aber warum? Weil der nicht damit klarkommt, dass der Stiefsohn seine politischen Ansichten kritisiert?«

»Lächerlich, Leo, als Motiv taugt das nicht. Aber mit Martin Weber haben wir nun einen Verdächtigen.«

»Aber kein Motiv.«

»Einen Verdächtigen, der verschwunden ist. Vergiss das nicht. Wir sind einen Schritt weiter, Leonhard.«

»Du weißt, ich hasse diesen Namen.«

»Deine Staatsanwältin aus der Schweiz, die darf dich so nennen.«

»Nur die!«

Dreißig

»Kennen Sie Richter Schoeneck?«, fragte Meißner Theresa Brandes, die Staatsanwältin.

Sie saßen im Besprechungszimmer des Landgerichts, links vom Richtertisch die Staatsanwältin, neben ihr Meißner, rechts Dr. Karlotta Tessier und Michael Bruhn. Hinter den beiden ein Beamter in Uniform, der wenige

Minuten vorher Bruhn die Hand- und Fußfesseln abgenommen hatte.

»Jung, besonnen, ein Richter, der sich nicht so schnell aus der Ruhe bringen lässt. Und von aufgedonnerten Rechtsanwältinnen lässt er sich nicht beeindrucken. Erzählt jedem, dass er in der kürzesten Straße Mannheims wohnt. Der Schumannstraße.«

»Wirklich die kürzeste?«

Die Staatsanwältin reagierte auf Meißners Zweifel mit einem Schulterzucken.

Karlotta Tessier trug ein schwarzes, knielanges Kleid mit tiefem Ausschnitt und warf ihren Kopf nach hinten, sodass die langen, schwarzen Haare aufgefächert wurden.

Endlich betrat Richter Schoeneck das Zimmer. Meißner hatte bisher noch nichts mit ihm zu tun gehabt. Der Richter war erst seit drei Monaten in Mannheim beim Landgericht.

»Entschuldigen Sie bitte meine Verspätung. Ein unerwarteter Termin, nicht aufschiebbar. Es geht heute um die Haftprüfung Michael Bruhn, wohnhaft in der Abdallah-Yusuf-Azzam-Moschee am Neuen Meßplatz.«

Dr. Tessier stand von ihrem Platz auf, ging auf den Richtertisch zu und schleuderte ihre Haarpracht nach hinten.

»Sie dürfen sitzen bleiben, Frau Rechtsanwältin.«

Karlotta Tessier war so überrascht, dass sie ins Stolpern kam, sich mit einem Griff an den Richtertisch aber rettete. Sie ging zu ihrem Platz zurück, blieb jedoch stehen.

»Ich möchte meinen Unmut zum Ausdruck bringen, dass der Termin erst heute angesetzt worden ist.«

»Frau Kollegin.« Schoeneck sprach langsam und betont leise. »Wann ist Ihr Mandant verhaftet worden?«

»Er wurde nicht verhaftet, er stellte sich, letzten Mittwoch.«

»Ich darf Sie berichtigen, natürlich wurde Ihr Mandant verhaftet. Er entzog sich seiner Verhaftung. Seit letzten Mittwoch ist er in Gewahrsam. Erst vor wenigen Tagen. Von Amts wegen muss eine Haftprüfung angesetzt werden, wenn der Beschuldigte drei Monate in Untersuchungshaft sitzt. Haben Sie neue Aspekte, die Sie vorbringen möchten?«

»Mein Mandant wurde beleidigt, provoziert von Hauptkommissar Lauer, der aus mir unerfindlichen Gründen heute nicht geladen wurde.«

»Das ist nicht nötig. Ob es zu diesen Beleidigungen gekommen ist, wird die Staatsanwaltschaft prüfen. Dies wird gegebenenfalls in der Hauptverhandlung eine Rolle spielen. Unbestritten ist der Besitz von Drogen in nicht ...«

»Zum Eigenverbrauch!«

»Drogenbesitz in einem nicht unerheblichen Umfang. 5000 Aufputschpillen für den Eigenbedarf, Frau Kollegin? Viel schwerer wiegt die Körperverletzung an drei Vollzugsbeamten. Einer, Hauptkommissar Meißner, sitzt dem Beschuldigten gegenüber. Schauen Sie ihn sich an. Ihr Mandant stellt eine Gefahr dar. Wegen der Schwere der Beschuldigung und wegen Fluchtgefahr wird Ihr Antrag auf Haftaussetzung abgelehnt.«

»Das ging flott«, flüsterte Meißner der Staatsanwältin zu, die in dem ganzen Verfahren keinen Ton gesagt hatte.

»Habe ich so noch nicht erlebt«, antwortete Theresa Brandes. »Erfrischend unkonventionell. Gefällt mir.« Sie erhob sich und nickte dem Richter zu.

Meißner folgte ihr. Als sie drei Meter von der Tür entfernt waren, hörten sie einen schrillen Schrei. Das kann nur die Tessier sein, fuhr es Meißner durch den Kopf.

Er und die Staatsanwältin fuhren herum und erstarrten. Michael Bruhn hatte die Anwältin gepackt, mit seiner Rechten hatte er ihren Bauch umklammert, seine Linke presste er an den Hals der Anwältin. In der Hand hielt er ein Messer.

Wie kommt der an ein Messer?, dachte Meißner.

»Alle in die Ecke, los, dalli, dalli.«

Bruhn deutete mit dem Kopf in die von ihm aus am weitesten entfernte Ecke des Zimmers. Der Richter und der Beamte der Vollzugsanstalt begaben sich an die angewiesene Stelle, Brandes und Mcißner ebenfalls.

»Waffen vorsichtig auf den Boden legen, mit dem Fuß wegschubsen und dann legen sich alle auf den Bauch.«

»Herr Bruhn, Sie sind verrückt!«, rief die Anwältin mit schriller Stimme.

»Halt die Klappe.«

Der Richter, der Beamte vom Wachpersonal, die Staatsanwältin und der Kommissar lagen auf dem Bauch nebeneinander. Die beiden Dienstwaffen lagen in der Mitte des Zimmers auf dem Boden.

»Das ist sinnlos, was der hier abzieht«, flüsterte Meißner Brandes zu.

Die zog beide Augenbrauen nach oben.

»Ruhe!«, schrie Bruhn.

Die Rechtsanwältin stöhnte auf. »Sie tun mir weh.«

In diesem Moment wurde die Tür aufgerissen. Ein junger Mann stürmte herein, mit Springerstiefeln, Jeans und einer Kapuzenjacke bekleidet. Die hatte er sich in die Stirn gezogen.

»Wurde auch Zeit«, sagte Bruhn, »die Pistolen, schnapp sie dir!«

Wenige Sekunden später stand der junge Mann, in jeder Hand eine Dienstwaffe, neben Bruhn und der Anwältin.

Meißner bemerkte, dass Karlotta Tessier Tränen über die Wangen liefen, die sich mit dem Lidschatten und dem Rouge vermischten. Und noch etwas bemerkte er. Einen hauchdünnen, roten Faden, der ihr den Hals hinunterlief und in ihrem Dekolleté versickerte.

Einunddreißig

»So ein Schwachsinn!« Clement war außer sich. »Eine Geiselnahme beim Haftprüfungstermin. Wer kommt auf so eine Idee? Und warum pennen alle Anwesenden?«

Vor 35 Minuten war die Nachricht von der Geiselnahme im Polizeipräsidium eingegangen. Clement hatte sofort ein Sondereinsatzkommando angefordert. Das Vorabkommando, per Hubschrauber aus Göppingen eingeflogen, war schon da, die Einsatzkräfte, die mit dem Auto anreisten, wurden jeden Moment erwartet.

»Gibt es Forderungen des Geiselnehmers?« Clement schaute in die Runde. »Nein, es gibt keine Forderungen«, beantwortete er seine Frage selbst. »Ein Witz, diese Geiselnahme.«

Drinnen im Zimmer des Richters Schoeneck ging es auch um Forderungen.

Bruhn stand mit seiner Anwältin im Würgegriff und seinem Komplizen an der einen Seite des Raums. Richter, Staatsanwältin, Kommissar und der Beamte des Wachpersonals lagen ihnen gegenüber auf dem Boden.

»Sie müssen eine Forderung stellen.« Die Stimme des Richters klang ungeduldig. »So geht das bei einer Geiselnahme. Die Geiselnehmer müssen eine Forderung stellen. Sie müssen sich an die Spielregeln halten, Herr Bruhn.«

»Freies Geleit, ein Fluchtauto, eine Geldsumme, so in etwa«, half die Staatsanwältin dem Richter.

Bruhn und sein Komplize steckten die Köpfe zusammen und flüsterten. So wie es aussah, waren sie nicht einer Meinung.

»Gut, wir wollen ein Fluchtauto, einen schwarzen Mercedes mit abgetönten Scheiben«, sagte Bruhn.

»Und die Polizei muss aus dem Gericht verschwinden«, sagte der Komplize.

»Es geht doch! Das ist ein Anfang. Nur, wohin wollen Sie fliehen? Sie kommen nirgendwo hin. Sie verschlimmern Ihre Situation«, gab Richter Schoeneck zu bedenken.

Wieder steckten Bruhn und sein Komplize die Köpfe zusammen.

»Du spinnst«, zischte Bruhn. »Ich bestimme hier, wo es langgeht! Hast du das kapiert?«

Die Gesichtsfarbe von Karlotta Tessier, anfangs ein gesundes Sommerbraun, erblasste zunehmend. Hoffentlich klappt sie nicht zusammen, dachte Meißner.

Draußen war das komplette Einsatzkommando angekommen.

Der Einsatzleiter schüttelte Clement die Hand. »Ich übernehme, Herr Kollege. Bringen Sie mich bitte auf den Stand der Dinge.«

»Ich bekomme einen Krampf in der Wade«, sagte der Richter drinnen. »Ich muss aufstehen.«

»Sie bleiben liegen«, schrie Bruhn und seine Stimme überschlug sich. »Liegen bleiben, verstanden?«

»Es geht nicht. Au!«, schrie der Richter, rollte sich auf den Rücken und streckte das linke Bein mit angewinkeltem Fuß in die Höhe.

Draußen war Clement mit seiner Einschätzung der Lage zum Ende gekommen. Er war froh, dass die Geiselnehmer genau lokalisierbar waren. Vor Jahren hatte er ein SEK in einem Hochhaus auf der Vogelstang ins fünfzehnte Stockwerk beordert, der Zugriff hätte aber im sechzehnten Stockwerk stattfinden müssen. Clement war zum Gespött der ganzen Stadt geworden und hatte vom Polizeipräsidenten eine Ermahnung erhalten.

»Die Geiselnehmer haben keine Forderung gestellt?«, fragte der Einsatzleiter des SEK zum dritten Mal.

»Soweit uns bekannt, keine Forderungen!«

»Wir sollten den Zugriff starten.«

Drinnen erhob sich der Richter, schüttelte das linke Bein und trat mehrmals fest damit auf.

»Hinlegen, Sie sollen sich hinlegen!«

Bruhn hatte die Anwältin von sich gestoßen und fuchtelte mit dem Messer in der Luft herum. Karlotta Tessier sank in Zeitlupe zu Boden.

»Diesen Kindergarten mache ich nicht mehr mit! Ich habe anderes zu tun!«

Meißner zuckte zusammen, so laut hatte der Richter die Worte ausgestoßen.

Winfried Schoeneck machte eine wegwerfende Handbewegung in Bruhns Richtung, drehte sich um und setzte sich Richtung Tür in Gang.

»Knall ihn ab!«, schrie Bruhn. »Du sollst das Schwein abknallen! Diesen Ungläubigen!«

»Du spinnst!«, sagte der Komplize und warf erst die eine, dann die andere Pistole mit voller Kraft gegen das Fenster.

Die Scheibe bekam einen Riss, hielt dem Aufprall aber stand. Beide Pistolen fielen scheppernd zu Boden. Dann hob der Komplize die Hände in die Höhe. Gleichzeitig standen Brandes, Meißner und auch der Beamte vom Wachpersonal vom Boden auf.

»Zugriff jetzt!«, rief der Einsatzleiter aus Göppingen, als die Tür des Richterzimmers sich öffnete und Richter Winfried Schoeneck humpelnd auf den Flur trat.

»Nehmen Sie sie fest!«

Die beiden Geiselnehmer waren schnell überwältigt. Michael Bruhn hatte, als er wahrnahm, was sein Komplize mit den Pistolen angestellt hatte, das Messer in die Ecke geworfen und ebenfalls die Arme über dem Kopf verschränkt.

Karlotta Tessier lag im Flur auf der Notarztliege, eine Infusion in ihrem Unterarm. Langsam kam ihre Gesichtsfarbe zurück.

»Ich lege mein Mandat augenblicklich nieder. Sagen Sie das dem Richter Schoeneck«, sagte sie zu dem Sanitäter.

Als dieser nicht reagierte, zog sie ihn am Arm. »Ich lege mein Mandat nieder. Sagen Sie es ihm! Dem Richter.«

»Wie konnte es passieren, dass ein Beschuldigter beim Haftprüfungstermin ein Messer bei sich hatte?«, fragte Clement. Er hatte sich mit der Staatsanwältin, dem Richter und den Kommissaren ins Verhandlungszimmer zurückgezogen.

Die Beamten des Sondereinsatzkommandos suchten ihre Sachen zusammen.

»Es ist nicht möglich. Es darf nicht möglich sein«, sagte Richter Schoeneck. »Wo bin ich hier hingeraten?«

»Bruhns Komplize«, sagte Staatsanwältin Brandes. »Ich habe ihn vorhin auf dem Flur gesehen. Er umarmte Bruhn kurz. Die Tessier zog ihn weg und Sicherheitspersonal brachte ihn nach draußen. Er muss Bruhn das Messer zugesteckt haben.«

»Und danach hat er sich wieder ins Haus geschlichen«, sagte Meißner.

»Zum Glück ist alles glimpflich ausgegangen«, sagte Clement.

Eine Ermahnung vom Polizeipräsidenten würde es diesmal nicht geben. Eher das Gegenteil.

Dr. Tessier hatte sich auf ihrer Liege im Flur aufgerichtet.

»Ich werde mein Mandat behalten. Sagen Sie dem Richter, dass ich das Mandat behalten werde.«

Der Sanitäter griff sich mit beiden Händen an die Schläfen. »Ich habe mit dem Richter noch kein Wort gesprochen. Ich weiß nicht mal, wer das ist, dieser Richter.«

»Dann ist alles gut« sagte die Anwältin. »Ich werde mein Mandat weiterführen. Ich glaube, die Infusion brauche ich nicht mehr.«

Mittwoch, 24. September

Zweiunddreißig

Hildegard Fahrenbach wohnte in einem Flachdachbungalow in der Neueichwaldstraße in der Gartenstadt. Die Buchsbäume links und rechts neben dem Eingang waren akkurat in Kugelform geschnitten. Die wenigen Sträucher im Vorgarten standen in einem Bett aus weißem Kies. Kein Blättchen, kein Unkraut war zu sehen. Alles war sauber und ordentlich.

Auf der Fahrt in die Gartenstadt waren die Vorkommnisse bei der Haftprüfung am Dienstag Gesprächsthema Nummer eins.

»Du bist in Ordnung?«, hatte Lauer Meißner mehrmals gefragt. »Erst der Ärger bei Bruhns Verhaftung. Dann Geisel beim Haftprüfungstermin. Das ist genug für eine Weile.«

»Wie oft soll ich dir das noch sagen? Mir geht es gut. Ich bin mindestens so in Ordnung wie du!«, hatte Meißner erwidert.

»Der hat einen an der Waffel, dieser Abu Yahia al-Almany«, hatte Lauer gesagt.

»Nicht nur einen«, hatte Meißner geantwortet. »Total hirnlos. Ohne Plan, ohne Überlegung, eine Geisel zu nehmen. Im Landgericht!«

»Was du über den Richter erzählt hast, Julian, diesen Schoeneck. Alle Achtung. Mutig.«

»Oder naiv. Hätte in die Hose gehen können. Der Komplize von Bruhn hatte zwei Dienstwaffen. Das darfst du nicht vergessen, Leo.«

»Ich will nicht dran denken, was bei dem SEK-Einsatz alles hätte schiefgehen können«, hatte Lauer zu bedenken gegeben. »Denk an den Einsatz auf der Vogelstang.«

Meißner hatte laut aufgelacht. »Als Clement sie ins falsche Stockwerk geschickt hat. Und der arme, unschuldige Schäferhund des Rentnerehepaars dran glauben musste.«

»Kollateralschaden.«

»Auf jeden Fall hat uns das Zimmermädchen bestätigt, dass es Martin Weber war, der am Freitagmorgen vor der Zimmertür mit Oliver Mehmet Hayreddin gestritten hat«, hatte Meißner gesagt, kurz bevor sie an ihrem Ziel angekommen waren.

»Wie auf einem Friedhof«, sagte Lauer und deutete mit dem Arm auf den Vorgarten.

»Pflegeleicht«, sagte Meißner, der Gartenarbeit hasste.

Frau Fahrenbach war eine kleine Frau. Sie trug ein graues Kostüm. Ihre grauen Haare waren zu einem Knoten hochgesteckt. Sie musste älter sein als ihr Bruder. Zumindest machte ihre altmodische Erscheinung sie älter.

»Mein Mann und ich haben seit Jahren keinen Kontakt mit Martin.«

»Wann haben Sie ihn zuletzt gesehen?«, fragte Meißner.

»Das kann ich Ihnen nicht genau sagen, ich kann mich nicht erinnern. Jahre muss das her sein!«

»Und mit ihm geredet? Telefoniert?«

»Seit Jahren nicht mehr. Vor allem seit er diese Person geheiratet hat. Wir wollen mit denen nichts zu tun haben. Was man hört.«

»Was hört man denn, Frau Fahrenbach?«, fragte Lauer.

»Martins Stiefsohn soll radikaler Moslem sein, Selbstmordattentäter. So ein Taliban. Sie wissen, was ich meine.«

»Nein, ich weiß nicht, was Sie meinen«, sagte Meißner. »Und ich will es auch nicht wissen.«

Frau Fahrenbach machte keine Anstalten, die beiden Kommissare ins Haus zu bitten.

Wahrscheinlich sieht es drinnen genauso geleckt aus wie in ihrem Vorgarten, dachte Lauer.

»Ein schlimmes Ende hat es mit ihm genommen. Deshalb sind Sie hier. Mein Mann und ich, wir haben das kommen sehen.«

»Wir sind hier, weil wir mit Ihrem Bruder sprechen wollen. Er ist spurlos verschwunden.«

»Sie haben umsonst den Weg hier heraus zu uns auf sich genommen. Hier ist er nicht.«

»Haben Sie irgendeine Vermutung, wo Ihr Bruder sein könnte?«

»Ich kann Ihnen nicht weiterhelfen. Fragen Sie bei diesem Fußballverein nach. Das war sein zweites Zuhause.«

In der Geschäftsstelle des MFC Lindenhof im Promenadenweg hatten sie die Telefonnummer der Jugendleiterin Katharina Feidel bekommen. Sie wohnte in der Gustav-Nachtigal-Straße auf der Rheinau im Süden der Stadt. Da sie in einem Friseursalon in der Kunststraße arbeitete, verabredeten sie, sie in der Mittagspause um halb eins auf dem Paradeplatz an der Grupello-Pyramide zu treffen.

»Woran kann ich Sie erkennen?«, hatte Meißner am Telefon gefragt.

»An der Haarfarbe«, hatte Katharina Feidel geantwortet und aufgelegt.

Lauer und Meißner standen auf dem Paradeplatz und waren ratlos. Auf einer Bank links vom Brunnen saß eine junge Frau mit grauen Haaren und grünen Strähnchen. Auf der Einfassung vor der Grupello-Pyramide saßen zwei Frauen, eine mit Haaren in Hellorange, die Haarfarbe der anderen war zartrosa.

Die Entscheidung wurde den beiden Kommissaren abgenommen, denn die Frau mit den zartrosa Haaren winkte ihnen zu.

»Frau Feidel?«, fragte Meißner und streckte ihr die Hand entgegen.

»Richtig«, sagte die Friseurin und nahm ihren Döner von der rechten in die linke Hand. »Schrecklich, was mit Martins Stiefsohn passiert ist. Wissen Sie, wer das getan hat?«

»Wir sind mitten in den Ermittlungen«, sagte Lauer. »Wir suchen Martin Weber. Haben Sie eine Vermutung, wo er sich aufhalten könnte?«

»Ist er verschwunden? Ich habe ihn am Wochenende zum letzten Mal gesehen.«

»Er ist nicht zur Arbeit erschienen«, sagte Meißner.

»Ich kenne Martin Weber, seit ich Jugendleiterin bin, das ist jetzt drei Jahre her. Martin ist länger im Verein. Er trainiert die D-Jugend, ist bei den Jungs beliebt. Aber er ist ein Einzelgänger. Er kommt zum Training, er ist zuverlässig, hat noch bei keinem Spiel gefehlt, er nimmt an den Jugendleitersitzungen teil. Dass ich ihn kennen würde, das ist zu viel gesagt. Eben ein Einzelgänger, freundlich, nett, verschlossen. Gibt wenig von sich preis. Und seine Co-Trainer wechseln ständig.«

»Warum?«, fragte Lauer.

»Weil er Einzelgänger ist. Er entscheidet, wie trainiert wird. Er stellt die Mannschaft auf. Da kommt sich mancher Co-Trainer wie ein Handlanger vor. Zu mir hat Martin gesagt, am liebsten würde er seine Mannschaft allein betreuen.«

»Keine besonderen Vorkommnisse? Streitereien? Mit Leuten aus dem Verein? Mit Eltern?«, fragte Meißner, dessen Sohn Fußball im Verein spielte.

Meißner hatte selbst erlebt, wie fanatisch manche Eltern waren. Ein Vater rannte, wenn sein Sohn, ein Linksaußen, den Ball führte, nebenher und feuerte ihn an.

Katharina Feidel dachte nach, dann schüttelte sie den Kopf. »Nichts in meiner Zeit als Jugendleiterin. Ein paar Jahre vorher soll es einen Vorfall gegeben haben. Zwei Mütter hatten sich beschwert, Martin habe ihre Kinder in der Kabine begrapscht. Es hat damals ein Gespräch gegeben. Die beiden Mütter haben sich entschuldigt, die Sache war vom Tisch.«

»So einfach?«, fragte Meißner.

»So hat man es mir erzählt. Persönlich bin ich nicht dabei gewesen.«

»Kennen Sie jemanden, der uns da nähere Auskunft geben kann?«, fragte Lauer.

»Webers damaliger Co-Trainer. Warten Sie, ich schreibe Ihnen Name und Telefonnummer auf.«

»Noch einmal«, beharrte Meißner, »wo könnte Martin Weber sich aufhalten?«

»Keine Ahnung, ich weiß es nicht. Tut mir leid. Ich habe nie auch nur ein einziges persönliches Wort mit Martin Weber gewechselt.«

Dreiunddreißig

Im Präsidium hatte Onur Tanaoğlu bereits auf seine Kollegen gewartet.

»Fritz Wunderlich. Krass. Spannend. Anders.«

Da sammelt einer Pluspunkte bei unserer Schreibkraft, dachte Lauer.

»Du bist nicht gekommen, um mit uns über den Musikgeschmack von Frau Werner zu fachsimpeln«, sagte Meißner.

»Nee, lieber nicht. Mit den Briefen bin ich durch.«

»Und?«

»Viel Schwachsinn, das kann ich euch sagen. Ist mir schwergefallen, mich da durchzuwühlen.«

»Erkenntnisse, Onur?«, drängte Lauer.

»Wenig Brauchbares für unseren Fall. Aber eines können wir ausschließen. Hayreddin war kein IS-Aussteiger. Das auf keinen Fall. Er war bis zu seinem Tod ein begeisterter Anhänger dieses Vereins. Er distanziert sich nicht. Er ist überzeugt, dass der IS auf der ganzen Welt siegen wird. Hier, schaut euch das an, aus einem Brief an Michael Bruhn, den Hayreddin nicht abgeschickt hat.« Tanaoğlu reichte Lauer und Meißner ein Blatt.

Islam. Einzig wahre Religion. Es gibt noch keinen wirklichen, echten islamischen Staat. Nur Staaten wie die Türkei. Euro-Fake-Islam. Einen echten Islamischen Staat, einen Staat, in dem der Koran gelebt wird, so wie Allah es will. Wir werden das schaffen!

Wir sollen die bekämpfen, die gegen uns kämpfen. So steht es im Koran. Wird auf uns geschossen, sollen wir nicht dastehen und den Feinden die linke Backe hinhalten, wie es in der Bibel steht: »Schlagt zu, gebt uns noch eine Ohrfeige! Macht nur!«

Wir müssen uns wehren. Für eine gute Sache zu töten, das ist gerecht. Den Gegnern die Köpfe abzuschneiden, so steht es im Koran. Ob man Feinde erschießt oder köpft, das ist egal. Tot ist tot. Wichtig ist, sie dürfen nicht leiden. Selbst die ärgsten Feinde darfst du nicht quälen. So steht es im Koran. Journalisten, die Spione sind, denen darf man den Kopf abschneiden. Das sagt Allah. Es ist erlaubt, solche Menschen zu töten. Ich werde das machen. Ich folge Allahs Gesetzen blind! Kriegsgefangene darf man töten. Die haben auf uns geschossen. Unschuldige zu töten, das erlaubt der Islam nicht. Christen und Juden, die können weiterleben. Wenn sie sich an die islamischen Gesetze halten. Wenn sie Steuern zahlen, Schutzgeld. Wenn sie kein Schutzgeld zahlen, werden sie getötet. Ich würde meine Familie töten, wenn die sich gegen den Islamischen Staat stellt.

72 Jungfrauen und Bäche voll mit Wein im Paradies. Ich kämpfe nicht für ein paar Jungfrauen. Ich mache es für Allah! Nur für Allah!

Von Syrien aus werden wir den Siegeszug antreten. Danach die Türkei. Die werden sich nicht widersetzen. Scharia einführen. Weiter ins nächste Land. Land für Land. Bis wir in Deutschland das Sagen haben. Als Erstes den Islam zur Staatsreligion erheben. Auf jedem öffentlichen Gebäude unsere Fahne. Überall. Polizeiautos schwarz. Nichts bleibt, wie es war. Christen und Juden dürfen ihre Religion behalten. Aber müssen Steuern zahlen. Müssen sich an unsere Gesetze halten. Frauen ohne Schleier? Gibt es nicht. Scharia-Polizei zieht Unverschleierte aus dem Verkehr. Bringt sie nach Hause zu ihren Männern, zu ihren Vätern. Scharia-Polizei achtet darauf, dass sie sich richtig anziehen. Männer? Müssen sich anpassen, müssen weite Hosen tragen, die über dem Knöchel enden. Wie beim Propheten Mohammed. Homosexuelle? Aus dem Verkehr ziehen. Wenn in Deutschland der Islamische Staat an der Macht ist. In 20, 30 Jahren. Spätestens. Die ganze Erde islamisch! Dafür kämpfen wir! Dafür kämpfe ich!

»Das ist eindeutig«, sagte Meißner.

»Ich kann mich nicht entscheiden. Soll ich hemmungslos loslachen«, sagte Lauer, »oder sollte mir besser das Grauen eiskalt den Rücken hinunterlaufen?«

»Hayreddin kam unter anderem nach Mannheim, um Geld zu beschaffen für den IS«, sagte Tanaoğlu. »Das geht aus den Briefen hervor.«

»Daher die Aufputschpillen«, sagte Meißner.

»Richtig. Er hat sich das Doppelte erhofft. 20 000 mindestens. Das war die Vorgabe. Weiß der Teufel, warum er sich mit der Hälfte begnügte, die Bruhn bereit war zu zahlen.«

»Was aber für den Dachsturz keine Rolle spielt«, stellte Lauer fest.

»Stimmt, Leo. Ihr erinnert euch an den Obduktionsbericht. Die kreisrunden Verbrennungen auf dem Rücken und der Brust, verheilt und zigarettengroß. Die hat sich Hayreddin selbst zugefügt, zumindest die auf der Brust. Die auf dem Rücken dürften von seinen Mitkämpfern stammen.«

»Wie das?«, fragte Lauer.

»Ich weiß, das hört sich seltsam an. Aber die haben sich aufgeputscht. Mit den Captagon-Pillen. Die sind nicht nur zum Verkauf. Die IS-Kämpfer konsumieren die fleißig selber. Kein Wunder. Mit wachem und normalem Verstand kannst du das, was sich da abspielt, nicht ertragen. Und um sich in Fahrt zu bringen, haben sie sich absichtlich verletzt.«

»Für mich ist das nur eins«, sagte Lauer, »krank!«

»Ich schaue mir als Nächstes das Koranbüchlein an«, sagte Tanaoğlu. »Hoffe, dass dabei mehr herauskommt.«

»Das, was du uns erzählt hast, das bringt uns weiter, Onur«, sagte Meißner. »Ich beginne zu verstehen, was für ein Mensch Hayreddin gewesen ist, wie er getickt hat.«

»Was machen wir mit dem angebrochenen Tag?«, fragte Lauer. »Den Co-Trainer von Martin Weber könnten wir noch interviewen.«

»Den heben wir uns für morgen auf«, entschied Meißner. »Die Berichte liegen mir so was von schwer im Magen. Seit Tagen, Leo, schieben wir die vor uns her.«

»Dann verschaffen wir deinem Magen Erleichterung. Und danach könnten wir noch ein Bier zusammen trinken. Oder zwei.«

Meißner fuhr sich mit der Hand in den Nacken. »Geht nicht, Leo. Elvira hat heute ihren Frauentag.« Er rollte mit den Augen.

»Mit ihrer Freundin?«

»Mit ihrer Freundin, sagt sie. Was weiß ich? Ich muss mich heute Abend um die Kinder kümmern. Spätestens um halb sieben muss ich auf der Matte stehen.«

Vierunddreißig

Meißner hatte längst seinen Dienst als Vater angetreten. Lauer saß noch an den Berichten, als die Mail aus der Schweiz ankam. Zwei Worte und ein Ausrufezeichen. Sonst nichts. Keine Anrede. Keine Schlussformel.

Trotzdem schlug Lauers Herz schneller. »Skype anwerfen!«

Zutter-Bertschy kam schnell zur Sache.

»Volltreffer«, sagte sie. »Der Zwanzigjährige, das ist unser Mann. Ohne jeden Zweifel.«

Lauer streckte den Daumen nach oben.

»Stefan Lubzinski, geboren am 21. März 1967, jetzt 47 Jahre alt. Unser Mann hat uns erwartet. Er saß praktisch auf gepacktem Koffer. ›Endlich‹, war seine erste Reaktion. ›Ich habe Sie erwartet.‹«

»Hat er gestanden?«

»Das könnte man sagen. Er hat gesagt: ›Ich bin der, den Sie suchen.‹«

»Und weiter?«

»Zu der Tat sagt er nichts. Das ist unser Problem. Er will nur mit dir reden, Leonhard.«

»Wie meinst du das?«

»Wie ich es gesagt habe. Angaben zur Tat wird er in deiner Anwesenheit machen. Das ist seine Bedingung.«

»Hat er einen Anwalt?«

»Er hat keinen verlangt. Er wird einen Pflichtverteidiger bekommen, wenn er es sich nicht anders überlegt. Du musst kommen, Leonhard. Am Freitag um 8.30 Uhr ist der nächste Vernehmungstermin angesetzt.«

»Verdammt früh, dann müsste ich …«

»Du musst dich nicht mitten in der Nacht auf den Weg machen. Du fährst am Donnerstagabend. Abfahrt in Mannheim um 20.36 Uhr auf Gleis vier. Ankunft in Basel am SBB um Punkt 23 Uhr. Ich werde dich am Bahnsteig erwarten. Das Ticket bekommst du gleich per Mail. Ist schon gebucht. Alles perfekt. Vergiss deinen Ausweis nicht. Den brauchst du für das Ticket. Du kannst bei mir übernachten, das spart Spesen. Und wann du zurückfährst, das sehen wir dann.«

»Was soll ich sagen?«, fragte Lauer, sichtlich verwirrt.

»Dass du dich freust, mich morgen Abend zu sehen.« Zutter-Bertschy führte ihre Hand zum Mund und machte eine ausholende Bewegung.

Der Bildschirm wurde schwarz.

Schon wieder ein Ausflug in die Schweiz. Die war dabei, seine zweite Heimat zu werden.

Was Clement morgen bei der Besprechung sagen würde? Würde er sich aufregen? Lauer würde ihm den Wind aus den Segeln nehmen. Ein Hinweis auf die Aufklärungsquote, die sich mit der Auflösung eines Altfalles verbessern würde.

Lauer speicherte die Dateien, an denen er gearbeitet hatte, ab. Er schaute in seinem Mailprogramm nach, das Ticket war da. Er druckte es aus, fuhr den Computer herunter und verließ das Zimmer.

Im Nebenzimmer saß Frau Werner noch am Computer.

»Sie noch hier?«

»Sagen Sie bitte nichts. Spesenabrechnung für den Chef.«

»Sie machen für Clement …«

»Normal nicht, er hat mich drum gebeten.«

»Dann, Frau Werner, kann ich Ihnen nicht helfen. Einen schönen Feierabend noch.«

Lauer hatte die Tür halb zugezogen, als Frau Werner hinter ihm herkam und ihm einen Zettel in die Hand drückte. »Habe ich vor lauter Spesen vergessen. Hat mir der Chef gegeben. Für Sie.«

Lauer warf einen Blick auf den Zettel und kehrte an seinen Schreibtisch zurück.

»Sie haben nicht nur Glück, Herr Lauer«, rief Frau Werner aus dem Nebenzimmer. »Sie haben auch tolle Kollegen, zum Beispiel diesen jungen Kriminaltechniker, diesen Onur.«

»Wie meinen Sie das?«

»Lesen Sie den Zettel. Und dann müssen Sie Ihren Kollegen fragen.«

Clements Schrift war kaum zu entziffern.

»Diese ›Frau‹« – wieso schreibt der Frau mit Anführungsstrichen, dachte Lauer beim Lesen – »Elke Abelt, hat ihre Anzeige zurückgezogen. Bei der internen Untersuchung bleibt es. Clement.«

Lauer griff zum Telefon und wählte Clements Nummer.

»Warum die einen Rückzieher gemacht hat? Warum wollen Sie das wissen? Seien Sie froh und glücklich. Die Verletzung. Die Ärztin hat ein wenig nachgebohrt, von wegen untypischer Verletzung bei einem Faustschlag. Die ist schnell eingeknickt. Vor allem, nachdem ich ihr noch andere Ermittlungsergebnisse präsentieren konnte.«

»Andere Ermittlungsergebnisse?«

»Am besten fragen Sie Ihren Kollegen von der Kriminaltechnik. Sie sollten sich überlegen, ob Sie gegen die Frau Anzeige erstatten.«

»Einen Teufel werde ich«, sagte Lauer und legte auf.

Er war wütend über die Andeutungen seines Vorgesetzten, mit denen er nichts anfangen konnte. Über sich selbst, weil es Clement gelungen war, ihn aus der Reserve zu locken.

Onur Tanaoğlu ging nicht mehr an sein Diensttelefon. Also rief er ihn auf seinem Handy an.

»Ja, was gibt es?«

»Danke, Onur.«

»Wofür?«

»Frau Werner meint, du hättest mir geholfen. Clement meint das auch. Nur ich weiß von nichts.«

»Ach, die Sache mit deiner Stalkerin.«

Tanaoğlu ist der Erste, der diese Formulierung benutzt, dachte Lauer.

»Ich habe ein wenig recherchiert. Die Dame ist aktenkundig.«

»Wie meinst du das?«

»Die Anzeige gegen dich ist nicht das erste Mal, dass sie aktiv wurde. Es gibt zwei weitere Anzeigen, vier und zwei Jahre zurückliegend. Immer Anzeigen wegen Körperverletzung und sexueller Belästigung. In beiden Fällen Einstellung des Verfahrens. Es war zu offensichtlich, dass ihre Vorwürfe an den Haaren herbeigezogen waren.«

»Du hast was gut bei mir.« Lauer bedankte sich nochmals und legte auf.

Er schloss die Augen und blieb mehrere Minuten vor seinem Schreibtisch sitzen. Bewegungslos. Dann öffnete er die Augen, drückte sich von der Schreibtischplatte hoch und verließ endgültig sein Büro.

Frau Werner war nicht mehr da. Der Beamte an der Pforte nickte Lauer zu, als der das Polizeipräsidium verließ.

Donnerstag, 25. September

Fünfunddreißig

Sure 8. Drum fürchtet Allah und gehorchet Allah und seinem Gesandten, so ihr gläubig seid. Siehe, nur das sind Gläubige, deren Herzen, wenn Allah genannt wird, in Furcht erbeben, und deren Glauben wächst, so ihnen unsre Zeichen vorgelesen werden, und die auf Allah vertrauen; die das Gebet beachten und von dem, was ihnen beschert, spenden; das sind die wahren Gläubigen. Dienstags. Es ist immer dienstags passiert. Wenn Mutter bei ihrer Chorprobe gewesen ist. Angefangen hat es 2004 im Herbst. Er ist zu mir ins Bett gekrochen. Hat mich gestreichelt. Am ganzen Körper. Nicht unter der Kleidung. »Du darfst mich nicht verraten«, hat er zu mir gesagt. »Ich mag dich so sehr.« Ich wäre nie auf die Idee gekommen, ihn zu verraten. Ich hab ihn auch gemocht. Damals. Nach einigen Wochen hat er mich unter meinem Schlafanzug gestreichelt. Mir hat das nicht gefallen, aber ich hab mich nicht getraut, mich zu wehren. Eines Dienstags hat er mir in die Hose gefasst. Ich hab mich weggedreht. Aber er hat mich an den Schultern gepackt und auf den Rücken gedreht. Das hat wehgetan. Ich hab geweint. »Stell dich nicht so an«, hat er gesagt. Hat sich auf die Bettkante gesetzt. Heute weiß ich, was er gemacht hat. Dann das Duschen nach dem Fußballtraining. Zwölf bis fünfzehn Jungen in einem Duschraum, er steht an der Tür und passt auf, dass nichts passiert, so hat er es immer gesagt. Sein Blick. Dieser Blick! Den ich nach so vielen Jahren immer noch vor mir sehe. Eines Tages, die anderen hatten die Dusche schon verlassen, hat er mir befohlen, im Raum zu bleiben. Er ist kurz weggegangen, vermutlich hat er die Eingangstür abgeschlossen. Dann ist er zurückgekommen. Ich bin in diesem Augenblick wie gelähmt gewesen und hab mich nicht wehren können. Ich habe mich so geschämt. Noch heute spüre ich die Schmerzen. Denn nur bei Allah ist die Hilfe; siehe, Allah ist mächtig und weise. Gedenke, als euch Schlaf überkam als eine Sicherheit von ihm und er vom Himmel Wasser auf euch hinabsandte, um euch damit zu reinigen und euch von der Befleckung des Satans zu befreien. Er hat gesagt, ich dürfe niemandem davon erzählen, sonst … Ich hab Angst gehabt und nichts erzählt. Ein, zwei Mal im Monat war es so. Und dienstags kam er, wenn Mutter weg war. Dann das Turnier. Drei Mal haben wir im Zelt übernachtet. Meine Freunde haben in großen Zelten geschlafen, zwanzig Personen in einem Zelt. »Du schläfst bei mir«, hat er zu mir gesagt. »Da hab ich dich besser im Blick.« Ich mit ihm allein in einem Zweimannzelt. Als dein Herr den Engeln offenbarte: »Ich bin mit euch, festigt drum die Gläubigen. Wahrlich, in die Herzen der Ungläubigen werfe ich Schrecken. So haut ein auf ihre Hälse und haut ihnen jeden Finger ab.« Solches darum, dass sie gegen Allah und seinen Gesandten widerspenstig waren. Wer aber widerspenstig gegen Allah und seinen Gesandten ist – siehe, so ist Allah streng im Strafen. Dies ist für euch; schmecket es denn, und für die Ungläubigen ist die Feuerspein. »Wenn du ein Wort verrätst, zerstörst du unsere Familie!« In der ersten Nacht habe ich angefangen zu beten. Zu Allah. Die ganze Nacht habe ich nicht geschlafen. Siehe, schlimmer als das Vieh sind bei Allah die Ungläubigen, die nicht glauben. Die, so du einen Bund mit ihnen machst, jedes Mal den Bund brechen. Siehe, Allah liebt nicht die Verräter. Und denke nicht, dass die Ungläubigen gewinnen; sie vermögen Allah nicht zu schwächen. Dass ihm was zustoßen soll. Hab ihm den Tod gewünscht in jedem meiner Gebete. Das Beten kam aus der Verzweiflung. Von innen heraus. Es gab niemanden, der mir helfen konnte. Auch die zweite und die dritte Nacht im Zelt habe ich gebetet. Zu Hause hab ich mich in mein Zimmer verkrochen. Hab nicht mehr mit ihm zusammen in einem Zimmer sein können. Hab mit niemandem geredet über das, was er mir angetan hat. Allah ist wissend und weise. Siehe, Allah weiß alle Dinge.

Sechsunddreißig

Noch Minuten, nachdem der letzte der Anwesenden die Auszüge aus Oliver Mehmet Hayreddins Koranbüchlein gelesen hatte, herrschte Schweigen im Besprechungszimmer.

Zu Beginn hatte Tanaoğlu die Übersetzungen verteilt.

»Das ganze Büchlein, soweit ich es gelesen habe«, hatte er erklärt, »besteht in der Tat aus der Abschrift von Suren aus dem Koran. Je mehr Suren ein Muslim auswendig aufsagen kann, desto angesehener ist er. Eine Ausnahme in den Aufzeichnungen gibt es. In Sure acht, bekannt als die ›Sure des Todes‹, unterbricht Hayreddin seine Abschrift und wechselt abrupt das Thema. Es ist das einzige Mal, dass er von sich selbst schreibt. Aber lest selbst.«

Es war Clement, der das Schweigen brach. Er schlug mit der flachen Hand auf die Tischplatte, nicht heftig und laut, eher zurückhaltend. Fast zärtlich, so empfand es Lauer.

»Wir müssen diesen Martin Wagner finden.«

Clement ist unschlagbar, dachte Lauer, wenn es darum geht, Schlussfolgerungen zu ziehen.

»Weber«, verbesserte Gernhardt. »Der Mann heißt Martin Weber.«

»Wagner, Weber. Sie wissen, wen ich meine. Der Mann ist seit Montagnacht wie vom Erdboden verschluckt. Es muss Spuren geben, Handy, Geldautomaten, mit der EC-Karte bezahlt, das machen wir alle. Jeden Tag.«

»Sein Handy ist tot, abgeschaltet oder Akku leer«, erklärte Tanaoğlu. »Und Geldautomaten, EC-Karte Fehlanzeige.«

»Wo können wir ansetzen?«, fragte Clement.

»Die Schwester von Martin Weber, Hildegard Fahrenbach«, sagte Meißner, »ich weiß nicht, ob sie uns die Wahrheit gesagt hat.«

»Worüber?«

»Sie hat behauptet, sie und ihr Mann hätten seit Jahren keinen Kontakt mehr mit Weber gehabt. Aber stimmt das? Das ist mehr ein Bauchgefühl. Und wir haben die Adresse eines Mannes, der früher mit Weber zusammen die D-Jugend auf dem Lindenhof betreut hat.«

»Dann knöpfen Sie sich den vor und Webers Schwester. Sie, Gernhardt, Sie reden noch einmal mit der Mutter des Opfers. Konfrontieren Sie sie mit den Missbrauchsvorwürfen ihres Sohnes. Ich habe kein Personal frei. Tanaoğlu, Sie begleiten Gernhardt. Und seien Sie diplomatisch. Die Frau hat ihren Sohn verloren.«

Und der Mann ist über alle Berge, dachte Lauer.

»Kommen Sie mir nicht ohne diesen Weber zurück!«

Wie Clement seine Aussage mit einem Schlag auf die Tischplatte untermauerte, war dieses Mal deutlich aggressiver.

»Frisch an die Arbeit, Männer.«

»Zu diesem Steinfeld gehen wir am besten zu Fuß«, schlug Meißner vor. »Der wohnt in den I-Quadraten.«

»Klein-Istanbul«, murmelte Lauer. »In der Straße gibt es türkische Brautmode, ein Laden neben dem anderen, türkische Juweliergeschäfte und Döner-Läden.«

»Ich weiß«, sagte Meißner. »Grillbuden, Restaurants, die alle mit Holzkohle grillen und die Luft verpesten.«

»Woher weißt du das?«, fragte Lauer.

»Habe ich im Rhein-Neckar-Anzeiger gelesen. Die Anwohner beschweren sich.«

Tatsächlich war in dem Haus, in dem der ehemalige Co-Trainer wohnte, ein Geschäft für Brautmoden im Erdgeschoss.

»Vierter Stock«, jammerte Lauer, »und es gibt keinen Aufzug.«

»Das tut dir gut, Leo. Schau dich an!«

Außer Atem kam Lauer oben an.

Erich Steinfeld musste Anfang 60 sein. Am Telefon hatte er gesagt: »Jederzeit können Sie vorbeikommen. Ich bin Frührentner.«

Jetzt erwartete er Lauer und Meißner an der Tür.

»Gell, aasstrengend, die viele Stufe. Ich sag dem Yilmaz, des is unsern Vermieter, Yilmaz, sag ich, bau en Uffzug oi. Der lacht awwer norre. Kumme Se roi. Die Fraa vum erschte Stock ist gstorwe, so was wie die gud Seel vun dem Haus, e Art Hausmääschderin. Ich hab zum Yilmaz gsaat, des mach ich, dodevor bekumm ich die Wohnung im erschste Stock. E riesischi Terrass. Un ich brauch nimmi so viele Stufe hochzedabbe. Wer wääß, ob des klappt. De Yilmaz hot norre gelacht.«

Das kann ja heiter werden, dachte Lauer, wenn der in dem Tempo weitermacht. Ohne Punkt und Komma.

Steinfeld machte nicht so weiter. Als die Sprache auf die Sache mit der Beschwerde der beiden Mütter kam, wurde er einsilbig.

»Alla, geh fort … Do is nix gewesst … So iwwerkandidelde Tussis, die sich wichtisch mache wollte … Awwer de Maddin doch net.«

Das waren Aussagen, die Steinfeld machte, nachdem Lauer und Meißner ihm viele Fragen gestellt hatten, immer die gleichen Fragen, anders formuliert. Entweder wollte er nicht über die angebliche Belästigung reden, weil es ihm peinlich war, oder es war tatsächlich nichts passiert. Nach dem, was sie auf der Besprechung gelesen und gehört hatten, erschien ihnen die zweite Möglichkeit eher unwahrscheinlich.

Auch die Fragen nach der Co-Trainer-Tätigkeit brachten die Kommissare nicht weiter. Martin Weber sei halt ein Einzelgänger, der sich nicht reinreden lasse, in nichts. Er treffe alle Entscheidungen allein. Wem das nicht passe, der solle die Finger davon lassen. Schließlich sei Weber im Verein bekannt.

»Un middem letschde Co-Trainer, des klappt doch klasse. Middem Erwin. De Knipser-Erwin, den misste Se kenne. Mittelstiermer beim MFC frieher. Der hot im Verein Kultstatus. Der losst de Maddin mache, steht an de Linie beim Training, beim Spiel, soi Bierflasch in de Hand. Und bei de Auswertsspiele isser zur Stell mit soim VW-Bus.«

»Erwin und?«, fragte Meißner nach.

»Erwin … De Knipser-Erwin halt. Ah, do fallt mer oi, des is de Schwoger vom Maddin.«

Lauer und Meißner musste das Erstaunen ins Gesicht geschrieben sein.

»Erwin Fahrenbach?«, fragte Meißner.

»So hääßt der. Hawwe Se des net gewisst?«

»Und wo könnte sich Martin Weber versteckt halten? Haben Sie da irgendeine Ahnung?«

Erich Steinfeld dachte nach. Zumindest tut er so, dachte Lauer. Ziemlich angestrengt kam es ihm vor, mehrmals unterbrochen von einem Schluck aus der Bierflasche.

»E ‚Wocheendgrundstick im Norde vun Mannem am Stadtrand. Hinner Sandhofe.«

Ein total verwildertes Grundstück in Steinfelds Augen. Der Besitzer, berichtete Steinfeld, bezeichne es als naturbelassen. Zum zweiten Mal konnten die Kommissare ihr Erstaunen nicht verbergen.

»Des Grundstick gheert dem Fahrebach Erwin un soinere Fraa.«

»Dein Bauchgefühl hat dich nicht getäuscht«, sagte Lauer, als sie auf dem Weg zurück zum Präsidium waren. Ein Dienstwagen war nicht verfügbar. Also beschlossen sie, Lauers uralten Škoda Fabia zu nehmen.

»14 Jahre alt?«, fragte Meißner ungläubig.

»Und 198 000 Kilometer auf dem Buckel. Ohne Reparatur. Die Zuverlässigkeit in Person«, lobte Lauer sein Auto und tätschelte das Lenkrad.

Wenn er gewusst hätte, dass die letzte Fahrt in seinem Wagen, die allerletzte, bevorstand, er wäre garantiert nicht so ruhig gewesen.

»Elvira …«, fing Meißner an.

Sie hatten die Aral-Tankstelle hinter der Wasserwerkstraße passiert.

»Dass sie nicht …«

»Dass sie nicht fremdgeht«, half Lauer seinem Freund.

»Ja, heute Morgen hat sie mir eröffnet, im Beisein ihrer Freundin, dass die beiden sich eine Woche in einem Wellnesshotel im Schwarzwald verwöhnen lassen wollen. Eine Woche. Und die Kinder? Habe ich sie gefragt. Das sei alles geregelt. Für diese eine Woche komme die Oma, ihre Mutter, meine Schwiegermutter.«

»Dann freu dich, Julian. Dann löst sich alles in Wohlgefallen auf. Alles ist gut.«

»Mich freuen! Die Kinder und ich, eine Woche in den Fängen dieser Frau. Ich weiß nicht, ob das nicht schlimmer ist, als wenn Elvira mich betrogen hätte.«

Den dunkelblauen VW-Bus, nicht das neueste Modell, sahen sie sofort vor der Garage in der Neueichwaldstraße. Und tatsächlich öffnete nicht Frau Fahrenbach die Tür, sondern ihr Mann.

»Erwin Fahrenbach«, stellte er sich vor.

»Der Knipser-Erwin«, sagte Lauer.

»Sie kennen mich? Sie wollen zu meiner Frau? Das geht leider nicht. Ihr geht es nicht gut. Sie hat sich hingelegt.«

»Kein Problem. Sie können uns weiterhelfen.«

»Dann herein in die gute Stube. Ein Bier?«

Lauer und Meißner schüttelten den Kopf.

Das Wohnzimmer machte den gleichen Eindruck wie der Vorgarten. Steril. Peinlich sauber. Alles aufgeräumt. Keine Unordnung. Nirgends.

»Ihre Frau hat uns angelogen«, sagte Meißner.

Fahrenbach nahm einen langen Schluck. »Ich weiß nicht, wovon Sie reden.«

»Sie hatten Kontakt mit Martin Weber. In der jüngsten Vergangenheit.«

»Das meinen Sie. Ich hab ihr gesagt, sie soll die Wahrheit sagen. Das kommt raus, Hildegard, hab ich zu ihr gesagt. Aber Frauen, Sie wissen ja.«

Lauer sah Meißner an, dass dem eine Entgegnung auf den Lippen lag.

»Wann haben Sie Ihren Schwager zuletzt gesehen?«

»Den Martin? Letzten Samstag beim Punktspiel auf der Rheinau. Martin und ich sind gefahren. Mit dem VW-Bus und mit seinem Auto kriegen wir die 14 Spieler unter. Nach dem Spiel, unsere Jungs haben gewonnen, haben wir beim MFC noch ein Bier zusammen getrunken.«

»Und seit Dienstag?«

»Funkstille, ehrlich. Ich hab Martin seitdem nicht gesehen und nicht mit ihm telefoniert.«

»Und Ihre Frau?«

»Das müssen Sie sie fragen. Meine Hand würde ich nicht für sie ins Feuer legen. Sie benimmt sich seltsam.«

»Inwiefern?«

»Sie tut geheimnisvoll, muss spätabends noch mal los, angeblich um ihre Freundin zu trösten, die von ihrem Mann verlassen worden ist.«

»Das nehmen Sie ihr nicht ab?«, fragte Lauer.

»Mehr ein Bauchgefühl.«

Männer und ihre Bauchgefühle, dachte Lauer.

»Wo könnte sich Ihr Schwager versteckt halten?«

Fahrenbach antwortete nicht auf Meißners Frage. Er fingerte am Hals der Bierflasche herum und nahm einen weiteren Schluck.

»Herr Fahrenbach, wollen Sie uns helfen?«, fragte Lauer.

»Keine Ahnung.«

»Wie bitte? Herr Fahrenbach!«

»Ich sag Ihnen, ich hab keine Ahnung, wo Martin sich rumtreibt.«

»Das Wochenendgrundstück«, warf Meißner eher nebenbei ein.

»Warum quetschen Sie mich hier aus, wenn Sie alles wissen?«

»Weber versteckt sich dort? Die Adresse, bitte, Herr Fahrenbach.«

Meißner gab die Adresse ins Navi ein. Lauers Handy klingelte. Er fischte es aus der Ablage der Fahrertür.

»Hier Gernhardt. Wir haben mit Frau Hayreddin-Weber geredet. Sie wusste angeblich nichts vom Missbrauch ihres Sohnes durch den Stiefvater. Seit dem Streit am letzten Sonntag, als Weber dann verschwunden ist, hat sie eine Ahnung. So hat sie sich ausgedrückt, alles klingt ein wenig verworren. Sie will ihren Mann nicht verlieren, sagte sie. Nicht schon wieder.«

Dadurch hat sie ihren Sohn verloren, dachte Lauer.

»Und sie hat was von einem Wochenendgrundstück geredet, das Webers Schwester gehören soll.«

»Wissen wir bereits, wir sind dorthin unterwegs. Und wir brauchen eure Unterstützung.«

»Sobald es geht. Frau Hayreddin-Weber macht sich Vorwürfe. Ich habe Angst, sie allein zu lassen.«

»Ruf einen Seelsorger an, Notruf oder so. Der soll sich kümmern.«

»Leo, die Frau ist zum Islam konvertiert. Da komme ich nicht mit einem katholischen Pfarrer an.«

»Dann unsere Psychologin. Sag, es ist ein Notfall.«

»Gut, ihr könnt mit mir rechnen. Wenn Hilfe für die Frau da ist. Und wenn ich Onur zu seinem Auto gefahren habe. Der muss dringend nach Heidelberg. Spurensicherung nach einer Messerstecherei in der Römerstraße.«

»Mann, Christian, das hier geht vor!«

Diese verdammte Polizeireform, dachte Lauer. Anstatt Verbrechen aufzuklären, pendeln die Kollegen zwischen Mannheim und Heidelberg hin und her.

»Leo, Onur ist bei der Kriminaltechnik beschäftigt, vergessen?«

»Sie sind am Ziel angekommen«, sagte Sabine, die Stimme aus dem Navi. »Das Ziel liegt auf der linken Seite.«

»Na toll«, sagte Meißner und zeigte auf den grauen Bildschirm, auf dem sich eine hellgelbe Spur durch das Nichts schlängelte.

»Da sind wir«, sagte Meißner und deutete auf das Navi-Display. Sie fuhren auf dem Feldweg, der zu beiden Seiten mit dichten Sträuchern bewachsen war. Brombeerranken schrammten am Lack entlang.

»Mein armes Auto«, jammerte Lauer.

»Jetzt hab dich nicht so.«

Vor ihnen tauchte ein schmiedeeisernes Tor auf, fast vollkommen zugewachsen. Lauer stellte den Škoda dreißig Meter vor dem Tor abseits in das Gebüsch.

»Den Schlüssel lasse ich stecken«, sagte Lauer, »wer weiß, ob es nachher nicht schnell gehen muss.«

»Bei der Karre kannst du den Schlüssel mitten auf dem Paradeplatz stecken lassen. Die klaut niemand. Höchstens ein Masochist.«

Lauer stand vor einem schönen, alten Gartentor. Blumenranken aus Metall. Ein Schild. »Zuflucht«. Früher einmal in goldenen Buchstaben.

Passend, dachte Lauer. Zuflucht.

»Sieht nicht so aus, als ob das Tor in der letzten Zeit aufgemacht worden wäre«, sagte Lauer.

Er fühlte sich wie ein erfahrener Fährtenleser.

»Schau dir die Grashalme an, du siehst es kaum. Leicht runtergedrückt. Da muss ein Auto gefahren sein, vor ein, zwei Tagen«, sagte Meißner.

Meißner ist der Fährtenleser in unserem Team, dachte Lauer.

Meißner war es auch, der eine Spur entdeckte, die links am Tor vorbei am Zaun entlangführte. Lauer war die Spur nicht aufgefallen.

»Hier«, rief Meißner, der vorausgegangen war. »Ein Loch im Zaun, groß genug, dass mein Kollege Lauer durchpasst.«

Verwildert war ein Ausdruck, der den Zustand des Wochenendgrundstücks eher verklärte. Das Gras stand meterhoch. Alle möglichen Sträucher hatten sich in alle Richtungen ausgebreitet. Und überall Brombeerranken. Das Holzhaus, das sie hinten auf dem Grundstück entdeckten, war fast ganz überwuchert. Sie kämpften sich zu der Hütte vor. Die Platten vor dem Eingang wurden von Baumwurzeln hochgehoben, in den Ritzen hatten sich Löwenzahn und Queckengras durchgesetzt.

»Eine wahre Wildnis«, sagte Lauer.

Die Tür, eine schwere Eisentür, war angelehnt. Lauer machte einen Schritt auf die Tür zu.

»Dahinten steht ein alter Wohnwagen«, rief ihm Meißner zu.

»Schauen wir uns später an«, entgegnete Lauer und zog seine Pistole aus dem Halfter. »Erst die Hütte.«

Zwei dicke Balken lagen neben der Hütte. Links und rechts neben der Tür waren massive Winkel angebracht.

Wer braucht so etwas?, dachte Lauer bei sich. Er ging weiter vor, die Waffe im Anschlag. Mit der rechten Hand drückte er die Tür ein wenig weiter auf. Ein muffiger Geruch schlug ihm entgegen. Lauer betrat die Hütte. Drinnen war es dunkel. Meißner war hinter ihn getreten und hatte die Eisentür ganz aufgedrückt. Sie konnten eine Matratze entdecken, einen Gaskocher auf einem kleinen Tisch, eine Plastikschüssel. Nichts sah benutzt aus.

»Hier drin hat er sich nicht aufgehalten«, sagte Lauer und machte einen weiteren Schritt in die Hütte. Und noch einen. Er stieß mit dem Kopf an etwas Hartes und schrie vor Schmerz auf. Er steckte seine Waffe in das Halfter zurück und fuhr sich über die Stirn. Seine Finger fühlten sich feucht an.

»Julian, verflixt, ich glaube, ich blute.«

»Komm raus«, sagte Meißner.

»Später.«

Meißner trat über die Türschwelle. Lauer konnte er einige Meter entfernt ausmachen.

Dann ging alles schnell. Meißner spürte einen Druck im Rücken.

»Mach, dass du reinkommst«, zischte eine Stimme. »Los! Los! Oder ich knall dich ab.«

Eine Pistole, dachte Meißner und wollte sich umdrehen. Der Druck nahm zu. Meißner schrie auf.

»Rein!«

Ein Stoß. Er taumelte. Dann knallte die Tür zu. Es polterte einmal. Es polterte ein zweites Mal. Die beiden Balken. Die Winkel links und rechts neben der Tür.

Jetzt ist die Tür zu, dachte Meißner und sah Dunkelheit vor sich. Er machte einige Schritte vorwärts, vorsichtig, weil er die Hand nicht vor seinen Augen sah. Er stieß gegen etwas Weiches.

»Pass auf!«

Weit entfernt hörten sie ein Auto. Ein Anlasser, der jaulte.

»Bitte, bitte«, sagte Lauer. »Nicht anspringen!«

Wieder jaulte der Anlasser. Dann heulte der Motor auf. Reifen drehten durch. Das Geräusch wurde leiser und war verschwunden.

Meißner legte Lauer den Arm auf die Schulter. »Gute Idee, den Schlüssel stecken zu lassen. Deine Einfälle sind manchmal echt umwerfend.«

Lauer schüttelte den Arm ab.

»Alles wird gut, Leonhard Lauer«, sagte Meißner.

Siebenunddreißig

Um sie herum war es dunkel. Vor wenigen Minuten war Meißners letztes Streichholz erloschen. Meißner war Gelegenheitsraucher, der die Angewohnheit hatte, die wenigen Zigaretten, die er rauchte, mit dem Streichholz anzuzünden. Vier Streichhölzer waren noch in der Schachtel gewesen.

Die Matratze in der Ecke. Das einzige Fenster rechts vom Eingang, die Scheibe zerbrochen. Ein stabiles Gitter. Der geschlossene Fensterladen. Ein verrosteter Gaskocher in der Ecke. Eine Gaslampe in »Campingaz«-Blau. Die Kartusche leer. Und das Metallregal links mit dem zehn Zentimeter vorstehenden Metallhaken, an dem ein Rucksack hing. An diesem Haken hatte sich Lauer die Stirn angestoßen. Eine fünf Zentimeter lange, blutende Platzwunde genau oberhalb des rechten Auges.

»Das muss genäht werden«, hatte Meißner mit einem Blick festgestellt.

Lauer presste eines seiner Bundeswehrtaschentücher, die er seit Jahrzehnten benutzte, auf die Wunde. Er, der in seinem Berufsleben so viele Leichen, so viel Blut gesehen hatte, bekam beim Anblick seines eigenen Blutes zittrige Knie.

»Wir haben uns wie Anfänger angestellt«, sagte Meißner.

»Stimmt. Unprofessionell!«, entgegnete Lauer. »Einer hätte den Wohnwagen sichern müssen.«

»Wahrscheinlich hatte er sich dort versteckt und uns kommen sehen.«

Lauer hielt mit der linken Hand weiter das Taschentuch auf die Wunde an seiner Stirn. Mit der rechten durchwühlte er seine Jackentaschen. »Verflixt, wo ist mein Handy?«

Ein kleiner Lichtschein erhellte die Hütte. Triumphierend hielt Meißner sein Handy in die Höhe. »Akkustand bei 28 Prozent. Und wir haben Empfang. Leo, sind wir nicht Glückspilze?«

Er wählte Gernhardts Nummer, sagte »Ja, ja, ja« und legte auf. »Gernhardt steht im Stau. Kurpfalzbrücke. Unfall. Alles dicht.« Wieder wischte Meißner mehrere Male über sein Handy.

»Hallo, Onur, du bist in Heidelberg? Gut. Wir haben ein Problem. Wir sitzen hier in einer Gartenhütte fest. Wie es passiert ist? Erzählen wir dir später in Ruhe. Martin Weber hat uns in eine Gartenhütte eingesperrt und ist mit Lauers Auto auf und davon. Sofort zur Fahndung rausgeben.

Und du hast Webers Handynummer. Wir brauchen eine Ortung, dringend, nein, ohne Beschluss, es muss schnell gehen, Gefahr im Verzug. Danke. Beeil dich! Bitte!«

Meißner schaltete die Taschenlampen-App seines Handys ein. »Lass deine Wunde sehen.«

Lauer nahm vorsichtig sein Taschentuch weg. Es schmerzte. Das Blut war getrocknet und klebte am Taschentuch.

»Sieht gut aus«, sagte Meißner und schaltete die Taschenlampenfunktion aus. »Die Blutung ist gestoppt. Bis zu deiner Hochzeit ist alles gut.«

»Was ist das für ein bescheuerter Spruch?«

»Hat meine Oma immer gesagt, wenn ich mir das Knie aufgeschürft habe.«

Zehn Minuten später erklangen die Anfangstöne von Dylans Song.

»Schade, kann man nichts machen. Ich melde mich gleich wieder, Onur.«

Meißner informierte Lauer, dass eine Ortung von Webers Handy nicht möglich sei. Das Handy war ausgeschaltet.

»Wo ist bloß mein Handy?«, wiederholte Lauer. »Ich kann es nicht finden.«

»Wir haben meins«, sagte Meißner. »Deins liegt wahrscheinlich da, wo es immer liegt. In der Türablage deines Autos.«

Lauer schrie laut auf. »Es ist eingeschaltet! Julian, mein Handy ist an und fährt mit Weber durch die Gegend!«

Schon bei dem Wörtchen »eingeschaltet« hatte Meißner Tanaoğlus Nummer gewählt.

»Onur, Ortung nach Lauers Handy. Das liegt im Fluchtauto. Schnell! Lauer ist verletzt!«

»Das mit meiner Verletzung war nicht nötig«, kritisierte Lauer.

»Nur um Onur Druck zu machen.«

Dieses Mal dauerte es eine Viertelstunde, bis sich Tanaoğlu wieder meldete.

»Wir haben ihn! Augustaanlage. Stadtauswärts. Richtung Autobahn nach Heidelberg. Am Dorint hat er eine rote Ampel überfahren. Ein Streifenwagen ist dran.«

»Die sollen sich zurückhalten. Weber ist bewaffnet. Fordere Verstärkung an.«

»Schon gemacht. Er hat die Autobahnauffahrt genommen. Die Reise geht nach Heidelberg. Melde mich, wenn die Reise zu Ende ist.«

»Oder er nimmt die Abfahrt nach Frankfurt oder nach Stuttgart/Basel«, murmelte Lauer, aber da hatte Meißner schon aufgelegt.

Zwanzig Minuten vergingen, in denen Lauer und Meißner schweigend nebeneinandersaßen.

Beim ersten Ton des Handys riss Lauer seinem Kollegen das Handy aus der Hand.

»Habt ihr den Kerl? Und was ist mit meinem Auto?«

»Langsam, Leo, eins nach dem anderen. Weber hat die Autobahn verlassen. Ausfahrt Seckenheim. Hat Edingen passiert. Drei Streifenwagen haben ihn verfolgt. Der hat was rausgeholt aus deiner alten Kiste. Wundere mich nur, dass sie so lange durchgehalten hat.«

Der mit seinem aufgemotzten Mini-Cooper, dachte Lauer.

»Beinahe Frontalzusammenstoß zwischen Edingen und Wieblingen. Riskantes Überholmanöver. Der sei wie eine gesengte Sau gefahren, hat einer der Kollegen gemeint, die hinter ihm her waren. Die wollten ihn hinter Wieblingen stoppen. Straßensperre in der Kurve, dort, wo die Ludwig-Guttmann-Straße auf die Mannheimer Straße mündet, am SRH Kurpfalzkrankenhaus. Die Ortung ist da abgebrochen. Wahrscheinlich hat er dein Handy entdeckt und es aus dem Fenster geworfen.«

Wenn das nur mein Wagen heil übersteht, dachte Lauer. Wenn schon mein Handy nicht mehr zu retten ist.

»Der Wahnsinnige hat die Straßensperre durchbrochen. Dein Auto ist lädiert. Der hatte dann fünf Streifenwagen im Schlepptau. Weiter ging es die Mannheimer Straße lang, Weber hat sich links gehalten, ist Richtung Neckar gefahren.«

»Nur noch 15 Prozent Akkustand«, sagte Meißner und deutete auf das Display seines Handys. »Das geht schnell, das Handy ist schon älter!«

Lauer wischte die Akku-Meldung weg.

»Weber hat sich an keine rote Ampel gehalten. An keine Vorfahrtsregel. Hat die Schneckenauffahrt zur Ernst-Walz-Brücke genommen. Hat die Berliner Straße gleich nach der Brücke verlassen. Ist rechts abgebogen. Richtung Neckarufer. Ob der dort Picknick machen wollte? Das Wetter ist nicht passend. Alles grau in grau heute. Und gerade mal 16 Grad. Hatte der Typ einen Plan? Es ging dann die Uferstraße unten am Neckar entlang. Verdammt eng dort. Weber hat zwei parkende Autos gestreift bei einem Überholmanöver. Leo, du wirst dein Schmuckstück nicht wiedererkennen!«

Wie wird das enden?, fragte sich Lauer.

»Auf Höhe der Keplerstraße ist ein Dreijähriger auf dem Fahrrad plötzlich vom Gehweg auf die Straße gefahren. Rechts parkte ein Wohnmobil mit niederländischem Kennzeichen. Ihr könnt euch vorstellen, wie das …«

Meißners Handy verstummte. Das Display wurde schwarz.

»Akku leer«, sagte Lauer. »Ausgerechnet jetzt!«

»Das Ende einer Ausflugsfahrt«, sagte Meißner. »So kommt es mir vor. Hoffentlich ist dem Kind nichts passiert. Und hoffentlich hat sich niemand in dem Wohnmobil aufgehalten!«

»An mein Auto denkst du nicht?«

»Dein Auto? Gewöhne dich an den Gedanken, dass du ein Auto gehabt hast.«

»Und ein Handy auch«, erwiderte Lauer.

Weit entfernt hörten Meißner und Lauer das Geräusch eines Motors. Eine Autotür wurde zugeschlagen. Dann war Ruhe, bis ein metallisches Quietschen ertönte, das Lauer und Meißner durch Mark und Bein ging. Schließlich die vertraute Stimme ihres Kollegen Christian Gernhardt.

»Julian, Leo, wo seid ihr?«

Achtunddreißig

»Wie siehst du denn aus!« Margit Zutter-Bertschy nahm Lauer auf dem Bahnsteig in den Arm. Nicht dieses Ritual! Küsschen links, rechts, links.

Lauer informierte kurz über das Notwendigste.

»Deiner Schönheit tut es keinen Abbruch«, sagte Zutter-Bertschy. »Das heilt wieder. Der Abend muss anders verlaufen als geplant«, sagte die Staatsanwältin. »Leider. Du wirst den Abend allein verbringen müssen. Ich muss weg. Es geht nicht anders. Meine Mutter wird morgen operiert, nichts Großes, Galle. Aber sie ist außer sich. Sie glaubt, ihr letztes Stündlein habe geschlagen. Ich kann sie nicht allein lassen.« Zutter-Bertschy spürte Lauers Enttäuschung. »Nicht traurig sein. Wir holen das nach. Gleich morgen Abend.«

Jetzt saß Lauer am Küchentisch in einer fremden Wohnung, vor sich ein Glas Rotwein. Er fühlte sich müde, eine Müdigkeit, die aus dem Innern kam und die seine Glieder schwer wie Blei werden ließ. Jetzt war er froh, dass er allein war, fast erleichtert. Der Wein schmeckte, ein Pinot noir aus dem Wallis, und machte ihn schläfrig. Er goss sich nach und drückte den Korken fest auf die Flasche. Genug für heute, dachte er. Er würde früh zu Bett gehen. Morgen um halb acht wollte die Staatsanwältin ihn abholen. Lauer hoffte auf einen erholsamen Schlaf, trotz allem.

Clements Reaktion am Morgen, als Lauer ihm vom Anruf der Staatsanwältin erzählt hatte.

Begeisterung sieht anders aus, hatte Lauer gedacht.

»Dann fahren Sie in Gottes Namen. Aber achten Sie auf die Spesen.«

Die Zeit in der dunklen Hütte. Nur eine knappe Stunde und doch eine kleine Ewigkeit. Meißner, der, als Gernhardt die Balken von der Tür gerissen hatte, gesagt hatte: »Genau 54 Minuten in Dunkelheit und Entbehrung gehen in diesem Moment zu Ende.«

Martin Webers Pistole, die sich als schwarze Ekol Firat Magnum Schreckschusspistole erwiesen hatte, frei verkäuflich, für etwa 130 Euro im Internet erhältlich. Martin Weber, der seinen Stiefsohn missbraucht hatte.

Weber, der die Kontrolle über Lauers Škoda verloren hatte, war ungebremst auf das Wohnmobil geknallt.

Totalschaden beim Škoda. Zum Glück war das Wohnmobil leer gewesen. Die Besitzer hatten zum Zeitpunkt des Unfalls in einem Café in der Lutherstraße gesessen. Der dreijährige Junge auf dem Fahrrad war mit dem Schrecken davongekommen. Seine Mutter schloss ihn in die Arme.

Weber war nicht ansprechbar gewesen, schwer verletzt zwar, aber außer Lebensgefahr. Das Uniklinikum im Neuenheimer Feld war nicht weit. Die Ärzte hatten Weber in ein künstliches Koma versetzt. An eine Vernehmung war im Moment nicht zu denken.

War Martin Weber für den Tod von Oliver Mehmet Hayreddin verantwortlich?

Lauer in der Wohnung in Basel. Hildegard Fahrenbach und ihr Mann in ihrem Bungalow. Frau Hayreddin-Weber allein in ihrer Wohnung in der Torwiesenstraße.

Der Arzt im Theresienkrankenhaus, der Lauers fünf Zentimeter breite Platzwunde an der Stirn mit sechs Stichen genäht und der gemeint hatte: »Das ist doch ein Hingucker.« Lauer konnte nur müde lächeln.

Lauer, Meißner, Gernhardt und Tanaoğlu im Besprechungszimmer im Polizeipräsidium, jeder eine Flasche Bier vor sich.

Meißner hatte Lauer zugeprostet und gesagt: »Deinen Verband trägst du wie eine Trophäe.«

Gernhardt hatte gemeint: »Dass Martin Weber für den Tod seines Stiefsohns verantwortlich ist, davon gehe ich aus.«

Tanaoğlu hatte erwidert: »Fragt sich nur, wie das alles passiert ist.«

Tanaoğlu hatte Lauer kurz vor acht zum Hauptbahnhof gefahren.

Anton Schindler, der pensionierte Hauptkommissar. Sein größter Wunsch, den Mörder von Sandra zur Rechenschaft zu ziehen, würde endlich in Erfüllung gehen.

Stefan Lubzinski, der Mann, der die fünfzehnjährige Sandra auf dem Gewissen hatte. Lauer hatte keine Vorstellung von dem Mann. Morgen früh würde er ihm gegenübertreten.

Margit Zutter-Bertschy saß am Bett ihrer Mutter und redete beruhigend auf sie ein.

Lauer trank das Glas aus, stellte es auf die Spüle, die Flasche daneben, putzte sich die Zähne und ging ins Schlafzimmer. Irene Meyers hatte sich für das Wochenende angemeldet. Er legte sich ins Bett, kroch unter die Decke und fiel sofort in einen tiefen, traumlosen Schlaf.

Freitag, 26. September

Neununddreißig

Zutter-Bertschy: »Freitag, 26. September, 8.32 Uhr. Vernehmung des Beschuldigten Stefan Lubzinski in Anwesenheit des Beschuldigten, seiner Offizialverteidigerin Evelyn Ruch, des Wachtmeisters Beat Scherzinger von der Polizei Basel Landschaft, Polizeihauptposten Binningen, als ermittelnde Behörde, des Kriminalhauptkommissars Leonhard Lauer von der Kriminalpolizei Mannheim-Heidelberg. Leitung der Vernehmung: Margit Zutter-Bertschy als leitende Staatsanwältin. Gibt es gegen die Anwesenheit des deutschen Ermittlungsbeamten irgendwelche Einwände? Frau Ruch? Herr Lubzinski?«

Ruch: »Keine Einwände.«

Lubzinski: »Nein. Keine Einwände. Im Gegenteil. Die Anwesenheit des Mannheimer Kommissars geschieht auf meinen ausdrücklichen Wunsch.«

Zutter-Bertschy: »Herr Lubzinski, Sie sind über Ihre Rechte informiert.«

Lubzinski nickt.

Ruch: »Mein Mandant wurde informiert.«

Zutter-Bertschy: »Fangen wir mit den persönlichen Daten an.«

Lubzinski: »Ich bin am 21. März 1967 in Karlsruhe-Durlach geboren. Meine Eltern sind bei einem Autounfall ums Leben gekommen, als ich zwei Jahre alt war. Ich habe keine Erinnerungen an meine Eltern. Ich bin bei meiner Großmutter aufgewachsen. Meine Großmutter hat allein gelebt. Meinen Großvater habe ich nicht gekannt. Er ist vor meiner Geburt gestorben. Ich besuchte die Pestalozzischule in Durlach, die ich 1982 mit dem Hauptschulabschluss verließ. Ich fing eine Malerlehre in Durlach an, die ich 1985 erfolgreich abschloss. Bis zu meiner Übersiedlung in die Schweiz arbeitete ich bei dem Malerbetrieb, einem Ein-Mann-Betrieb, bei dem ich in die Lehre gegangen bin. 1986 ist meine Großmutter gestorben. Ich habe weiterhin in ihrer Wohnung gelebt. Im Juni 1987 habe ich mich entschlossen, Deutschland zu verlassen und in der Schweiz neu anzufangen.«

Scherzinger: »Gab es einen Grund, warum Sie Deutschland den Rücken kehrten?«

Lubzinski: »Das hatte mit dem Vorfall im Soulman Club zu tun.«

Scherzinger: »Mit Vorfall meinen Sie da den gewaltsamen Tod des Mädchens?«

Lubzinski: »Ja.«

Zutter-Bertschy: »Zu dem Verbrechen, das ihnen zur Last gelegt wird, kommen wir später. Berichten Sie uns von Ihrem Leben in der Schweiz.«

Lubzinski: »Die ersten Jahre habe ich in Basel gelebt, in einer kleinen Wohnung in der Nähe des Zoos. Ich habe als Maler in verschiedenen Betrieben gearbeitet, alles kleine Handwerksbetriebe. In Deutschland sagt man Klitschen dazu. Zwei Mal habe ich gekündigt, weil ich mich mit dem Meister oder mit Kollegen nicht verstanden habe, einmal bin ich entlassen worden, weil der Chef gemeint hat, ich arbeite zu langsam. Einmal musste ich gehen, weil der Betrieb pleiteging. 1991 bin ich nach Binningen umgezogen. Ich hatte vorher eine Frau kennengelernt und wir sind zusammengezogen. Die Beziehung ist nach wenigen Monaten in die Brüche gegangen, ich bin weiter in Binningen wohnen geblieben. 1999 habe ich mich einbürgern lassen und im gleichen Jahr habe ich mich selbstständig gemacht. ›Die kleinen Helferlein – Rund um Haus und Garten‹, Maler- und Renovierarbeiten, Umbauten, Gartenpflege, Entrümpelungen, Installationsarbeiten, Umzüge, alles, was halt so anfällt rund ums Haus.«

Ruch: »Wie lief Ihr Geschäft, Ihre Selbstständigkeit?«

Lubzinski: »Gut, muss ich sagen. Die Geschäftsidee hat eingeschlagen. Ich habe vier feste Angestellte, mehrere freie Mitarbeiter und einen Fuhrpark von sechs Fahrzeugen, darunter einen LKW, der auch für größere Umzüge geeignet ist.«

Ruch: »Sie sind mit Ihrem beruflichen Leben zufrieden?«

Lubzinski: »Das kann man sagen.«

Zutter-Bertschy: »Wie sieht Ihr persönliches Umfeld aus? Verwandtschaft? Freunde? Beziehungen?«

Lubzinski: »Ich habe keinen Kontakt zu Verwandten, außer einem Cousin und einem Großonkel gibt es niemanden. Ich habe mit meinen Angestellten zu tun, mit den Kunden auch, aber Freunde? Ich habe keine Freunde. Nach der Beziehung zu der Frau, wegen der ich nach Binningen gezogen bin, bin ich keine dauerhafte Beziehung mehr eingegangen. Einige flüchtige Bekanntschaften, die nie länger anhielten.«

Scherzinger: »Was meinen Sie mit ›länger‹?«

Lubzinski: »Tage.«

Scherzinger: »Und mit ›flüchtig‹?«

Lubzinski: »Sexuelle Beziehungen.«

Zutter-Bertschy: »Kommen wir zu Sandra Pfeiffer. Wie haben Sie sie kennengelernt?«

Lubzinski: »Ich habe einen Freund gehabt, der hat beim Waldhof gekickt, in der zweiten Mannschaft. Waldhof hat damals in der Ersten Bundesliga gespielt. Und mein Freund hatte sich Hoffnungen gemacht, einen Profivertrag zu bekommen. Hat nicht geklappt. Der ist zu undiszipliniert gewesen. Zu viele Feten, zu viel Alkohol, zu viele Mädchen. Der hat mich ein, zwei Mal in den Soulman Club auf dem Waldhof mitgenommen. Da sind mir beim ersten Mal die vier Schwestern gleich aufgefallen. Die drei ältesten haben feste Freunde gehabt. Das habe ich gleich mitbekommen. Da ist nichts gelaufen. Ist nur die Sandra übrig geblieben. Die ist fünfzehn gewesen. Damit hat sie kokettiert. Noch minderjährig und so. Mit ihr habe ich mich ab und zu getroffen, zwei oder drei Mal. Meist, wenn der Club zu gewesen ist. Dann sind ihre Schwestern und deren Freunde nicht in der Nähe gewesen.«

Zutter-Bertschy: »Wie gut kannten Sie das Mädchen?«

Lubzinksi: »Nicht gut. Es war mehr eine Neckerei. ›Ich bin noch minderjährig‹, hat sie gesagt. ›Du machst dich strafbar.‹ Ein bisschen geknutscht, gefummelt, mal einen Kuss. Mehr ist da nicht gewesen. Dabei bin ich mir sicher, dass die mehr Erfahrung gehabt hat.«

Lauer: »Waren Sie am 13. Juni bei dem Konzert dabei? Im Saal, wo Youngblood gespielt hat?«

Lubzinski: »Das ist nicht möglich gewesen.«

Lauer: »Warum nicht?«

Lubzinski: »Wegen der Freunde von Sandras Schwestern. Die haben mich auf dem Kieker gehabt. Der Freund der ältesten Schwester, Nadja, glaube ich, nein, Nicole, der hat mich zur Seite genommen, als ich im Club gewesen bin. ›Wir wollen dich hier nicht mehr sehen‹, hat er gesagt. ›Finger weg von Sandra.‹ Ich habe Angst gehabt, ehrlich. Die haben mit allen möglichen Leuten Streit angefangen.«

Lauer: »Ihr Zusammentreffen mit Sandra am 13. Juni, war das zufällig? Oder hatten Sie sich verabredet?«

Lubzinski: »Reiner Zufall. Wie hätte ich mich verabreden können? Handys hat's keine gegeben. Und anrufen? Ist nicht gegangen. Ich habe es einmal versucht, die Mutter ist drangegangen. ›Meine Mutter geht immer dran‹, hat Sandra mir gesagt, ›wenn das Telefon klingelt.‹«

Zutter-Bertschy: »Der 13. Juni 1987. Erzählen Sie uns, was an diesem Samstag passierte.«

Lubzinski: »Ich habe von dem Konzert gewusst. Der Sänger ist ja später groß rausgekommen. Ich hatte mich nicht getraut, da reinzugehen. Ich habe meinen Ascona, meinen ganzen Stolz, ein paar Straßen weiter weg abgestellt und bin um das Jugendzentrum gestrichen. Hat sich nicht schlecht angehört, was der gespielt hat. In der Pause sind ein paar Jungs und Mädchen ins Freie gekommen. Als Letzte die Sandra. Sie hat sich umgeschaut und auf die Bank neben dem Eingang gesetzt. Ganz allein ist sie gewesen. Ich habe mich hinter dem Müllcontainer versteckt und sie gerufen. Sie ist zu mir gekommen. ›Du spinnst‹, hat sie gesagt, ›wenn das die Freunde von meinen Schwestern spitzkriegen.‹ Ich habe sie am Arm gepackt und ein Stück von den Müllcontainern weggezogen. Zuerst hat sie sich gewehrt, dann ist sie mitgekommen. Ich habe eine Decke dabeigehabt.«

Lauer: »Sie hatten eine Decke?«

Lubzinski: »Ich habe in meinem Rucksack immer eine Decke. Man konnte ja nie wissen.«

Ruch: »Was wissen?«

Lubzinski: »Tun Sie nicht so, Sie wissen doch, was ich damit sagen will.«

Zutter-Bertschy: »Fahren Sie bitte fort.«

Lubzinski: »Wir haben uns auf die Decke gesetzt und uns geküsst. Ich habe versucht, der Sandra das T-Shirt hochzuziehen. Als ich an ihren BH gekommen bin, hat sie meine Hände weggeschlagen. ›Lass das‹, hat sie gesagt, ›ich will das nicht.‹ ›Stell dich nicht so an‹, habe ich zu ihr gesagt. ›Du hast schon mit Jungs geschlafen, gib's zu!‹ Sie hat den Kopf geschüttelt. Ich habe nicht aufgehört, bis sie plötzlich geschrien hat. Richtig laut. ›Niemand hört dich‹, habe ich zu ihr gesagt. Das hat gestimmt. Denn die Pause ist vorbei gewesen. Die Musiker drin sind echt laut gewesen. Die Sandra hat weiter geschrien. Ich habe ihr ins Gesicht geschlagen. Sie hat aufgehört mit dem Schreien. Ganz überrascht hat sie mich angeschaut. ›Spinnst du?‹, hat sie gerufen. Dann habe ich sie festgehalten, damit sie nicht um sich schlagen konnte. Sie schrie die Namen ihrer Schwestern. Sehr laut.

Da habe ich die Beherrschung verloren. Ich habe meine Hände um ihren Hals gelegt und zugedrückt. Nur ein paar Sekunden lang. Ich bin so erschrocken, dass ich losgelassen habe. Sandra hat mich angeschaut. Mit einem Blick, den ich nie vergessen werde. Und sie hat einen Satz gesagt, der seit diesem Tag in meinem Kopf herumschwirrt, immer, ohne Pause. Ein kurzer Satz. Vier Wörter nur. ›Warum machst du das?‹

Ich habe die Kontrolle verloren über mich. Habe den Gürtel aus meiner Jeans gerissen und um ihren Hals gelegt. Und zugezogen. Als ich den Gürtel losließ, hat sie sich schon eine ganze Zeit nicht mehr bewegt. Ich habe ihr den BH heruntergezogen, die Höschen weggerissen. Ich habe mit der Sandra geschlafen. Nur, die Sandra ist tot gewesen, als ich mit ihr geschlafen habe.«

Zutter-Bertschy: »Wie ging es weiter?«

Lubzinski: »Ich habe auf ihr gelegen. Plötzlich habe ich Regentropfen gespürt in meinen Haaren. Es hatte wieder angefangen zu regnen. Ich bin zu mir gekommen. Ich bekam Panik. Was hatte ich da angerichtet? Ich habe die Sandra unter die Brombeerhecke gezogen. Die hat mir Hände und Arme verkratzt. Ich habe versucht, Zweige, Blätter über die Sandra zu werfen. Ich war viel zu aufgeregt. Ich habe meinen Rucksack und die Decke geschnappt, bin zu meinem Ascona zurück. In der Aufregung bin ich zuerst in der falschen Straße gelandet. Da habe ich echt Panik gekriegt.«

Lauer: »Wir haben DNA-Material des Täters am Tatort sichern können. Frau Zutter-Bertschy hat der Mannheimer Polizei aktuelle DNA-Proben des Beschuldigten zugeschickt. In wenigen Tagen wissen wir, ob das am Tatort gefundene Material mit dem Lubzinskis übereinstimmt.«

Zutter-Bertschy: »Wie ging es weiter?«

Lubzinski: »Ich habe den Ascona endlich gefunden und mich aus dem Staub gemacht. Ich war mir sicher, dass die Polizei mich über kurz oder lang finden würde.«

Lauer: »Wir hatten die Beschreibung eines jungen Mannes, Sandras Schwestern haben ihn beschrieben, der eine Freund, wir wussten auch von einem Ascona. Allerdings, dass wir die Suche auf Mannheim und Umgebung konzentriert haben.«

Lubzinski: »Ich habe gewusst, dass ich wegmuss. Ich habe meinen Arbeitsplatz gekündigt, die Wohnung aufgegeben, den Ascona verkauft, ach was, verscherbelt, weit unter Preis. Das wurmt mich heute noch. Ich brauchte Geld. Es ist kein Problem für mich gewesen, meine Zelte in Karlsruhe abzubrechen. Ich habe doch niemanden gehabt. Meine Eltern tot. Meine Oma tot. Und sonst hat es keinen Menschen gegeben, den ich gebraucht hätte. Das ist alles schnell gegangen. Keine zwei Wochen später bin ich in Basel gewesen. Das Weitere wissen Sie ja bereits.«

Zutter-Bertschy: »Warum sind Sie nach so vielen Jahren zu mir ins Büro gekommen und haben mir das Flohmarktbüchlein mit den Negativen gebracht?«

Lubzinski: »Dieser Blick, mit dem die Sandra mich angeschaut hat, kurz bevor ich den Gürtel genommen habe. Dieser Satz, den sie zu mir gesagt hat. Das hat mich verfolgt. Zuerst habe ich gedacht, das lässt nach. Nichts hat nachgelassen. Es stimmt nicht, wenn die Leute einem weismachen wollen, dass die Zeit alle Wunden heilt.«

Ruch: »In dem Sprichwort geht es um Verlust. Sie hatten keinen Verlust erlitten. Sie waren nicht Opfer. Sie sind Täter.«

Lubzinski: »Sie haben recht.«

Lauer: »Wenn Sie solche Gewissensbisse hatten, wenn die Geister dieses 13. Juni 1987 Sie gequält haben, dann verstehe ich nicht, warum Sie sich nicht bei der Polizei gestellt haben. Warum haben sie dieses Spiel mit uns gespielt?«

Lubzinski: »Die Polizei ist dazu da, Verbrechen aufzuklären. In meinem Fall hat die Polizei in Mannheim versagt.«

Ruch: »Sie müssen bedenken, dass mein Mandant seine Firma im Auge hatte.«

Lubzinski: »Ich sehe nicht ein, dass ich die Polizei belohnen soll und ihr den Täter auf dem Tablett serviere. Ich bin der Meinung, die Polizei muss es sich verdienen, wenn sie einen Mörder schnappt.«

Lauer: »Sie sprechen von sich in der dritten Person. Sie, Lubzinski, Sie sind der Mörder!

Lubzinski: »Ja, ja, ich bin der Mörder von Sandra. Und Sie, Kommissar Lauer, Sie haben meine Zeichen gedeutet und entschlüsselt. Sie haben mich gefunden. Deshalb haben Sie es verdient, dass ich verhaftet worden bin.«

Ruch: »Ich beantrage, dass ein psychologisches Gutachten über die Schuldfähigkeit des Stefan Lubzinski angefertigt wird.«

Lubzinski: »Nichts werden Sie. Ich lehne Sie ab als Pflichtverteidigerin. Ich will Sie nicht.«

Zutter-Bertschy: »Frau Rechtsanwältin Ruch, hier geht es um eine Befragung des Beschuldigten, der bei dieser Befragung ein Geständnis abgelegt hat. Alles andere werden die Gerichte entscheiden müssen.«

Scherzinger: »Und das werden nach Lage der Dinge die deutschen Gerichte sein.«

Lauer: »Das Auslieferungsersuchen wird in den nächsten Tagen bei Ihnen eingehen.«

Zutter-Bertschy: »Ich will der Entscheidung des Bundesamtes für Justiz nicht vorgreifen. Aber wie ich die Lage der Dinge einschätze, wird diesem Ersuchen auch stattgegeben werden. Was meinen Sie, Wachtmeister Scherzinger?«

Scherzinger: »Ich denke, es gibt keine Einwände.«

Zutter-Bertschy: »Und Sie, Rechtsanwältin Ruch?«

Ruch: »Von Seiten meines Mandanten gibt es keine Bedenken.«

Zutter-Bertschy: »Dann sind wir am Ende. Ich danke allen Beteiligten für ihre konstruktive Mitarbeit. Ende der Vernehmung um 10.24 Uhr.«

Samstag, 27. September

Vierzig

Lauer wachte auf. Der Kopf tat ihm weh. Die Lider klebten fest. Er musste sich erst die Augen reiben, damit er etwas sehen konnte. Dann schaute er sich um. Er wusste nicht, wo er war. Blümchentapete. Er hatte noch nie in einem Zimmer mit Blümchentapete geschlafen. Wo war er? Er war allein im Bett. Wenigstens das. Das Bett war ein Einzelbett. Höchstens 80 oder 90 Zentimeter breit. Als er aufstand, schwankte er. Er ließ sich aufs Bett zurückfallen. Die Schulter tat ihm weh. Gestern Abend. Alkohol. Wieder zu viel davon.

Entschlossen stand er erneut auf, ging zum Fenster und zog den Vorhang zur Seite. Geblendet kniff er die Augen zusammen. Die Sonne schien. Er öffnete das Fenster. Warme Luft strömte herein. Er schaute auf die Straße. Sah den Bäckerladen auf der anderen Straßenseite. Links einige Häuser entfernt die Metzgerei. Die Kreuzung direkt unter sich. Das gelbe Schild mit schwarzem Rand und der Aufschrift »Höningen«. Er war in Altleiningen. In der *Krone*. Und die Erinnerung an den gestrigen Abend und den gestrigen Tag kehrte zurück.

An der Tür klopfte es. »Herr Kommissar, alles in Ordnung?«

Dieter Schwarzes Stimme. Der Koch in der *Krone*.

»Wie lange willst du noch im Bett bleiben? Es ist halb eins. Zeit für das Mittagessen.«

Gestern Mittag kurz nach zwölf der Anruf Clements. Sie waren mit der Vernehmung Stefan Lubzinskis fertig, das Protokoll war unterschrieben. Um zwanzig vor zwölf hatte in Muttenz eine improvisierte Pressekonferenz in Lauers Beisein stattgefunden.

»Lauer, um 18 Uhr Termin hier im Präsidium. Interne Ermittlungen gegen Sie. Haben die beiden Ermittler aus Karlsruhe Sie nicht erreicht?«

Lauer verneinte. »Ich bin in der Schweiz, das wissen Sie doch.«

»Sie kommen auf der Stelle zurück. Nehmen Sie den nächsten Zug. Das ist eine Anweisung.«

Und Clement hatte aufgelegt.

Zutter-Bertschy hatte erst vorgeschlagen, Clements Anweisung zu ignorieren.

»Du bleibst übers Wochenende hier«, hatte sie bestimmt.

Als Lauer ihr den Sachverhalt geschildert hatte, Anzeige wegen Körperverletzung und sexueller Belästigung, allerdings zurückgezogen, Vorwurf der rassistischen Beleidigung Michael Bruhns alias Abu Yahia al-Almany, änderte sie ihre Meinung.

»Das ist zu ernst. Du musst zu dem Termin. Ich fahre dich zum Bahnhof. Wir suchen den nächsten Zug raus. Vielleicht bleibt noch Zeit für einen Imbiss. Wir beide zusammen.«

Um kurz nach zwei und um 15.06 Uhr fuhr ein IC nach Mannheim. Lauer entschied sich für den späteren Zug, der um 17.14 Uhr in Mannheim sein sollte, genügend Zeit, um rechtzeitig zum Termin um 18 Uhr im Polizeipräsidium zu sein. Wenn er sich beeilte, schaffte er es in fünf Minuten zu Fuß vom Bahnhof bis zum Präsidium. Und Zutter-Bertschy und er konnten noch eine Kleinigkeit essen beim Libanesen in der Markhalle direkt am Bahnhof, wie vor einigen Tagen.

»Unser nächstes Treffen steht hoffentlich unter einem besseren Stern«, sagte Zutter-Bertschy zum Abschied.

»War schön, dich gesehen zu haben, Margit.«

Lauers Handy summte und vibrierte. Er suchte es und fand es unter dem Deckbett. Eine Threema-Nachricht von Fabian.

Früher hatten sie per WhatsApp kommuniziert. Das habe zu viele Sicherheitslücken, hatte Fabian gemeint und die App zweier Schweizer Software-Freaks vorgeschlagen, Threema eben.

»Abhörsicher und gut verschlüsselt. Schweizer Wertarbeit«, hatte Fabian gesagt und Lauer den Account eingerichtet und konfiguriert.

»Mein Vater schon wieder in Basel. Leo?«

Woher wusste Fabian, dass er gestern in Basel gewesen war? Wieder summte und vibrierte das Handy.

»Du bist der Star hier. Artikel in der Basler Zeitung. Das Foto, auf dem du mit dieser Staatsanwältin zu sehen bist. Sag, läuft da was?«

Unwillkürlich schüttelte Lauer den Kopf.

»Wie kommst du da drauf? Natürlich nicht. Ich war rein dienstlich in Basel«, tippte er in sein Handy.

Fabians Antwort ließ nicht auf sich warten.

»Ich fotografiere den Artikel ab und schicke ihn dir. Erst kommt ein Foto von Sophia in ihrem neuen Sandkasten. Mach es gut, Leo!«

Das Foto zeigte Sophia in einem Sandkasten, der den Grundriss eines Schiffes hatte. Sie stand in der Mitte an einem Mast, den eine rote Flagge zierte, und hielt ein rotes Plastiklenkrad in der Hand. »Kapitän Sophia«, hatte Fabian unter das Bild geschrieben. Der Zeitungsartikel ließ auf sich warten.

Vor Freiburg hatte sich ein Selbstmörder vor einen Zug geworfen, die Strecke war gesperrt und Lauer kam mit einer Dreiviertelstunde Verspätung in Mannheim an. Sieben Minuten nach 18 Uhr lief er im Polizeipräsidium ein.

Clement erwartete ihn mit Vorwürfen. »Wo bleiben Sie, Lauer? Sie wissen, wie wichtig der Termin ist.«

»Wo sind die Ermittler?«, fragte Lauer.

»Noch nicht da«, musste Clement eingestehen, »stehen vor Bruchsal im Stau.«

Lauer wartete im Besprechungszimmer, ging auf und ab, konnte sich nicht konzentrieren und hätte am liebsten das Zimmer und das Präsidium hinter sich gelassen.

Um 19.10 Uhr kam Clement ins Zimmer und teilte Lauer mit, dass der Termin verschoben werden musste. Nach dem Stau hatten die Kollegen aus Karlsruhe eine Panne auf Höhe von Hockenheim.

Lauer wollte erst aufbrausen, überlegte es sich anders, packte seine Unterlagen zusammen und verließ wortlos das Zimmer.

»Was war in Basel? Ich verlange, dass Sie mich informieren«, sagte Clement.

Lauer hob die Hand lässig zum Gruß und ging auf die Treppe zu.

Als sein Vorgesetzter merkte, dass Lauer sich nicht aufhalten ließ, rief er ihm hinterher: »Gleich am Montagmorgen!«

Unten auf der Straße zog Lauer sein Handy heraus, wählte die Nummer der *Krone* und bestellte bei Johanna Schwarze, der Wirtin, einen Sauerbraten mit Knödeln und Rotkohl. Dazu ein Export.

Wieder summte und vibrierte Lauers Handy. Der Zeitungsbericht aus der Basler Zeitung, den Fabian angekündigt hatte. Auf dem Foto war er gut getroffen und Zutter-Bertschy schaute ihn, Lauer suchte nach dem passenden Wort, wohlwollend an.

Geständnis nach 27 Jahren – Mann gibt zu: »Ich habe 1987 eine Frau ermordet.«

Muttenz – Es war der 13. Juni 1987, ein verregneter Samstag. Abends sang der amerikanische Sänger Sydney Youngblood mit seiner Band im »Soulman Club«, einem Jugendzentrum im Mannheimer Problembezirk Waldhof-Ost. Sandra P., fünfzehnjährige Hauptschülerin aus diesem Stadtteil, besuchte mit ihren drei älteren Schwestern und deren Freunden das Konzert. Die Stimmung beim Konzert war gut, die jungen Leute sangen begeistert mit. In der Pause ging Sandra nach draußen, um frische Luft zu schnappen, wie sie ihrer ältesten Schwester gesagt hatte. Dort traf sie auf einen Mann, zwanzig Jahre alt. Im Gebüsch hinter dem Jugendzentrum vergewaltigte und erdrosselte er das Mädchen, zog die Leiche ins Gebüsch und verschwand.

Die zwanzig Mannheimer Ermittler in der SOKO »Soulman Club« tappten jahrelang im Dunkeln. Jetzt, mehr als siebenundzwanzig Jahre nach der Tat, wurde in Binningen bei Basel ein Mann verhaftet, der zugibt, Sandra P. getötet zu haben. Die Polizei hält seine Aussagen für glaubhaft. Vorausgegangen waren intensive Ermittlungen, bei denen die schweizerischen und die deutschen Behörden kooperierten.

»Die Zusammenarbeit verlief effektiv, kollegial und unbürokratisch«, teilte die zuständige Muttenzer Staatsanwältin Margit Zutter-Bertschy bei einer Pressekonferenz in Muttenz mit. Dabei würdigte die Staatsanwältin die Teamarbeit

mit dem ebenfalls anwesenden Kriminalhauptkommissar Leonhard Lauer vom Polizeipräsidium Mannheim.

»Ohne Hauptkommissar Lauer hätten wir von dem Beschuldigten kein Geständnis erhalten«, betonte Zutter-Bertschy.

»Wir wären nie auf ihn gekommen«, gestand Kommissar Lauer. »Der Mann lebte als ehrbarer Bürger viele Jahre in der Schweiz. Durch Fotos, die er uns zuspielte, sind wir erst auf seine Spur gekommen.«

Nach seinem Geständnis sitzt der jetzt Siebenundvierzigjährige in Muttenz in Untersuchungshaft. Ein Auslieferungsbegehren aus Deutschland werde in den nächsten Tagen bei der Staatsanwaltschaft Basel Landschaft eingehen, informierte Staatsanwältin Zutter-Bertschy. Einer zügigen Auslieferung scheint nichts im Weg zu stehen. Der Mannheimer Kommissar beschrieb, wie der Beschuldigte, der aus Karlsruhe stammt, sich kurz nach der Tat in die Schweiz abgesetzt habe. Die Suche nach dem Täter, die Zeugenbefragungen, die Veröffentlichung eines Phantombildes, all das fand aber in Mannheim statt. Hier in der Metropolregion vermutete die Polizei den Täter.

»Schwer zu sagen, ob wir ihn gefasst hätten, wenn er nicht das Land verlassen hätte«, gab Kommissar Lauer zu bedenken. »Die Chancen für eine erfolgreiche Ermittlungsarbeit wären auf jeden Fall besser gewesen.«

Ob der Mann, der im Alter von zwanzig Jahren das fünfzehnjährige Mädchen auf so grausame Art tötete, weitere Menschen getötet hat, wissen die Ermittler noch nicht.

»Dieser Frage werden wir jetzt nachgehen«, bekräftigte Staatsanwältin Zutter-Bertschy.

Die Leiche der jungen Sandra P. wurde am frühen Abend des 13. Juni 1987 von ihrer ältesten Schwester und ebenjenem Kommissar Lauer entdeckt. Er war damals zufällig Zuschauer beim Konzert im »Soulman Club« gewesen. Dass die Hilferufe der jungen Frau nicht gehört wurden, soll am Konzert gelegen haben. Die laute Musik habe alles übertönt.

Am »Soulman Club« auf dem Waldhof in Mannheim erinnert heute ein Gedenkstein an Sandra P. und ihr trauriges Schicksal.

Nach dem Sauerbraten und dem zweiten Bier fühlte sich Lauer gestärkt. Der ganze Frust des gestrigen Abends und des Tages war wie weggeblasen. Um Viertel vor neun, die meisten Gäste hatten sich verabschiedet, setzte sich Dieter Schwarze mit seiner obligatorischen süßen Roséschorle zu ihm an den Tisch.

»Wie geht's unserem Mannheimer Kommissar? Alle Gauner hinter Gitter gebracht?«

»Alle Fälle sind gelöst, Dieter. Vor wenigen Stunden hat ein Täter sogar einen 28 Jahre zurückliegenden Mord gestanden. Es läuft prächtig.«

»Und sonst? Was macht deine Schwester?«

»Hab lange nichts von ihr gehört. Aber seit ihr Mann sie verlassen hat, blüht sie auf.«

»Bring sie mal wieder mit«, sagte Johanna, die sich mit zu ihnen an den Tisch gesetzt hatte.

»Und in der Liebe, wie läuft es da?«, fragte der Koch der *Krone*. »Diese nette Kollegin, wie hieß sie, Irene, hast du noch Kontakt mit ihr?«

Lauer winkte ab und fuhr sich mit beiden Händen durch die Haare. »Frag lieber nicht!«

Nach dem vierten Bier und dem dritten Kirschschnaps sprudelte es aus Lauer heraus. Er erzählte von seiner Fernbeziehung zu Irene Meyers. Erzählte von der Staatsanwältin aus Muttenz, der er nähergekommen war. Gestand, dass er nicht wisse, wo ihm der Kopf stehe. Dass in seinem Innern Chaos herrsche.

»Ja, ja, ihr Männer und das Gefühlschaos«, seufzte Johanna.

Dieter Schwarze nahm einen Schluck und sagte: »Besser den Spatz in der Hand als die Taube auf dem Dach!«

Lauer war irritiert. Was sollte das jetzt heißen?

»Was meinst du damit? Wer ist Spatz, wer ist Taube?«

»Das kannst nur du herausfinden«, sagte Johanna Schwarze, bevor ihr Mann Lauer antworten konnte.

Stattdessen schenkte der die Schnapsgläser wieder voll.

»So lasse ich dich nicht fahren«, sagte Johanna, als sie kurz vor Mitternacht ins Bett gehen wollte. »Oben haben wir noch eine Kammer. Hatten wir früher vermietet. Bis der Aufwand sich nicht mehr gelohnt hat. Ich richte dir das Zimmer her.«

Lauer nickte und trank sein Glas leer. So kam es, dass er mit Dieter Schwarze bis kurz vor drei im Schankraum der *Krone* saß. Auf den Kirsch folgte Williams Christ, dann der Enzianschnaps, den Lauer nicht mochte. Heute schmeckte er ihm vorzüglich. Es konnte aber auch daran liegen, dass er schon viel zu viel geschluckt hatte.

Lauer hatte sich unter die Dusche gestellt und fühlte sich gleich besser. Die Kopfschmerzen waren sanfter, er war nicht mehr so gerädert wie beim Aufwachen. Gerade als er sein Hemd zuknöpfte, klingelte sein Telefon. Er schaute auf das Display. Irene! Die hatte er ganz vergessen.

»Leo Lauer!«

Wenn sie so anfing, hatte das nichts Gutes zu bedeuten.

»Ich bin seit halb zehn in deiner Wohnung. Hab erst einmal aufgeräumt, Geschirr gespült, deine Wäsche in die Waschmaschine geworfen. Hier hat es verheerend ausgesehen. Wo bist du?«

»In der *Krone*, vorher in der Schweiz«, stammelte er. »Gestern war ich in der Schweiz, dienstlich. Dann bin ich nach Altleiningen gefahren, dort versackt.«

»Und an mich denkst du nicht?«

»Ich hab das total verschwitzt. Wenn ich mich beeile, kann ich in einer Stunde in Mannheim sein. Ich beeile mich.«

»Ach, lass! Weißt du, was ich jetzt mache? Ich setze mich in mein Auto und fahre nach Hause.« Damit legte sie auf.

Lauer knöpfte das Hemd nicht weiter zu. Er setzte sich auf den nächsten Stuhl und versuchte, einen klaren Gedanken zu fassen.

Mittwoch, 1. Oktober

Einundvierzig

Ein goldener Oktober, dachte Lauer, als er kurz vor acht seine Wohnung verließ. Das Thermometer vor seinem Küchenfenster hatte 13 Grad angezeigt. Eine wunderschön zarte Sonne. Im Verlauf des Tages würde die Quecksilbersäule auf 21 Grad klettern. Um 14 Uhr ein kurzer Regenschauer, dann wieder Sonne pur. Ein goldener Oktober mit Einschränkungen, dachte Lauer, als er abends kurz nach 19 Uhr in seine Wohnung zurückkehrte.

Gestern Nachmittag hatten die Ärzte grünes Licht gegeben. Am Montag war Martin Weber vom Krankenhaus auf die Krankenstation des Gefängnisses im Herzogenried verlegt worden. Heute um elf Uhr sollte eine erste Vernehmung im Café Landes, wie das Gefängnis im Volksmund hieß, stattfinden. Lauer und Meißner sollten in Anwesenheit eines Vertreters der Staatsanwaltschaft den Beschuldigten Weber befragen.

Als Lauer und Meißner an der Pforte des Gefängnisses ankamen, wartete dort Theresa Brandes auf sie.

»Schön Sie zu sehen«, begrüßte Lauer die Staatsanwältin.

»An den Dirmsteiner Rotwein denken Sie noch!«, flüsterte sie Lauer zu, während der Beamte an der Pforte ihre Ausweise überprüfte und danach die Taschen durchsuchte.

»Der steht für Sie bereit. Aber am liebsten …« Lauer brach den Satz ab.

Die Staatsanwältin lächelte, sagte aber nichts.

Mein Kollege schäkert mit der Staatsanwältin, sagte sich Meißner, schaute Lauer ins Gesicht und zog die Augenbrauen hoch.

»Wer vertritt Weber?«, fragte Meißner Brandes.

»Ein junger Rechtsanwalt, einen Moment.« Theresa Brandes blätterte in einem Schnellhefter. »Aaron Sternberg.«

»Mit ihm hatten wir noch nicht zu tun.«

»Sternberg ist Webers Pflichtverteidiger«, sagte Brandes.

Martin Weber lag in einem Bett, das in das Besucherzimmer des Gefängnisses geschoben worden war. Er hing noch am Tropf und hatte dunkle Ringe unter den Augen. Er nickte den Kommissaren und der Staatsanwältin zu, als diese an sein Bett traten und sich vorstellten.

»Aaron Sternberg«, stellte sich der Rechtsanwalt vor.

Theresa Brandes blickte zu Lauer und zu Meißner, der den Tisch, der in der Ecke stand, neben das Bett stellte. Sie holte das digitale Aufnahmegerät aus ihrer Tasche und platzierte es auf dem Tisch.

»Das wird nicht nötig sein«, sagte Sternberg und deutete auf das Gerät.

»Warum nicht?«, fragte Lauer.

Aber Brandes wartete eine Antwort des Pflichtverteidigers nicht ab. Sie schaltete das Gerät ein und startete die Aufnahme.

»Mittwoch, 1. Oktober, 11.07 Uhr. Vernehmung des Beschuldigten Martin Weber, geboren am 14. Juli 1972 in Heidelberg, Familienstand verheiratet. Anwesend sind der Beschuldigte und sein Pflichtverteidiger Rechtsanwalt Sternberg, die beiden Hauptkommissare Lauer und Meißner, meine Person, Staatsanwältin Brandes. Herr Weber, möchten Sie etwas zu Ihrer Person sagen?«

Weber hatte, als Brandes das Aufnahmegerät eingeschaltet hatte, die Augen geschlossen und zur Zimmerdecke geblickt.

»Mein Mandant wird sich zu seinen persönlichen Verhältnissen nicht äußern«, sagte Sternberg.

»Herr Weber, Ihnen wird vorgeworfen, Ihren Stiefsohn Oliver Mehmet Hayreddin am 12. September dieses Jahres gewaltsam getötet zu haben. Möchten Sie zu der Anschuldigung etwas sagen?«

»Mein Mandant äußert sich nicht zu den Anschuldigungen.«

»Was soll das?«, fragte Lauer.

»Ich verstehe Ihre Frage nicht, Herr Hauptkommissar. Mein Mandant macht Gebrauch von seinem Recht.«

»Können Sie die Aussage Ihres Verteidigers bestätigen, Herr Weber?«, fragte Brandes.

Weber nickte kaum merklich.

»Sie müssen sich so äußern, dass ich Ihre Antwort aufnehmen kann.«

»Ja, ich möchte nichts sagen«, sagte Weber mit leiser Stimme.

»Dann beende ich die Vernehmung des Martin Weber um 11.11 Uhr«, sagte die Staatsanwältin und schaltete das Aufnahmegerät aus.

Die beiden Wärter, die neben der Tür standen, schoben Webers Bett aus dem Zimmer.

Aaron Sternberg streckte der Staatsanwältin die Hand entgegen. »Es tut mir leid.«

»Das muss es Ihnen nicht«, sagte Brandes. »Sie machen Ihren Job.«

»Für mich ist das mehr als ein Job.«

Theresa Brandes griff Sternbergs Hand und hielt sie fest. »Sie sollten mit Ihrem Mandanten reden. Mit so einer Schuld zu leben …«

Der junge Anwalt zog seine Hand zurück. »Wie ich meinen Mandanten verteidige, müssen Sie mir überlassen, Frau Staatsanwältin.« Sternberg verbeugte sich und verließ das Zimmer.

Der wird es noch weit bringen, dachte Lauer und sagte: »Das darf nicht wahr sein.«

»In der Tat«, sagte Brandes, »eine unangenehme Situation. Kein Geständnis, keine unmittelbaren Tatzeugen, alles läuft auf einen Indizienprozess hinaus. Was haben wir in der Hand?«

»Wir haben das Büchlein, in das Oliver Mehmet Hayreddin Koransuren auf Arabisch abgeschrieben hat. In diesem Büchlein wirft er seinem Stiefvater sexuellen Missbrauch vor«, sagte Meißner.

»Und wir haben die Aussage des Zimmermädchens«, sagte Lauer, »dass Weber an der Zimmertür seines Stiefsohnes stand und sich mit ihm gestritten hat.«

»Wir haben niemanden, der die beiden auf der Dachterrasse gesehen hat.«

»Das stimmt, Frau Staatsanwältin. Mein Kollege Lauer war Augenzeuge, fast Augenzeuge. Er hat gesehen, dass Hayreddin rückwärts vom Dach gefallen ist.«

»Ihr Kollege hat nicht gesehen, ob der junge Mann von seinem Stiefvater gestoßen oder sonst wie gezwungen wurde zu springen«, sagte Theresa Brandes.

»Warum sollte er freiwillig springen?«, fragte Meißner. »Aus seinen Aufzeichnungen wissen wir, dass er seinen Stiefvater beschuldigt hat. Wenn seine Mutter davon erfahren hätte, das wäre alles andere als angenehm gewesen für Martin Weber. Dem wäre es an den Kragen gegangen. Ehe kaputt. Arbeit futsch. Untersuchungshaft. Und wir alle kennen die Dynamik, andere Eltern aus dem Fußballverein hätten sich vielleicht gemeldet und von weiteren Missbrauchsfällen berichtet. Weber trainierte Kinder in einem Fußballverein auf dem Lindenhof. Und in der Vergangenheit hat es Vorwürfe gegen ihn gegeben.«

»Ich bin bei Ihnen«, sagte die Staatsanwältin. »Aber es geht nicht darum, was wir glauben. Wenn der Verteidiger clever ist, und daran zweifle ich keinen Moment, wird er Szenarien entwickeln, die uns abstrus vorkommen, die die Richter und Schöffen verunsichern könnten. Und wie Sie wissen, im Zweifel für den Angeklagten.«

»Könnten Sie konkreter werden, Frau Brandes?«, fragte Lauer.

»Zum Beispiel, dass Hayreddin sich selbst vom Dach gestürzt hat, aber alles so inszeniert hat, dass der Verdacht auf Weber fällt.«

»Ich muss sagen, das ist …« Meißner suchte nach Worten. »Abenteuerlich ist das. Und der junge Mann ist so abgebrüht, dass der sich rückwärts in die Tiefe stürzt, was nun wirklich gegen einen Suizid spricht.«

»Der junge Mann war aktiver Kämpfer beim IS«, sagte Theresa Brandes. »Logisch, dass er abgebrüht war. Langsam, Herr Hauptkommissar, bevor Sie sich echauffieren. Das ist nicht meine Meinung. Ich versuche, mich in unseren Pflichtverteidiger hineinzuversetzen.«

»Mord zur Vertuschung«, sagte Meißner. »Weber hat seinen Stiefsohn gestoßen oder zu dem Sturz gezwungen, damit es kein Verfahren wegen sexuellen Missbrauchs gegen ihn gibt. So ist das abgelaufen. Meiner Meinung nach.«

»Das wird in meiner Anklageschrift stehen, Mord zur Vertuschung des sexuellen Missbrauchs. Es wäre gut, wenn Sie noch Indizien zusammentragen könnten.«

»Wir werden uns bemühen«, sagte Lauer.

»Am besten wäre natürlich ein Geständnis«, sagte die Staatsanwältin, als sie das Zimmer verließen.

Zweiundvierzig

Zurück im Präsidium wartete ihr Kollege Onur Tanaoğlu auf dem Besucherstuhl in Frau Werners Büro auf sie. In der linken Hand hielt er einen marmorierten, glatten Kieselstein, den er, als Lauer und Meißner das Zimmer betraten, auf den Schreibtisch zurücklegte.

»Sie haben recht, Frau Werner«, sagte Tanaoğlu. »Ihr Handschmeichler hat eine beruhigende Wirkung.« Und an Lauer und Meißner gewandt, sagte er: »War gerade im Haus. Da dachte ich, ich schaue vorbei. Vielleicht können meine Infos nützlich sein. Vielleicht ist das nicht nötig, wenn Weber gestanden hat.«

»Von wegen«, sagte Meißner. »Der verweigert jede Aussage.«

Lauer und Meißner gingen in ihr Büro und Tanaoğlu folgte ihnen.

»Jetzt spuck aus, was du zu sagen hast«, forderte Lauer den Kriminaltechniker auf.

Er klang ein wenig gereizt.

»Das Haar auf dem Bettvorleger im Leonardo, ihr erinnert euch, das stammt von Martin Weber.«

»Also war er nicht nur an der Tür und hat sich mit Hayreddin gestritten, er war auch im Zimmer«, sagte Meißner.

»Glasklare Schlussfolgerung«, sagte Lauer. »Bravo!«

»Fragt sich, was er in dem Zimmer suchte.«

Lauer und Meißner schauten Tanaoğlu an.

»Was guckt ihr? Wir wissen vom Zimmermädchen, dass Hayreddin und Weber Richtung Treppenhaus unterwegs waren. Hayreddin suchte vermutlich einen ruhigen Platz, um sich mit seinem Stiefvater auseinanderzusetzen. Die Dachterrasse. Und die beiden haben sich dort wahrscheinlich weiter gestritten. Dann ist Weber, nachdem das Ganze eskaliert war und er Hayreddin vom Dach befördert hatte, ins Zimmer zurückgekommen. Dort hat er vermutlich nach was gesucht, nach Aufzeichnungen, nach Briefen, nach dem Koranbüchlein, was weiß ich. Deshalb die Unordnung im Zimmer.«

»Zu viele Vermutungen«, sagte Lauer.

»Finde ich gar nicht, Leo«, sagte Meißner. »Lass Onur weiterreden.«

»Hayreddin ist nach Mannheim zurückgekehrt, weil er Geld für den IS besorgen sollte. Das war der eine Grund. Er wollte, das ist aus seinen Briefen und E-Mails ersichtlich, nach Syrien zurück. Losgesagt vom IS hat er sich nicht. Aber er hatte noch eine andere Mission, eine Mission, die möglicherweise für ihn wichtiger war. Er wollte, dass bekannt wird, was sein Stiefvater ihm angetan hatte, dass der bestraft wird. Er hatte vor, seine Mutter zu informieren, dass er von ihrem Mann, seinem eigenen Stiefvater, missbraucht worden war. Und er wollte vielleicht auch, dass die Polizei davon erfährt.«

»Das sind Spekulationen«, sagte Lauer.

»Jetzt lass Onur seine Gedanken weiterführen«, sagte Meißner ungeduldig. »Webers Motiv wäre demzufolge …«

»Vertuschung«, sagte Tanaoğlu. »Ein Mord zur Vertuschung.«

Lauer und Meißner mussten an die Worte der Staatsanwältin denken.

»Hast du Beweise für deine Theorie?«, fragte Lauer den Kriminaltechniker.

»Ich hab mir das Koranbüchlein noch einmal angesehen. Ziemlich am Ende bin ich auf eine weitere Stelle gestoßen, die ich beim ersten Lesen übersehen habe. Eine Stelle, wo Hayreddin Persönliches preisgibt.«

»Und worum geht es?«, fragte Meißner.

»Es geht um seinen Stiefvater, den er den Ungläubigen nennt. Es geht um seine Mutter. Er erwähnt etwas, was seine Mutter bald in Händen halten wird. Ein Schriftstück. Einen Brief. Oder so was Ähnliches.«

»Einen Brief?«, sagte Lauer.

»Hier, lest selbst.«

Allah ist weise. Allah sieht alles. Allah wird den Ungläubigen bestrafen. Bald wird Mutter die Wahrheit in Händen halten. Sie wird alles erfahren. Was der Ungläubige mir angetan hat. Sie wird wissen, was sie zu tun hat. Allah hat kein Mitleid mit dem Ungläubigen.

»Da steht nichts von einem Brief«, sagte Lauer.

»In Händen halten, hat Hayreddin es formuliert«, sagte Tanaoğlu. »Was zum Anfassen. Ein Stück Papier, ein Brief vielleicht.«

»Frau Hayreddin-Weber hat nichts von einem Brief erzählt«, stellte Meißner fest.

»Das hat nichts zu sagen«, meinte Tanaoğlu. »Vielleicht hat sie ihn nicht erhalten. Vielleicht hat Weber ihn abgefangen. Vielleicht hat sie uns auch angelogen. Ich werde das Gefühl nicht los, dass sie nicht mit offenen Karten gespielt hat.«

»Ich glaube, du tust der Frau Unrecht«, sagte Meißner.

»Auf jeden Fall müssen wir der Spur nachgehen«, sagte Tanaoğlu.

»Die Schreckschusspistole?«, fragte Lauer.

»Die Ekol Firat Magnum«, sagte Tanaoğlu.

»Passt zu der ganzen Geschichte«, sinnierte Lauer. »Klingt so türkisch.«

»Die Firma Ekol *ist* ein türkischer Waffenhersteller für Schreckschusspistolen und Revolver. Die machen Repliken von bekannten Waffen. Die Firat Magnum ist ein täuschend ähnlicher Nachbau der Beretta 92 FS. Eine schwere Waffe, alle Funktionsteile sind aus Stahl. Von der scharfen Beretta nicht zu unterscheiden. Und du brauchst keinen Waffenerwerbsschein.«

»Frei verkäuflich«, sagte Lauer.

»Genau«, unterstützte Tanaoğlu seinen Kollegen. »In jedem gut sortierten Waffenladen erhältlich, im Internet sowieso. Dürfte so um die 150 Euro kosten.«

Lauer fiel da etwas ein. »Webers Waffe … Kannst du sagen, wie alt die ist? Hatte Weber die Waffe schon länger?«

»Auf keinen Fall. Die Waffe machte einen neuen Eindruck. Nagelneu, würde ich behaupten. Wahrscheinlich ist kein einziges Mal damit geschossen worden. Aber dafür müsste ich mir das Teil noch einmal vornehmen. Warum fragst du?«

Lauer lehnte sich in seinem Schreibtischstuhl zurück und verschränkte die Hände im Nacken. »Frau

Hayreddin-Weber wusste nichts von einer Schreckschusspistole ihres Mannes. ›Das kann ich mir nicht vorstellen. Mein Mann hat nie was von einer Waffe gesagt‹, waren ihre Worte. Mir schwirrt da was im Kopf herum. Wir wissen, Hayreddin hat seinen Stiefvater kurz vor 18 Uhr angerufen, nehmen wir an, und – das ist sehr wahrscheinlich – er hat ihm gesagt, dass er ihn auffliegen lassen wird. Weber gerät in Panik, besorgt sich die Waffe.«

»Du meinst, er hat sie nach dem Anruf gekauft?«, fragte Meißner.

»Wenn wir Weber nachweisen könnten, dass er sich die Waffe am Donnerstagabend besorgt hat, das wäre ein weiteres Puzzleteilchen, um ihn als Täter zu entlarven.«

»Schon«, sagte Tanaoğlu. »Aber es erscheint mir unwahrscheinlich, dass wir herausfinden können, wo er die Waffe herhat. Die vielen Waffenläden hier in der Rhein-Neckar-Region. Das Internet fällt hier wohl weg.«

»Eben, das Zeitfenster ist zu eng«, sagte Lauer. »Donnerstagabend zwischen 18 und 20 Uhr, wahrscheinlich machen die meisten Geschäfte früher zu. Geht zeitlich nicht. Es muss im Grunde ein Geschäft in Mannheim oder der näheren Umgebung sein.«

»Dann wissen wir, was wir morgen zu tun haben«, sagte Meißner. »Klinkenputzen bei allen Waffengeschäften in Mannheim und den Geschäften in der Nähe.«

In diesem Moment erschien Frau Werner im Türrahmen.

»Da ist ein junger Mann. Der möchte mit Ihnen reden. Es sei wichtig, sagt er.«

Dreiundvierzig

Ins Zimmer trat Emrah Osmanoglu.

Lauer war überrascht. Und auch Meißner konnte sein Erstaunen nicht verbergen.

»Herr Osmanoglu, was führt Sie zu uns?«, fragte Lauer.

»Ich muss mit Ihnen reden.«

»Gut. Was wollen Sie?«

»Eine Aussage machen.«

Was Hayreddins Freund von sich gab, überraschte die Kommissare noch mehr als sein plötzliches Erscheinen im Präsidium.

»An diesem Donnerstag vor seinem Tod, nach der Moschee am Neuen Meßplatz, hat Oliver mir einen Briefumschlag in die Hand gedrückt. Name und Adresse seiner Mutter war auf dem Umschlag. ›Den musst du für mich aufheben‹, hat Oliver zu mir gesagt. ›Wenn ich mich bei dir melde in den nächsten Tagen, kannst du den Brief wegwerfen. Wenn du bis Montag keine Nachricht von mir hast, bringst du den Brief zur Post, unbedingt Einschreiben.‹ Das hat Oliver zu mir gesagt.«

»Brief. Hab ich doch gesagt«, sagte Tanaoğlu.

»Warum haben Sie uns das nicht schon längst erzählt?«, fragte Meißner.

»Ich musste Oliver versprechen, niemandem, wirklich niemandem, davon zu erzählen. Ich hab ihm mein Wort gegeben.«

»Sie haben Beweismaterial unterschlagen und die Ermittlungen behindert! Wir hätten viel früher …« Lauer war aufgesprungen.

»Ich hab Oliver mein Ehrenwort …«

»Wenn ich das höre!«

»Leo, ganz andere haben ihr Ehrenwort über Recht und Gesetz gestellt.«

»Und was hat zu Ihrer Meinungsänderung geführt?«, fragte Lauer und setzte sich wieder.

»Der Bericht auf SWR4.«

»Was für ein Bericht?«, fragte Lauer.

»Vor einer halben Stunde. Dass Olivers Stiefvater verhaftet worden ist. Das Interview mit dem Anwalt seines Stiefvaters.«

»Aaron Sternberg?«

»Das ist der Name gewesen. Und der hat gesagt, dass der Stiefvater jede Aussage verweigert. Dass es keine Augenzeugen gibt. Dass die Polizei nichts in der Hand hat. Dass es sein könnte, dass Oliver sich selbst vom Dach gestürzt hat, um den Verdacht auf seinen Stiefvater zu lenken. Dass Oliver ein IS-Terrorist war, dem man alles zutrauen könne.«

»Und Sie haben den Brief am Montag aufgegeben?«, fragte Meißner.

»Wie ich es Oliver versprochen hatte. Da er am Freitag ums Leben gekommen ist, bin ich davon ausgegangen, dass es in seinem Sinn ist. Er hat mir ja erzählt, dass er seine Mutter treffen und ihr alles erzählen wollte. Aber das konnte er ja nicht mehr.«

Langsam wird dieses Wohnzimmer mein zweites Zuhause, dachte Lauer, als sie auf den Sesseln Frau Hayreddin-Weber gegenübersaßen. Die Frau weinte, nachdem sie sie über die neuen Erkenntnisse informiert hatten.

»Ich habe meinen Sohn verloren. Und meinen Mann. Zwei Mal.«

»Sie werden den leiblichen Vater Olivers nicht gleichsetzen mit Weber«, sagte Meißner.

»Sie haben recht. Aber es schmerzt sehr.«

»Wo könnte Ihr Mann einen Brief, den er Ihnen vorenthalten möchte, verstecken?«, fragte Lauer.

»Unter dem Teppich. In einem Buch. Hinter ein Bild kleben. Was weiß ich?«

»Sie wussten von dem Brief nichts? Keinerlei Andeutung?«, fragte Meißner.

»Nichts.«

»Dann würde ich mir ein Versteck aussuchen, bei dem Sie nie auf die Idee kommen würden, dort nachzuschauen.«

»Dann fallen«, sagte Frau Hayreddin-Weber, »die Bücher weg. Die nehme ich ab und zu zur Hand und staube sie ab. Die Bilder kommen nicht infrage, die mache ich von Zeit zu Zeit sauber. Und den Teppich sowieso.«

»Gibt es irgendetwas von Ihrem Mann, das Sie garantiert nicht anfassen?«

»Seine Schallplattensammlung. Ich würde nie an seinen Plattenspieler gehen. Ich würde es nie wagen, eine seiner ach so wertvollen Platten anzufassen.«

Lauer schaute sich um. Er sah im Wohnzimmer keine Schallplatte und keinen Plattenspieler.

»Mein Mann hat sich Olivers Zimmer eingerichtet, als der ausgezogen ist. Sein Reich.«

Lauers Meinung von Martin Weber änderte sich, als er die vielen LPs in den Regalen sah. Jemand, der die gleiche Leidenschaft wie er hatte, konnte kein schlechter Mensch sein.

»Über 3000 Stück«, sagte Frau Hayreddin-Weber. »Und es werden ständig mehr und mehr.«

Lauer wurde neidisch.

Meißner fuhr mit der Hand unter den Plattenspieler. »Nichts«, sagte er.

»Die Plattenhüllen«, meinte Lauer.

»3000 Stück! Viel Spaß!«

Ungefähr 2000 durchsuchte Plattenhüllen später waren Lauer und Meißner nahe dran aufzugeben.

»Das ist sinnlos«, sagte Meißner. »Ganz davon abgesehen, dass Weber den Brief auch in den Müll geworfen haben kann. Ober er hat ihn verbrannt.«

»Noch fünf Minuten«, sagte Lauer und ging ins Nebenzimmer, wo Frau Hayreddin-Weber immer noch auf dem Sofa saß.

»Gab es eine Lieblingsplatte Ihres Mannes?«

Frau Hayreddin-Weber schüttelte den Kopf. »Er ist nicht mehr mein Mann.« Dann nickte sie. »Reinhard Mey. Eine uralte Platte von ihm. Live. Eine Doppel-LP.«

Lauer besaß die Platte auch. 1970 am 12. Dezember in Berlin aufgenommen. Lauers Platte war sogar nummeriert. Er kannte die Nummer auswendig. 51 528.

»Als ich die Mey-Platte endlich gefunden hatte und in Händen hielt«, würde Lauer später sagen, »wusste ich sofort, die ist es.«

Lauer zog die erste Platte aus dem Cover und in der Hülle, die die LP schützte, steckte nur die Platte. Im Cover der zweiten Platte war tatsächlich ein Briefumschlag, adressiert an Frau Hayreddin-Weber. Lauer registrierte den Aufdruck »Einschreiben«, den Stempel »zugestellt am« und den handschriftlichen Zusatz mit dem Datum 16. September. In dem Umschlag steckte ein gefaltetes Din-A5-Blatt. Der Brief war mit der Hand geschrieben.

Liebe Mutter,

der Mann, mit dem du zusammenlebst, muss bestraft werden für das, was er mir angetan hat. Er hat mich missbraucht. Ich habe Angst vor ihm gehabt. Auch weil er immer gesagt hat, dass er dich umbringt, wenn ich ihn verrate. Auch vorhin am Telefon hat er damit gedroht. Aber er hat keine Macht mehr über mich. Ob du ihn anzeigst, das musst du entscheiden. Ich hoffe, dass er seine gerechte Strafe bekommt. Und ich hoffe, dass du dich von ihm trennen wirst. Dafür bete ich zu Allah.

Dein Oliver Mehmet

Frau Hayreddin-Weber saß auf dem Sofa, der Brief ihres Sohnes lag vor ihr auf dem Wohnzimmertisch. Sie hatte den Brief mehrmals gelesen. Sie sagte minutenlang kein Wort.

Dann griff Meißner nach dem Blatt Papier, faltete es und steckte die handgeschriebene letzte Botschaft von Oliver Mehmet Hayreddin an seine Mutter in eine Plastiktüte.

»Wenn die Untersuchungen abgeschlossen sind, bekommen Sie den Brief zurück. Das verspreche ich Ihnen.«

»Er ist nicht mehr mein Mann«, sagte die Frau. »Er ist nie mein Mann gewesen.«

Donnerstag, 2. Oktober

Vierundvierzig

»Genau der hat die Ekol Firat Magnum gekauft.«

»Sind Sie sich sicher?«, fragte Meißner.

»Ganz sicher.«

»Was macht Sie so sicher?«, hakte Lauer nach.

Der junge Verkäufer im Waffenstore in der Kunststraße, nicht weit entfernt vom Leonardo, musste nicht erst nachdenken.

»Der Typ war auffallend. Er kam kurz vor der Schließung am Donnerstag. Und er verlangte die billigste Schreckschusspistole. Die Firat Magnum war zufällig im Angebot, 124,95 Euro, ein Top-Angebot, im Internet bekommen Sie die nicht günstiger. Aber der wollte noch handeln. Als ich mich nicht darauf eingelassen habe, wollte er die Patronen, 50 Stück, neun Millimeter, zu nur 10,95 Euro, gratis dazu. Der hat keine Ruhe gegeben. Aber ich bin stur geblieben.«

»Haben Sie einen Kaufbeleg?«

»Das Übliche, was in der Kasse ist.«

»Wie hat er bezahlt?«

»Bar. Warten Sie, ich suche den Beleg heraus.«

Kurz darauf hielt Meißner den Beleg in der Hand. »Können wir den Beleg behalten?«

»Klar, einen Moment, ich mach mir eine Kopie für die Buchhaltung, sonst flippt der Chef aus.«

»Könnten Sie uns die Ekol Firat zeigen?«, fragte Lauer.

»Selbstverständlich.«

Lauer war überrascht, wie täuschend echt die Waffe aussah und wie gut sie in der Hand lag.

Der Waffenladen in der Kunststraße war der erste auf ihrer Liste gewesen. Vom Leonardo war er nur einen Steinwurf weit entfernt. Die anderen drei Geschäfte im Niederfeld, in Seckenheim und in der Oststadt konnten sie sich also schenken.

Bevor sie den Laden in der Kunststraße betreten hatten, hatte Gernhardt sich gemeldet, der die Waffengeschäfte in der Region bereits telefonisch abgeklappert hatte.

»Fehlanzeige«, hatte Gernhardt gesagt. »Heidelberg, Ludwigshafen, Speyer, Kronau, überall Fehlanzeige. Am 12. September wurde nirgendwo eine Ekol Firat verkauft.«

Lauer saß im Büro der Staatsanwältin in L 4 in unmittelbarer Nachbarschaft zum Polizeipräsidium und schaute auf die Uhr. Nach ihrer Rückkehr in L 6 hatten Gernhardt, Meißner und Lauer die neuen Ermittlungsergebnisse zusammengefasst und Lauer hatte sich freiwillig gemeldet, die Unterlagen bei Theresa Brandes vorbeizubringen.

»Du scheinst auf Staatsanwältinnen zu stehen«, hatte Meißner gesagt. »Komisch, dass mir das nicht schon früher aufgefallen ist.«

Viertel nach drei. Die Tür ging auf und Theresa Brandes breitete die Arme aus, nickte Lauer zu und ließ sich auf ihren Schreibtischstuhl fallen.

»Anstrengend, manche Richter. Aber was erzähle ich Ihnen da, mein lieber Lauer. Was haben Sie mir mitgebracht?«

Lauer stellte die neuen Erkenntnisse vor und immer wieder nickte die Staatsanwältin.

»Das sieht schon erfreulicher aus. Weber hat die Waffe direkt nach dem Telefonat mit seinem Stiefsohn gekauft. Das wird er uns erklären müssen.«

»Wie?«, fragte Lauer. »Wenn er nicht mit uns redet.«

»Sie haben recht. Der Brief ist ein weiteres Puzzleteilchen. Und Frau Hayreddin-Weber hat diesen Brief nicht erhalten?«

»Ihr Mann hat ihn am Dienstag abgefangen«, antwortete Lauer. »Wir haben bei der Post nachgeforscht. Tatsächlich wurde am Dienstag, dem 16. September, ein Einschreiben an Frau Hayreddin-Weber zugestellt. Da sie nicht zu Hause war, hat ihr Mann Martin Weber den Brief entgegengenommen.«

»Den Brief haben Sie in der Wohnung gefunden?«

»Richtig, Frau Staatsanwältin, versteckt in einer Langspielplatte von Reinhard Mey.«

»Unser Beschuldigter hat einen interessanten Musikgeschmack. Hayreddin starb am 12. September. Wie wurde der Brief aufgegeben?«

»Sein Freund Emrah Osmanoglu hat den Brief zur Post gebracht. Hayreddin hatte ihm am Donnerstag den Umschlag gegeben mit der Bitte, ihn am Montag aufzugeben, falls er nichts anderes höre. Und das hat Osmanoglu getan. Und hat uns nichts davon erzählt. Bis gestern Nachmittag.«

»Sie sollten sich diesen Freund genauer anschauen.«

»Ein Ermittlungsverfahren gegen Osmanoglu läuft, Frau Staatsanwältin. Auch wegen der Sache mit den Aufputschpillen. Beihilfe und so weiter.«

»Gute Arbeit, mein lieber Lauer. Sagen Sie das bitte auch Ihren Kollegen. Ein Geständnis wäre besser, aber das, was wir jetzt vorbringen können, hat Hand und Fuß.

Natürlich wird die Verteidigung darauf herumreiten, dass Hayreddin sich selbst in die Tiefe gestürzt hat. Ich hoffe und denke, dass kein Richter dieser Argumentation folgen wird.«

»Und wenn er sich selbst zu Tode gestürzt hat«, sagte Lauer, »und der Richter verurteilt Weber wegen der Tat, soll es mir recht sein. Weber hat es verdient. Die Gerechtigkeit hätte auch dann gesiegt.« Lauer wunderte sich darüber, was er gesagt hatte.

»Warten wir es ab. In der Gerichtsverhandlung wird der Richter ein Urteil sprechen. Es ist, wie es ist.«

Lauer zog die Weinflasche aus seiner Tasche. Am Morgen hatte er den Cabernet Sauvignon & Merlot aus Dirmstein aus seinem Weinkeller geholt.

»Sie haben den Wein nicht vergessen.« Theresa Brandes strahlte. »Obwohl das ja fast an Bestechung grenzt.«

Lauer verabschiedete sich und die Staatsanwältin schüttelte ihm lange die Hand. »Es ist, wie es ist.«

Auf der Fahrt von der Innenstadt zu seiner Wohnung auf der Rheinau ging ihm der Satz der Staatsanwältin nicht aus dem Kopf. Genau diesen Satz hatte seine Großmutter meist gesagt, wenn er sie im pfälzischen Dorf, aus dem er kam, besucht hatte. Früher war ihm der Ausspruch fatalistisch vorgekommen. Jetzt kamen ihm die Worte weise vor.

»Es ist, wie es ist.«

Seit seinem überstürzten Aufbruch aus Basel letzten Freitag vor fast einer Woche hatte er nichts mehr von Margit Zutter-Bertschy gehört.

Und Irene Meyers?

»Ach lass! Weißt du, was ich jetzt mache? Ich setze mich in mein Auto und fahre nach Hause.« Die letzten

Worte, die Irene Meyers letzten Samstag ins Telefon sagte, bevor sie aufgelegt hatte. Das letzte Zeichen von ihr.

Eigentlich müsste ich unruhig sein, sagte sich Lauer. Müsste mich ins Auto setzen, nach Frankfurt fahren, nach Basel. Aber er verspürte keinen Drang. Er war seltsam ruhig. Fast war es beunruhigend, so ruhig war er. Jetzt, wo die beiden Fälle gelöst waren, würde er zur Ruhe kommen. Er würde Zeit für sich finden. Zeit, um nachzudenken. Über seine Beziehungen zu Irene Meyers und zu Margit Zutter-Bertschy. Über sich selbst. Und dazwischen würde er die Fotos von Sophia betrachten, die Fotos, die Fabian ihm jeden Tag schickte.

Lauer setzte den Blinker links und bog von der Relaisstraße in die Mutterstadter Straße ein. Gleich würde er zu Hause sein. Er würde die Espressomaschine einschalten. Und danach aus dem Keller einen Rotwein holen. Vielleicht einen Cabernet Sauvignon & Merlot.

Der Spruch seiner Großmutter ging ihm wieder durch den Kopf. »Es ist, wie es ist.«

Nachwort

Das Leonardo Hotel gibt es wirklich in Mannheims Innenstadt. Und auch alle anderen Orte sind real. Mit einer Ausnahme: Eine Abdallah-Yusuf-Azzam-Moschee ist nicht am Neuen Meßplatz zu finden.

Die Handlung und die Personen sind frei erfunden.

Um zu verstehen, was in den Köpfen radikaler Islamisten vorgeht, haben mir zwei Interviews im Magazin der Süddeutschen Zeitung geholfen.

Marie Delhaes und Frederik Obermaier – »Ich glaub, das steht irgendwo im Koran«, Süddeutsche Zeitung Magazin, Nummer 40, 2. Oktober 2014.

Frederik Obermaier und Rainer Stadler – »Ich kam mir vor wie ein Rebell«, Süddeutsche Zeitung Magazin, Nummer 5, 5. Februar 2016.

Von Pierre Vogel gibt es zahlreiche Videos auf You Tube, auch von seinem Auftritt am 23. März 2014 bei der Kundgebung auf dem Marktplatz in Mannheim, die in dem Buch eine Rolle spielt.

In dem Artikel »Polizeireform wird geprüft – keiner will Rolle rückwärts«, Mannheimer Morgen vom 24. Mai 2016, zieht Peter W. Ragge eine Bilanz der Polizeireform in Baden-Württemberg. Die Auswirkungen der Zusammenlegung werden im Buch thematisiert.

Die Koran-Zitate aus der Sure 8, zitiert in Kapitel 35, stammen aus der Koran-Übersetzung von Max Henning (Max Henning – Der Koran, Jazzybee Verlag Jürgen Beck, Altenmünster, ISBN: 9783849627577).

Die Songzitate von Hans Reffert in Kapitel achtzehn sind auf seiner mit Werner Goos 2011 veröffentlichten CD »Stone Cold & Broken« (Acoustic Music Records) zu hören. Hans Reffert starb am 21. Februar 2016 im Alter von 69 Jahren. Mit ihm verband mich die Zusammenarbeit bei einigen Projekten.